飯桶小醫女 5
完

蘇芫 著

風文創 282

目錄

第一百零八章　剖腹取子

「我現在先進去看一下，顧伯母您幫我去準備一些東西吧。」阿秀將自己需要的東西一一說了出來。

顧母雖然不大懂為什麼需要這些東西，但還是仔仔細細地記了下來。

阿秀一進產房，就聞到了一股濃烈的血腥味。

那劉產婆聽到動靜，以為是顧母有了答案，誰知卻只看到一個小姑娘進來，不用看阿秀的打扮，就她的面相，也不像是嫁過人的，立刻將人一攔。

「妳是哪家的小姑娘，這裡可不是妳該來的地方。」她以為阿秀是趁著外頭沒有人，偷偷跑進來的。

「我是來給裴胭接生的，您老就先歇在一旁吧。」阿秀對這個劉產婆可沒有什麼好態度，看她的臉，就覺得不是一個好人，透著一股狡詐小人的感覺。

劉產婆雖然比不上王阿婆在京城的名聲，但是在這一領域也算是小有名氣，接生婆本來就不多，像她這樣的更是吃香。一般人家裡肯定都要生孩子，所以平時大家看到她，雖然不喜歡她的性子，但對她還是很尊敬的，畢竟生孩子這樣重大的事情，誰也不敢隨便得罪產婆。

劉產婆冷不防聽到阿秀這樣一個小姑娘敢這樣對她說話，整張臉頓時就沈了下來，質問道：「妳是哪家的孩子，難道家裡的長輩沒有和妳說過產房不能進嗎？」

「我是大夫，既然妳們不能保住大人和孩子，那就讓我來。」阿秀朝一旁幾個幫忙的人使了一個眼色。

阿秀平時來過顧家好幾次，和裴胭的關係也是有目共睹的，特別是她現在的身分可不一般，這京城的貴女、夫人，誰不給她一點面子？

幾個平時幹粗活的婆子，她們自然願意賣阿秀這個面子，立刻朝劉產婆稍微行了一個禮，便說道：「劉產婆，妳要不先到外頭去休息休息。」

那劉產婆一看這架勢，頓時面色變得很是難看。她一開始以為只是小孩子不懂事，現在看到這些人也都這樣的態度，頓時就惱了，既然她們要拿產婦的命開玩笑，那她也管不著了，重重地哼了一聲，打開門就走了。

王阿婆原本還在那邊讓裴胭用勁，現在聽到這邊的動靜忍不住看了過來，她見劉產婆被氣走了，眉頭微微皺了起來；雖然那劉產婆為人比較勢利，但是能力還是不錯的，她們現在把人給趕走了，是想幹什麼！

「您是王阿婆吧，我是阿秀，剛剛聽顧伯母說，妳們打算讓他們選大還是選小。」阿秀對王阿婆的態度倒是好了不少，她剛剛進來的時候就看到她正在努力給裴胭按摩，相比較那個劉產婆，也算是負責了。

「這羊水破了已經好幾個時辰了，現在孩子在裡頭情況非常危險。」那王阿婆看了一眼裴胭，聲音放輕了不少。

對於王阿婆這樣的舉動，阿秀還是很贊成的。

「我雖然沒有嫁過人，但是我從小學醫，而且主攻婦人這一個領域，您若是相信我，就讓我來試一試。」阿秀說道。雖然她擅長的是外科，但是現在這樣的情況，能忽悠就忽悠。

王阿婆常年出入富貴人家，給她們接生，對阿秀也有所耳聞，聽說太后娘娘對她是相當地看重，雖然她年紀小，但是她也不敢小看。

「如果能有法子，那就再好不過了。」當然最主要的是，若是等一下不成功，那麼責任，就在於阿秀了。人不為己，天誅地滅，王阿婆也是為自己著想。

「那就請您在一旁協助我。」阿秀衝著她點點頭，她不管她現在心裡在想什麼，只要能救裴胭，那都是好的。

「也好。」王阿婆想著自己現在也不可能完全推脫掉責任，既然阿秀這麼說，她也就答應了。而且阿秀的名聲在這裡，她也想著能稍微套點近乎，以後說不定能找上她幫幫忙；當然，她心中也好奇，她有什麼法子能夠救人。

阿秀衝她微微一點頭，快步走到裴胭身邊，裴胭現在已經有些神志不清了，大大的眼睛睜著，裡面卻毫無焦距和神采。

阿秀看著一陣心疼。

「裴姊姊。」阿秀輕輕握住她的手。「妳能聽到我說話嗎？」

裴胭聽到聲音，眼睛微微往阿秀這邊轉過來了些，聲音中帶著一些明顯的嘶啞。「是阿秀。」她還能認出阿秀來，說明情況還不是最糟糕。

「對，是我，我等一下要幫妳把孩子拿出來，可能和旁人生孩子有些不一樣，妳只管放鬆，都交給我。」阿秀柔聲說道。

裴胭點點頭，眼睛中多了一絲光亮，她相信阿秀的醫術。

這個時候，正好顧一和顧母都將東西送了進來，王川兒大約是聽到了動靜，也趕了過來。

阿秀看到她，直接朝她一招手，讓她進來。

阿秀原本就想著讓王川兒多學一些，現在正好有一個機會，也可以看看，她適不適合學習相對中醫而言比較血腥的西醫。

「等一下不管看到什麼，妳都不要大驚小怪的，要是有人暈了，妳就讓人抬到一邊去。」阿秀說道。

王川兒聽到阿秀這麼說，心臟頓時「撲通撲通」跳個不停，她怎麼覺得阿秀這麼說怪嚇人的。阿秀到底是打算做什麼，才會有這樣的囑咐？

簡單地消了一下毒，在眾人不解的神色中，她默默把裴胭身上的棉被全部拿掉，那些下人和王阿婆倒是沒有一個人出聲。

阿秀拿出那套薛行衣送給她的銀針，這是薛家的九針之術會用到的九根銀針，她雖然不是第一次用，但是卻是第一次在這麼重要的手術中使用。

她快速往裴胭身上的幾個穴位上插了進去，如果不是因為裴胭懷著孩子，她會選擇用麻藥。

「她怎麼了？」王阿婆看到裴胭閉上了眼睛，一下子就驚慌了，她剛剛到底做了什麼？

「我只是讓她先昏睡過去，沒有問題的。」阿秀冷靜地開口。

然後在眾人有些驚恐的神色中拿出一把還閃著銀光的小刀，調整了位置，順著裴胭的肚子劃了下去，還沒有等血流出來，已經有幾個下人尖叫著暈了過去。

這王阿婆也算是見過大場面的，雖然老臉嚇得煞白，但是卻沒有暈過去，她哆嗦著嘴，一句話也說不出來。最讓她難以理解的是，這麼重的一刀下去，裴胭竟然沒有反應，她下意識地去探了一下裴胭的鼻息，人還活著。

如果說那一刀，王阿婆還能勉強承受的話，等之後阿秀將刀口劃拉開，伸手往裡面掏的時候，她就再也忍不住，直接暈了過去。

王川兒謹記著阿秀的話，要是有人暈了，就把人拖一邊去；但是她一看，這整個屋子裡，就她和阿秀站著了，其他的人，都暈完了。

「不用管她們，妳過來些。」阿秀看到王川兒的神色還算淡定，心裡多了一絲滿意，她學中醫不算太有天賦，但是若要學西醫的話，至少膽子夠大。

王川兒畢竟是罪役所出來的人，而且天生腦神經粗大，自然不會太害怕。

而外面，顧一和顧母兩人盯著房門，開始焦躁不安。

裡面到底發生了什麼事情，為什麼除了一開始傳來了幾陣尖叫聲和重物掉地上的聲響，後面就沒有了別的聲音，這讓等在外頭的人，心裡更加沒有了底。

「要不，我進去看看？」顧母人往前面邁了一步，但是又不敢真的進去，剛剛阿秀說了，在她沒有出來之前，不要開門。她雖然不懂這其中的涵義，但是剛剛阿秀的神色那麼的嚴肅，讓她不敢不慎重。

「嬸子，咱們還是再等等吧。」顧十九在一旁勸道。他畢竟是局外人，現在還算鎮定，雖然也是焦慮，但是比不上顧一這個當事人。

顧一現在也是恨不得往裡面衝進去，但是他沒有忘記阿秀的話，他見識過阿秀的醫術，他願意相信她。

「哇，哇！」這邊正來回踱步中，裡頭突然傳出了嬰兒的哭叫聲。

「生了，生了！」這下倒是顧十九最為激動，等了那麼久，孩子終於生下來了。

顧母臉上稍微放鬆了些，但是卻也沒有完全放下心，孩子雖然生了，那裴胭呢，她還好嗎？

又過了一炷香的工夫，又傳來一陣嬰兒的哭叫聲，只不過這次聲音較之前的，小了不少，聽這聲音，就知道身體狀況不如之前的那個，顧母眼中免不了多了一絲擔憂。

再說屋子裡頭，王川兒看著阿秀手下飛動，快速地穿針引線，一時間都忘記眨眼睛，這人的肚子，就這麼被縫上了。

不知道動一下的話，裡面的腸子會不會掉出來啊！王川兒忍不住看了一眼自己的肚子，心裡有些怕怕的。

阿秀看王川兒愣在原地，頓時沒好氣地說道：「不要光看著了，把線給我剪了。」這王川兒心也太大了，這樣的情況下竟然還能開小差?!

王川兒連忙湊過去剪線。

阿秀將裴胭身上又稍微收拾了一下，這才和王川兒一人抱著一個孩子走了出去。

門一打開，顧一就迫不及待地衝了進來，也不看孩子，直接往裴胭躺著的床上跑去，阿秀想說話都來不及。

「顧伯母，是兩個胖小子。」阿秀將自己手中的孩子遞給她。「這個是老二，身子稍微弱一些，不過也挺健康的。」

裴胭身體底子還是不錯的，她肚子沒有人家懷雙生子的大，也是因為羊水不是很多，兩個孩子都長得不錯，特別是老大，那胖胳膊、胖腿的，一看就是吸收了不少的營養。

顧母看看大孫子再看看小孫子，眉眼間頓時多了一些欣喜，不過還沒說話，就聽到屋子裡傳來一聲哭號聲。

顧母面色一變。「胭兒她怎麼樣了？」該不會是……

阿秀往裡頭瞧了一眼，看到顧一那個大個子正趴在裴胭的床邊哭，她頓時有些哭笑不得。

「她這是太累了，辛苦了那麼久，就睡過去了，顧大哥也真是的，哭之前難道不會探一下鼻息嗎？」

顧母聞言，頓時也覺得自家兒子真是蠢得可以，有些目不忍視，她就索性逗起了孫兒。

顧十九一開始聽到顧一的哭聲，還覺得難過，現在聽到阿秀那麼一說，頓時就樂了，跳躥著進去，衝著顧一說了幾句。

雖然阿秀離得比較遠，但是也看到顧一的耳朵一下子就紅了。

阿秀雖然覺得好笑，但是笑過以後心裡又覺得一陣感動。

顧一這樣一個錚錚的鐵漢子，卻會為了自己的妻子落淚，阿秀突然羨慕起了裴胭，她甚至有了一種想法，若是能嫁一個這樣在乎自己的人，定是極好的；但是她自己更加清楚，這樣的感情，可遇而不可求。

不知怎地，可能是因為在這裡，她突然想到了某個也姓顧的男人，不知他現在還好嗎？

「阿秀，謝謝妳。」顧一又看了裴胭好幾眼，這才走出來和阿秀道謝，只不過因為剛剛哭過，所以眼睛有些紅紅的。

「不用謝我，雖然現在孩子生下來了，但是裴姊姊可還沒有脫離危險呢，我去開幾個方子，你到時候讓她喝了。」阿秀叮囑道，又將剖腹產以後應該注意的幾個事項一一和他說了。之前的那個環境畢竟不是無菌的，而且人又那麼多，所以她現在最為擔心的就是感染。

和顧一說完那些話，阿秀當即就開了幾個方子給他，以防意外。

顧一聽到阿秀這麼說，神色又緊張了起來，連連點頭應著。

「還有什麼要注意的，妳只管說。」顧一就怕自己有什麼地方疏忽了，現在只要是阿秀說的，他都會遵守。

「別的我到時候再細細和你說，不過有一點我得和你說清楚，裴胭這兩個孩子，我是剖腹取出來的，這個手法很傷元氣，將來至少五年以內，你都不要再讓她懷上了，不然到時候我可未必救得了她。」阿秀神色很是嚴肅地說道。她就怕他們順其自然要孩子，若是自然生產也就罷了，這剖腹產，可不是鬧著玩的。

聽到阿秀說是剖腹取子，在場的人，面色都有些不好看。

前朝的一位妃子，當年為了保護肚子裡的小皇子，便是剖腹取子，只是那妃子取出了孩子就死了；那孩子因為月分太小，又一路顛簸，也早早夭折。

雖然可惜，但是這個故事就這麼流傳下來了。

他們沒有想到，阿秀竟然會剖腹取子，而且做母親的竟然還能存活下來，這太不可思議了。

而那劉產婆，原本還想在外頭看阿秀的笑話，誰知道她真的成功了，頓時面色有些難看地灰溜溜地走了，就是那喜錢也沒有拿。

裴胭醒過來時已經是第二日的下午，她醒過來就覺得肚子空空的，好像裡面的東西都被搬空了。

她先是一驚，緊接著才想到，自己之前在生孩子，怎麼就昏睡過去了，孩子呢？

「胭兒，妳醒了啊。」顧一進來，就看到裴胭睜開了眼睛，心中一喜。

剛開始見她一直沒有清醒，他還有些擔心，現在她醒過來了，而且看神色也不算萎靡，他總算是鬆了一口氣。

「孩子呢？」她摸著肚子問道。為什麼自己的肚子上纏著厚厚的一層布，而且還透著一股疼痛。

「娘看著呢，妳先好好休息。」顧一那張笨嘴，也就只會說這樣的話。

「是男孩兒還是女孩兒？」裴胭問道。她想起來了，當時阿秀進來了，然後自己就暈過去了。想到阿秀，裴胭心裡就有了一些安穩，她在的話，孩子應該沒有問題。

她剛剛想起自己生孩子的時候的事情，以及那些產婆背著自己和婆母說話的樣子，她都以為孩子出什麼事情了。

裴胭當時雖然腦袋已經因為疼痛變得不大清醒，但是還是有所察覺；而且她知道顧一是不會騙人的，既然他這麼說，那孩子至少是平安的。

「是兩個男孩兒，辛苦妳了。」顧一將手裡的碗放到一旁，用手輕輕碰碰裴胭的臉，眼中流露出一絲溫情。

「兩個？」裴胭心中有些疑惑，怎麼會有兩個？

「對啊，之前大家都沒有發現，妳肚子裡有兩個孩子，所以肚子才會那麼大，多虧了阿秀。」顧一回想起昨天的事情，心裡還一陣後怕。

他一直都知道女子產子不容易，但是他從來不知道會這麼的艱難，他不想裴胭以後再受這樣的苦了。而且他現在已經有兩個兒子了，也算是有後了，旁人也不會說什麼。

「多虧了她。」裴胭想起阿秀在她昏睡前說的話。

她也知道生雙生子是多麼的艱難，幸好有阿秀，不然她怕自己會熬不過去。

裴胭現在似乎也能想到之前那產婆背著她是在和婆母說什麼了，無非就是保大還是保小。她知道婆母沒有放棄自己，在知道有兩個孩子的時候，她慶幸自己沒有嫁錯人家。

「妳現在身子比較虛，先喝點魚湯，娘專門幫妳燉的。」顧一按照阿秀說的，在裴胭的背下面墊上毯子，幫她微微側一下身子，免得肚子上的傷口難受。

「嗯。」裴胭眼中微微含著淚應道。一方面有種劫後餘生的慶幸，一方面也是對親人、朋友給自己的關心的感動。

等裴胭喝完了魚湯，顧一便小心翼翼地把孩子抱到她身邊，讓她瞧上一瞧。

裴胭看著兩個孩子，眼淚更是忍不住。之前生孩子的時候只覺得疼得恨不得死去，但是現在看到孩子，她只覺得，活著真好。

有疼惜自己的丈夫，還有可愛的孩子，她這輩子算是圓滿了。

第一百零九章　她的追求

阿秀因為半夜跑到顧家這兒來，又費了極大的心神做了手術，現在正在屋子裡睡得昏天暗地的，她完全不知道，因為她昨天那一個舉動，整個京城的醫藥界都被震動了。

剖腹取子，不是沒有人想過，但是成功的幾乎沒有，特別是取子的時候，產婦要承受的痛楚實在是太大了；後來有人將麻醉用在了剖腹產上面，但是產婦卻沒有幾個能熬過來的，就算熬到了孩子出生，沒過幾天，或是高燒，或是大出血就死掉了。

這樣的事例一多，就沒有人敢嘗試了。

他們沒有想到，阿秀這樣小小的年紀，竟然敢下這樣的手！

而且因為那些產婆用詞很是誇張，現在阿秀在那些人的心目中已經不是大夫的模樣，完全是殺人不眨眼的女魔頭形象。

一個不過十三、四歲的小女娃子，竟然能這麼淡定地給一個熟悉的姊妹下刀子，這不是女魔頭，那是什麼？

那些婆子的嘴巴又碎，不過半日的工夫，大街小巷就傳遍了這件事情。

要是阿秀現在出門，肯定能看到別人看她的眼神中帶著一絲恐懼。

而那些醫術界的老學究們則是開始蠢蠢欲動，若不是阿秀是女子，他們肯定直接上門來了。

他們對於她的手法很是好奇，偏偏那些婆子都只看到阿秀一刀下去，人就齊刷刷地全暈了，倒是有一個說得眉飛色舞的，但是一聽就知道是胡謅的。

他們現在就等著看，若是那產婦，也就是裴胭，七日之內沒有意外的話，他們就要找阿秀探討探討醫術了。

因為擔心裴胭身子的恢復狀況，阿秀就打算在顧一家裡住一段時間。

顧母自然是求之不得，將家中最好的一間屋子收拾出來給她住，還特地把旁邊的屋子留給了王川兒，免得阿秀沒有人伺候。

三日之後，裴胭的情況好了不少，人已經能慢慢下床了，等到七日以後，情況更穩定了，阿秀就收拾起東西，留下幾個藥方，打算回去了。

畢竟這是別人家裡，阿秀雖然和裴胭關係好，但是每天看著顧母對自己各種照顧，心裡還是有些彆扭的。

在她看來，顧母就跟長輩一般，但是偏偏在顧母眼裡，她是半個主子，她等級觀念又相當重，阿秀說了好多次都沒有用。

等阿秀帶著王川兒揹著藥箱一出門，就感覺有不少視線在她身上徘徊。

阿秀的感官本來就比較敏銳，雖然那些人都狀似無意的模樣，但是她還是很明顯地感覺到了。

就是平日裡比較遲鈍的王川兒，都感覺到氣氛好像有些不大對。

她們之前一直沒有出門，自然是不清楚京城現在的各種傳言。

「阿秀啊，您有沒有覺得，今天路上的人有些奇怪啊？」王川兒小聲問道。特別是那些男子，原本走路都是目不斜視的，如今就是走過了，還要回頭看一眼，是她們身後有什麼奇怪的東西嗎？可是她剛剛也看過了，沒有啊！

「先回府再說。」阿秀說道。

「請問是阿秀姑娘嗎？」一個家僕打扮的男子攔住了阿秀。

阿秀將人打量了一番，雖然衣服樸素，但是乾淨，而且臉上的笑容很是溫和，一看就是家教比較好的人家出來的下人。

「你是？」阿秀道。

「我是城東高家的僕人，我家老爺想要和您探討一下醫術。」那人對著阿秀恭恭敬敬地說道。

阿秀雖然在京城的時間不算短，但是她平時並不常出門，就是出門，也多是參加貴女、夫人之間的宴席，至於城東高家，她完全沒有聽說過。

那僕人見阿秀一臉的茫然，也不生氣，笑著說道：「我家老爺喜好醫術，聽說小姐您先前剖腹取子的手法很是厲害，所以特意想請您過去聊上一聊。」

這僕人說話倒是實在，也沒有拐彎抹角的，阿秀對他倒是不反感。

「多謝你家老爺抬愛，只不過我離家已經多日……」

那僕人一聽這話，就知道阿秀沒有直接拒絕，連忙遞上一張請柬。「這是請柬，您若是有空，隨時可以過來，或是讓人傳個話，小的派馬車來接您。」

這高家對阿秀倒是客氣得很。

「好，那我就先收下了，代我向你家老爺問個好。」阿秀衝他點點頭，僕人這麼有禮貌，想必家主也不會壞到哪裡去。

阿秀並不反對將剖腹產推廣出去，如果這個手法能救更多的產婦，那便是極好的。

那人見阿秀答應了，笑著衝她行了一個禮便走了。

那些原本在暗自圍觀的人，看阿秀這麼好說話地就答應，頓時心中懊悔不已。

早知道的話，他們就先上了，這下好了，她已經答應了別人，他們回去該怎麼交差？

要知道，自打三天前傳出消息，那產婦已經可以慢慢下床，那些老爺子們都要瘋狂了，紛紛叫人守在了門口，只要阿秀一出來，第一時間就要將人請回家。

他們不過觀察了一下，就讓人搶了快，這回去，都不知道怎麼交代了。輕則叱罵一頓，重則板子伺候，那些人想到這個，都是一臉愁眉苦臉的模樣。

阿秀原本就在關注著這些人，看到他們臉上的變化，心裡就有些明白了，想來，這些人都是對那剖腹產感興趣的。

她心中一動，若是能將西醫的手術，就著這件事情慢慢推廣出去，那也不失為一個好法子；想到這，她清了清嗓子，湊到王川兒耳邊小聲說了幾句。

王川兒神色有些茫然，明顯沒有明白阿秀的動機，不過她還是按照阿秀的吩咐，說道：「阿秀，妳真的想請那些大夫過來，和他們探討那剖腹取子的手法啊？」

雖然王川兒的演技差得可以，說這話的時候明顯沒有什麼真實感情，但是至少話讓別人聽到，也讓人家聽進去了，那目的就已經達到了。

「那是自然，這醫術本就是該多多商討，才能更加進步，若是有人感興趣，只管往顧家遞帖子就好。」阿秀笑著說道。

那些人聽到阿秀的話，頓時就歡喜起來，紛紛跑回家告訴家主去了。

阿秀看著那些人離開的背影，微微一笑。

也許，這是一個轉機……她並不追求青史留名，但是她希望，自己的醫術，自己的知識，可以救得更多的人！

不過半日的工夫，阿秀就收到了不下二十份的請柬，她隨便翻了一下，倒是沒有意外，其中沒有薛家人的帖子，他們最是自負，哪裡看得到別人的長處。

「這是怎麼一回事？」唐大夫拿著這些請柬問道。剛剛阿秀回來，還沒有來得及跟他們講這件事情。

「就是我之前用那個剖腹取子的手法，那些大夫們大約是起了好奇心。」阿秀笑著說道。

唐大夫的眉頭微微皺起，這獨門的手法，自然不能人人都知曉，這也算是阿秀的立身之本，但是看她現在這樣的架勢，是打算教授給旁人？

若是教給自己的弟子、至交，唐大夫倒是沒有話說，但是這樣毫無關係的陌生人……

唐大夫畢竟還是時人的想法，自然不能理解阿秀心裡想的。就好比最早的時候，他還不確定阿秀是不是他的孫女，即使長相相似，他給的也不過是唐家當年比較好的醫學筆記，而非最為核心的。古代人對血脈的在乎，遠遠超過現代人。

「爺爺。」阿秀自然注意到了唐大夫面色的變化，撒嬌道：「我們作為大夫，最希望的不是能醫好更多的人嗎？女子產子本就不易，若是能讓大家都學會這個法子，不是可以救下更多的人？」

唐大夫聽到阿秀說這話，眉頭稍微舒展了些，她能有這樣的心自然是極好的，他活了這麼大把的年紀，反倒不如她有覺悟！只是，他想著，還是有些心疼。

「妳覺得好，便好。」作為一個孫女控，唐大夫自然是阿秀覺得什麼好，那就是真的好。

阿秀聞言，臉上的笑容便又深了些。

她雖然是白白將方法和他們說，但是也不是完全不要回報的，她倒是不在乎收到多少金錢上面的報酬，而是要和他們簽署一份合約，免得有些人得了法子，隨便濫用。

「妳打算在哪裡弄這個玩意兒？」酒老爹看了幾張請柬，將它們隨便丟在一邊，都是些文謅謅的話語，無非就是想來見識他閨女的手藝。

「若是顧夫人不介意的話，我想在顧家找一個偏廳就好。」阿秀說道。顧家自然是最好的選擇，如果不行，她也可以找一間客棧。

「顧夫人大約不會介意，不過這人來人往的，想必也不大好。」唐大夫摸著鬍子說道。

顧家人自然是極好的，但是也不能因為他們好，就麻煩他們。

「爺爺說的是，那我明兒出去找一間客棧，包上一天，這費用，自然讓那些來參加的人付就好。」阿秀笑得賊兮兮的，看這些請柬的品質，就知道那些人家境肯定是非富即貴，哪裡會在意這些小錢。

唐大夫也跟著阿秀笑，自從戳破了那層關係，唐大夫覺得生活都美好了。聽著阿秀軟軟地叫自己「爺爺」，他心裡都美得冒泡，臉上的笑容也多了起來。

唐大夫以前只覺得就算不揭穿那件事情，自己在暗處關心她也是一樣的；但是現在才發現，這人年紀大了，果然還是希望有人承歡膝下的。

這邊歡欣一片，但是薛家，完全可以稱得上愁雲慘霧。

薛老太爺和薛行衣還在宮裡，雖然他們寸步不離地照顧著太皇太后，但是卻沒有法子阻止她繼續衰弱下去。

太皇太后年紀本來就不小了，又經歷了長時間的昏迷，整個人跟脫了水一般，躺在床上，一眼望過去就像是七、八十歲的老嫗。

而太皇太后身邊的老嬤嬤也從最早的殷切期望，到了如今的麻木。

「薛大人，還是沒有法子嗎？」小皇帝下了朝就過來，看到太皇太后現在的模樣，更是一陣心疼。

薛老太爺最近被問得也有些麻木了，搖搖頭，不說話。

小皇帝微微嘆了一口氣，之前太后就和他講過，生離死別，最是常態。他從最早的不能接受，到現在慢慢地能夠接受了，而且他當年也曾經親身經歷過先帝的駕崩。

雖然太后和先帝的關係很是僵硬，但是不得不說，先帝對自己這個唯一的孩子還是很疼愛的。小皇帝當時年幼，並不十分清楚死的真正涵義，太皇太后現在的情況，算是第一次讓他這樣直接面對死亡。

「最近這段時日，真是辛苦你們了，你們也有不少時日沒有回去了，今日便先回去吧，明日再過來。」小皇帝衝他們揮揮手，稚嫩的臉上露出一絲不符合他年齡的疲倦。

薛老太爺的面色微微變了一下，說道：「是。」等出了太皇太后的寢宮，他才沈著聲對薛行衣說道：「看來皇上是對太皇太后失去信心了。」

雖然小皇帝不大會真的責罰他們，但是這薛家的恩寵，必然會受到影響；他好不容易等到唐家滅了，薛家獨大，他是萬萬不會讓薛家被旁人超過的。

兩人一回到薛家門口，守門的下人馬上就喊著跑進去通報了。

「老太爺和少爺回來了！」

薛家的一些子弟連忙出來迎接，看到薛老太爺，更是一把將人扶住。

在宮裡待了這麼些時日，薛老太爺也蒼老了不少，畢竟他年紀大了，想方子又極其費心神，人一下子就憔悴了。

「爹。」薛長寧扶住薛老太爺，湊在他耳邊小聲說道：「前些日子，阿秀她剖腹取子成功了。」

在醫藥界，這算是最近這段時間最大的事件了。

之前自然是太皇太后的病情，只不過拖得太久，一般人都知道希望渺茫了，他們現在最多也不過是在等一個意料之中的結果。

薛老太爺原本的臉色就不是很好看，聽到這句話，面色更加沈了些。

「你和我到書房，將事情和我具體說一下。」

薛長寧看著薛老太爺甩了手，大步往前走去，心裡頓時有些無奈；他一直都知道薛老太爺不喜歡阿秀，他倒是覺得那小姑娘挺聰慧可人的，比家裡那些只知道爭寵耍心機的女子好了不知道多少倍。只不過這薛家是薛老太爺在作主，有些話他也只能在心裡想而已。

他原本想著，這阿秀畢竟算是薛家的弟子，她有那麼厲害的一項技能，若是願意為薛家所用的話，那對薛家的聲譽必然是有極大的好處的。

但是看剛剛薛老太爺的臉色，想必是不會贊同的吧……

到了書房，薛老太爺和薛行衣坐著，反倒是薛長寧站在一旁。

在薛家，每個人的地位都是要看薛老太爺對他的態度來決定的。

薛長寧的醫術在「長」字輩雖然也算是佼佼者，但是他不善言辭，並不是很得薛老太爺的歡喜；不過這薛家，最得他歡喜的，也就只有薛行衣一個。

薛老太爺喝了一口茶水，問道：「你說吧，那人怎麼又折騰出這個玩意兒？」因為之前鬧得不愉快，薛老太爺現在連提阿秀的名字都不願意提了，覺得會影響了自己的心情。

「事情是這樣的，顧家大小姐不是有個貼身近侍嗎……」薛長寧將事情簡單地說了一下，當然那個剖腹取子的具體步驟，他也不過是道聽塗說。

真正的詳情，還得看明日。

因為薛老太爺不在，再加上薛家人都是極會看他臉色過活的，雖然這剖腹取子現在在醫藥界傳得沸沸揚揚，但是沒有薛老太爺的點頭，他們也不敢擅自遞上請柬。

而且阿秀說起來也算是薛家的弟子，這薛家人還要特地遞請柬的話，被人知道，那未免太沒有面子了。

「她那是運氣好！」薛老太爺神色間帶著一絲不贊同。不過是一個小孩子運氣好，所以才保住了母子，他們還真以為她有這麼大的能耐了？

「聽說她明日要將這門技術教給別人。」薛長寧見薛老太爺面色不豫，便小心斟酌著說道。

最近幾年，這老爺子的脾氣越發大了。

「她倒是有膽子！」薛老太爺沒好氣地說道，眼中帶著明顯的鄙夷，他自然是瞧不上阿秀的那些邪門歪道的。

倒是薛行衣，聽到這裡，起了興趣。

「是在哪裡？」雖然他之前和阿秀鬧了不愉快，但是對自己不懂的知識還是會好奇。

「你問這個作甚！」薛老太爺沒好氣地白了薛行衣一眼。之前還當他是醒悟了，和阿秀那個野丫頭開始保持距離，如今怎麼又要往上湊了！

「沒什麼。」薛行衣微微搖搖頭。他知道最近薛老太爺的心情不是很好，便也不再火上澆油了，到時候自己私下裡再問就是了。

薛老太爺見薛行衣服軟，面色稍微好看了些。

「你去和那人說，不要整出什麼么蛾子來，丟了我們薛家的臉面。」薛老太爺說道：

「畢竟這京城的人，都曉得她是我薛子清的弟子。」

薛長寧的臉上閃過一絲尷尬，他之前聽說因為這件事情，不少老怪物都特地遞了請柬，這薛家雖然面子大，但是也沒有大到這種地步。

只是自家老太爺的話，他也不敢真的反駁，他只是心裡覺得可惜，若是能把握住阿秀，薛家必然還能再上一個高度！

第一百一十章 傳授解惑

阿秀原本打算隨便找個檔次高一點的酒樓客棧，偏偏那城東的高老爺好像知道她在想什麼，中午的時候就打發了人過來，說是有別院可以用來供她講學。

既然人家那麼熱情，阿秀也就不客氣了，讓人帶了幾句道謝的話以及一小瓷瓶的養生丸回去。

這個養生丸是阿秀和唐大夫、酒老爹一起做的，在以前的養生丸的基礎上又做了一些改進，雖說登不上什麼大場面，但是平時用來送人還是極好的。

到了第二日，阿秀到了那個傳說中的別院時還是嚇了一跳。

倒不是說那個別院有多麼的豪華，而是裡面隨處可見的都是藥草，甚至還有不少平日很是少見的，就在這裡這麼大剌剌地讓它們隨便長著。

阿秀一路走過來，就怕自己一不小心踩到了什麼，到時候心疼都來不及。

「是阿秀大夫啊！」剛進了正廳，阿秀就看到一個打扮周正的中年男子站在門口，笑著和她打招呼。

「您是高老爺？」阿秀有些不確定地說道。根據剛剛一路上看過來的情形，她總覺得高老爺的打扮應該還要再自在些。

「那是我祖父，他老人家年紀大了，腿腳就有些不大好，所以特意讓我在這裡等著您。」雖然他年紀比阿秀要大得多，甚至可能比酒老爹也要大上幾歲，但是他和阿秀說話的時候語氣中充滿了尊敬，這是被他爺爺看重的人，他自然是不敢怠慢。

「您客氣了。」阿秀連忙推辭道，對方畢竟是長輩，她哪裡好意思受這樣的敬語。

「我祖父就在裡頭，您先進去吧。」那中年男子見阿秀微紅著臉，也就不再堅持了，難得這麼一個小姑娘被自家的老祖宗這麼看重，他心裡都有些好奇了，只可惜他不過是一個商人，對醫藥不大感興趣，也不大懂。

「好。」

阿秀想著，這中年男子自己來稱呼的話，最起碼也得叫伯父，那他的祖父，自己應該稱之為什麼？而且就年紀來算的話，最起碼得有八十出頭了吧……

這裡的人雖然早婚早育，但是五世同堂也是比較少見的，畢竟這裡的醫療條件過於簡陋，平均壽命不過六十上下，超過七十，就算是長壽了。

等見到坐在主位上的老人，阿秀不得不感慨一下他那頭秀髮，雖然已經全部花白了，但是看起來很是順滑，髮質不用說，一定是極好的，讓人很有衝動去摸一把；再加上他長長的白鬍子，整個人像極了以前電視裡常出現的老壽星。

高老爺看阿秀先是眼睛發亮地看著自己的頭髮，然後視線又轉到了自己的鬍子上，他頓時有些不解了，有什麼不對勁的嗎？

「妳就是阿秀吧？」高老爺笑咪咪地看著阿秀，雖然不大懂她剛剛的舉動，不過他年紀大了，看到年輕有為的孩子，自然是歡喜和欣賞的。

「是。」阿秀點點頭，乖乖地行了一個禮。

「我前些日子聽說妳剖腹取子成功了，就特地讓人去請了妳來，妳該不會覺得唐突吧？」高老爺的聲音帶著老年人特有的一種溫柔和滄桑。

他說話說得很緩慢，語氣也很是溫和，讓阿秀有一種是在和自己長輩說話的感覺。

「不會，我還要感謝您騰出院子來呢。」大約是高老爺的態度，阿秀的神色較之前輕鬆了不少。

「這不過是小事，我呀，別的不多，就是屋子多，妳要是喜歡，這間屋子就給妳吧，反正平日也沒有什麼人住。」高老爺笑呵呵地說道。只是這話，卻絲毫沒有開玩笑的意味。

若對方是一名中年男子，阿秀可能還會想歪一下，但是面對這樣一個老祖宗型的人物，阿秀心裡只有一個感受——「土豪」！

先不說這個別院所處的位置和大小，就裡面這些藥材，全都價值不菲，偏偏他剛剛說話的語氣就好像在說：「今天包子買多了，要不給你一個？」

阿秀第一次這麼赤裸裸地感受到了貧富差距。倒也不是說阿秀沒有見過世面，畢竟她出入皇宮的次數也不少；但是，對於一個大夫來說，金銀珠寶的魅力有時候還真的比不上一棵珍貴的草藥，這是阿秀最近才領悟到的。

在她吃不飽飯的時候，自然還是覺得金銀珠寶重要；但人在能解決溫飽問題以後，追求的東西自然更加不俗一點。

「呵呵，您老客氣了，無功不受祿。」阿秀連忙拒絕，她可不敢隨便收這麼貴重的禮物。

「也不算是無功不受祿，妳願意將那剖腹取子的法子教給那些大夫，造福百姓，就是最大的功德了。」高老爺看著阿秀，眼中帶著讚許。

從他昨日聽到這件事情的時候，就對阿秀充滿了好奇，為此他還特地讓人去調查了一下她之前的事情，沒有想到一個平常的村女，竟然會有這樣的胸襟。

高老爺摸著良心自問，自己在她這個年紀，也不會有那麼大的肚量，人人都有一點私心。他哪裡知道，這是所受的教育不同。

「這個阿秀實在是不敢當。」被高老爺這麼一誇，阿秀的臉有些泛紅。

她自己原本倒沒有覺得什麼，只覺得能多救一個人算一個，教會的人越多，以後女人生孩子的死亡率就會越少。這樣的想法在她看來，是很正常的思維，但是現在被他這麼一誇，她都覺得不大好意思了。

「妳是個好孩子，妳若是不願意收下這個莊子也沒事，這是我的一個扳指，妳只要拿著這個，以後去標有『鴻德』字樣的店鋪裡，不用花錢，想要什麼，只管提。」

看到阿秀態度這麼謙虛，高老爺是越看她越順眼。

年少得志，多少會有些自傲，比如那薛行衣；但是偏偏她還如一般少女，帶著一絲羞澀，卻有著一般少女沒有的大氣。他活了這麼大把的年紀，自然知道，她以後的成就必然是不可估量的，即使她只是一名女子。

阿秀其實並不明白這個扳指所包含的深意，她甚至不知道，這個「鴻德」乃是全天下最大的連鎖牌子，橫跨酒樓、醫藥、糧食各個行業。

而且「鴻德」的當家人是高家人，高家當年也是宮中的紅人，只不過後來無心做官才退了下來，因為身分比較特殊，不管是誰，都會給他們留幾分薄面；就好比之前，阿秀出來的時候，高家的下人一上前，別人家的僕人下意識都停住了腳步。

高家人為人低調，但是卻不是好欺負的。

「那謝謝高老爺了。」阿秀有些茫然地接過了那枚扳指。

高老爺人很清瘦，不過手指關節比較粗大，他戴在食指上的扳指，正好適合戴在阿秀的大拇指上。

「老祖宗，您也來了啊！」這個時候，有別人進來了。

那人看到高老爺頓時一臉驚喜，這高老爺輩分可比他們高多了，平日裡根本就不出門，他們一開始以為高家不過是借了一個別院給阿秀，沒有想到，這高老爺竟然會出現。

這高老爺不管對於誰，那可都是老祖宗的輩分了。

「是楊家小子啊。」對於旁人，高老爺的態度就有些冷淡了，衝那人淡淡地一個點頭。

那楊大夫也不覺得尷尬，笑咪咪地又說了一些客套話。

這京城裡，各個圈子裡關係都是錯綜複雜，高家盤根極深，和京城不少世家都有聯姻，要真的認真計較起來，就是薛老太爺出現在這裡，那也得規規矩矩地叫高老爺一聲「表舅」。

而這楊大夫，輩分就更加小了，所以才叫高老爺一聲「老祖宗」。

楊大夫沒有說幾句話，陸續的，別的人也都到了。

原本定的時辰就是這個時候，他們本來就是抱著好奇心來的，都按捺不住提前到了。他們雖然之前都打聽到阿秀不過是一名十四歲的少女，但是在看到她本人的時候多少還是有些詫異。也虧得阿秀這一、兩年來，營養跟上了，身子也開始發育，不然完全就跟個黃毛丫頭一般，更加沒有信服力了。

那些老大夫們雖然心裡詫異，但是面上還是對著阿秀一通誇獎，無外乎就是那些話。

阿秀笑咪咪地都應下了，只是這一抬頭，就看到薛行衣神色有些複雜地看著她。

如果她沒有記錯的話，薛家並沒有遞請柬給她；不過她馬上就釋懷了，這薛行衣若是想要進來，還真的不大會有人攔他，不管在什麼時候，外貌的優勢都是存在的。

薛行衣因為之前阿秀拒絕去宮裡看太皇太后的事情，心裡一直對她有所芥蒂。在他心目中，阿秀是一個比較特殊的存在，像知己，有時候又像是師長，總會教給他之前從沒有涉獵過的知識，所以他對阿秀，還是比對別人高看好幾分的。

偏偏她之前的行為，讓薛行衣覺得她貪生怕死，沒有一點做大夫的擔當，所以才會不歡而散。就當他這麼給她定位的時候，偏偏她又弄了這麼一齣，這讓他真的不懂了，她到底是一個什麼樣的人？

「你也來了啊。」阿秀衝薛行衣點點頭，她還以為他不願意見自己了呢！

「嗯。」薛行衣臉上的表情難得帶上了一絲彆扭，好像兩個人原本在冷戰，偏偏他卻先示弱了。這樣的經歷對他來說是第一次，有些奇怪，又有些新奇。

「既然來了，等一下不如你給我做個助手？」阿秀原本沒有什麼表情的臉，因為看到薛行衣的表情，一下子多了笑容。其實他也不過還是個孩子，自己怎麼說都是成年人了，幹麼和他計較！

薛行衣一愣，點點頭。

人差不多到齊了，就有下人跑到高老爺那邊說：「屋子已經準備好了。」

高老爺示意他去和阿秀說。

阿秀點點頭，清清喉嚨說道：「大家到這邊，想必都是對剖腹取子的手法感到好奇，我本不是吝嗇之人，自然願意教授給大家，造福百姓，只是我想要大家在學之前，做一個保證。」

見所有人都將注意力放在了自己身上，阿秀才繼續說道：「首先，我希望你們保證，不會用這個手法，謀取額外的利益，當然我知道在場的都是有節操的人，這只不過是怕防不住之後的事情。」

阿秀見眾人的臉上並不見反感，微微笑道：「還有一項，就是若非必要，不要濫用這個手法。」

在現代，就有很多醫院，貪圖方便以及更多的費用，讓不少可以順產的產婦剖腹產，現代醫療技術發達，後遺症倒也不是那麼嚴重，但是這裡，可就不好說了……如果真的如此，這就和阿秀最初的意願相反了。

「我知道，在場的大夫都是仁心仁術的，阿秀不過是一個小小女子，就再做一回小人，特意準備了一塊布帛，大家若是贊同我之前的說法，便在布帛上面簽上名字，蓋上章，這份東西，就由最德高望重的高老爺保管，這樣大家也不用擔心有心人會做不當利用。」阿秀回頭，衝著坐在首位的高老爺笑了一下。

雖然之前阿秀有簡單和高老爺提了一下，但是具體的，高老爺也是現在才知道。他倒是沒有想到，阿秀小小年紀，竟然會想得那麼長遠。

想到她不過還是一個小女娃，高老爺倒也沒有負面情緒的產生。

阿秀看他們紛紛去簽字，心裡算是比較放心了。

這裡的人還是比較重視信用和聲望的，一旦答應了，特別還是留下了證據的，若是沒有什麼太大的意外，應該不會隨便去打破。

薛行衣看了阿秀一眼，她似乎比自己想的還要成熟不少；如果是他，他不吝於將自己的醫術教給有緣人，但是，卻懶得和這麼多人打交道。

他出身大家，有些事情看得很透，對人，他一直都抱著一種不信任，他不懂，阿秀怎麼就願意相信他們……

等所有人都簽上了名字，阿秀才讓人移步到了另一個房間。

這裡，阿秀讓人準備了一隻快要臨盆的母豬。因為原本就是肉豬，阿秀事先給牠灌下了適當的麻藥，然後在眾人各種複雜的眼神下，將剖腹產的步驟重複了一遍。

直到她剪完最後一根線頭，在場才有人長長地呼出一口氣。

阿秀的這種手法，刷新了他們一直以來的認知。

「步驟大概就是這樣，你們若是沒有看清楚，到時候可以單獨來問我。」阿秀緩緩地鬆了一口氣，剛剛聚精會神地做這場手術，雖然對象只是一頭豬，但是她也要儘量將手術做到完美。

「阿秀大夫，妳是怎麼想到這個法子的？」看到那頭母豬的麻藥已經慢慢消退，開始哼哼起來，在場的那些大夫都震驚了。

之前不過是聽說，現在親眼所見，對他們的衝擊還是很大。

那些大夫，原本稱呼阿秀，多是直呼姓名，但是現在，大家都不約而同承認了她大夫的身分。

「我年幼的時候曾經因為好奇研究過人體的結構，所以才會想到這樣的法子。」阿秀簡單地說道。其實就算她不說，大家也不會奇怪，這是她的秘密。

他們不過是隨口一問，並沒有指望她真的回答。

「這線放在肚子裡頭，不會有事情嗎？」有大夫問道。

這次阿秀用的是普通的黑線，所以在母豬白白的肚皮上面顯得特別突兀。

阿秀輕輕摸摸那母豬的肚子，笑著說道：「女子可能會比較在意自己的身體外貌，所以可以用羊腸線，身體能夠吸收。」

阿秀說的這個，又是他們之前完全沒有聽說過的。

阿秀的存在，好似就是為了驗證他們以前是多麼的孤陋寡聞。

「剛剛我特意叫人給你們都準備了一身長袍，那是因為，做這種手術，有一個很重要的地方要注意，那就是清潔。」阿秀原本想要用「消毒」這個詞語，但是怕他們不能接受，便臨時換了一個詞。

他們一開始還不大懂「手術」是什麼意思，但是馬上就領悟過來了，只覺得這個稱呼，很是貼切。

「這注意清潔，是怎麼個注意法？」馬上有大夫緊跟著問道，難得阿秀在，他們自然要將自己好奇的事情，都一一問個遍。

以後可未必還有這麼好的機會呢！

「首先，主刀的大夫，身上的衣服必然要是清潔的，當然做助手的人也不例外；其次，所有人的手一定要經過多次洗刷。」阿秀伸出自己的手來，現在並沒有橡膠手套，阿秀自認為也沒有這個能耐把它做出來，能做的只有多洗手幾遍。

那些老大夫紛紛伸出手來，以往他們的手都是用來開方的，現在若要讓他們拿刀，還真有不小的難度。

在場的老大夫大部分心裡都有些遺憾，早知道應該讓家中的有為子弟過來學習，他們這些老胳膊、老腿的，學了未必能用，而且也不能回去教授，畢竟自己只看過一遍。

這薛家人才是真的聰明啊，讓薛家最有前途的小輩過來。

對於阿秀的出身，他們多少也有些瞭解，據說是薛老太爺的弟子。不過這薛老太爺的性子，外人不知道，他們這些老古董還能不知道？他最是瞧不上女子，想來阿秀在薛家應是過得不大如意，所以這莊子還是高老爺借的；不然的話，就薛家的能力，一個莊子還拿不出來嗎?!

想到這裡，他們看向阿秀的眼神中，欣賞卻又帶著憐惜，這樣一個有能力的小輩，放在哪兒會不出頭呢！

「這剖腹取子要注意的也就這些，如果你們還有想到什麼都可以問我。」阿秀說。

她看著一群頭髮花白的老爺子們聽得一臉的聚精會神，多少有些欣慰，自己在大學的時候上這些課，下面還多得是玩手機的學生呢！

「阿秀大夫，這剖腹取子是個體力活，老頭子我今年都六十了，我能不能讓我的孫兒來和妳學？」一個小老頭出聲道。

他說出了在場大部分大夫的心聲，這剖腹取子雖然好，但是也耐不住他們有心無力啊！看阿秀年紀輕輕，剛剛做這麼一場手術，臉上都有不少汗，他們這把年紀，肯定不成，但是他們又不願意放棄這麼一個學習的機會，所以才會厚著臉皮說道。

阿秀聞言，微微一愣，她倒是忽略了這點。

在現代，那些主任醫師，年紀都不小了，五、六十歲還上手術檯的更是多得是；但是她忘記了，現代的五、六十歲，和這裡的五、六十歲可不一樣。這裡五、六十歲的老年人，只要身上沒有點病痛，已經算是萬幸了。

「自然可以。」阿秀笑道：「你們每人可以帶上一、兩個弟子，到時候我再找個日子。」

「那就麻煩阿秀大夫了。」那些大夫紛紛說道，看阿秀更加順眼了。

既然這醫術上頭的事情已經說得差不多了，那些性子比較活潑的小老頭，頓時就扯到別處去了。「阿秀大夫，妳現在訂親了沒，我有個外孫，今年正好十五。」言外之意是想給他們作媒。

這話若是對一般女子來講自然是唐突，但是阿秀不是一般的女子，只是她現在對這事沒有太大的興趣，或者說是對那些人沒有太大的興趣。

「這婚姻大事，自然是聽長輩的。」

那些人一聽，頓時就更加滿意了。原本想著，阿秀醫術如此之好，又是女子，這性子會不會有些離經叛道，如今看來，也還是極好的。

那些老大夫不禁開始想著，自己底下有哪些比較出息的小輩還沒有訂親的，這樣的女子，自然要趕緊明媒正娶過來。

就連坐在一旁的高老爺，也忍不住思索著，阿秀這麼好的人，自己下面有沒有合適的人，可以配得上她呢！

阿秀看沒人再提牽紅線的事情，還以為他們剛剛不過是隨口一說，她哪裡知道，那些老大夫私下都打算有大動作了。

阿秀在最後離開的時候，順便又提到了薛家的「九針之術」。她之前用在裴胭身上的是這個手法，但是這個怎麼說也是薛家的絕技，自己都還是薛行衣偷偷教的。她雖然不那麼喜歡薛家的人，但是節操還是有一點的，自然不能將人家用來安身立命的東西教給別人。

不過也不要太小瞧了別的大夫，他們行醫那麼多年，多少有一些旁人沒有的技能。就好比她剛剛說了那話，雖然有些人因為這個問題而煩惱，但是大部分的大夫卻沒有當回事。

等那些大夫都走了，阿秀收拾了一下東西，也打算回去了。

薛行衣一直等在旁邊，這個時候才出聲道：「妳真的不打算回薛家了嗎？」

雖然他平時不大關心這些事情，但是並不代表他人就傻，有些東西，他看得比別人更加透澈；自家祖父的態度、阿秀的態度、以及薛家那些人的話，無不昭示出了這一點。

「想必你也知道，薛家並沒有人是真的歡迎我。」阿秀語氣冷淡。

薛行衣因為阿秀這麼直白的話，微微愣了下。

她說的並沒有錯，薛家那些人都是看老爺子的臉色過活的，阿秀雖然是被太皇太后送進來的，他們對她恭敬但是卻絲毫不親近。

就算是那些平日裡最為八面玲瓏的夫人們，對她說話都是虛得很，這不過是因為老爺子不喜歡阿秀；她們怕得罪了太皇太后，但是更怕得罪了老爺子，畢竟老爺子才關乎她們最為切身的利益。

他一直以為阿秀並不會關心那些，沒有想到，她也是看得明白。

「我知道你不是迂腐的人，也不會和我說什麼大道理。」阿秀將薛行衣的話頭先截住，不管薛行衣會不會說些大道理，她都不想聽，她又不是小孩子，那些話她還不知道?!

薛行衣心裡微微嘆了一口氣。「只是妳一個未婚女子，這樣住在顧家也不是正經事。」

若是有些親屬關係，那就罷了，這樣非親非故的，以後若是談婚論嫁，多少會有些不大好的言論。

阿秀知道薛行衣是好心，眉眼間柔和了不少，微笑道：「沒關係的。」先不說她沒有太大的意願嫁人，即使有，連這點事情都會介意的人，她是萬萬瞧不上的。

薛行衣又深深地看了一眼阿秀，這才離開了。

不管怎麼樣，阿秀是他們薛家自己將她推開了，若是以後後悔，也是他們的事情。

第一百一十一章　阿翎出事

接下來幾天，那些之前學了剖腹取子手法的大夫都紛紛往顧家送禮物。

阿秀知道，他們為的是什麼事，東西若不是太貴重，她也就收下了。

因為裴胭的事情，她想著小倆口要避孕，就將之前的羊腸套又翻了出來。

這京城的各種作坊工人更加多，她提出一連串的要求，不過幾日，他們就將成品送了過來。

她便尋了個好看的木匣子，帶著去探望裴胭了。

裴胭還在坐月子，在這裡坐月子原本就不能下床，要不是阿秀之前叮囑過，要稍微活動一下，不然她可能這一個月都得躺床上了。

阿秀過去的時候，顧一正有些笨拙地抱著兩個孩子，在和她說話，他們看到阿秀過來，臉上的笑容頓時就深了不少。

「我先把孩子交給娘。」顧一衝著阿秀點點頭，便抱著孩子出去了。

阿秀掃了一眼，孩子過了這麼幾天，又白胖了不少，看樣子他們都照顧得很好。

「妳最近身子可好？」阿秀坐到床沿，用手握住裴胭的手，很是自然地把了一下脈，脈象已經平穩了，只是身子還有些虛。

「一直在喝藥，身子骨兒倒是強了不少，身上也不大疼了。」裴胭笑著說道。

若不是阿秀，她現在說不定已經不在這裡了，雖然因為吃藥的關係，孩子不能讓她自己餵奶，但是不管怎麼想，那都是自己賺了。

「那就好，等出了月子，妳就能稍微活動一下了。」阿秀笑道：「剛剛看顧大哥的模樣，倒是恨不得陪妳躺著呢！」

這裴胭和顧一倒是出了名的恩愛，害得近衛軍那些漢子們，背地裡都是各種羨慕嫉妒恨。

裴胭聞言，面色一紅，小手輕輕捏了一把阿秀的胳膊。「妳個小姑娘家家的，怎麼調侃起我來了。」

阿秀也不覺得難為情，繼續道：「我不過是說了一句實話，妳看這周圍的人家，哪家小媳婦兒不羨慕妳。」阿秀捂著嘴輕笑。

裴胭雖然嫁了人、生了孩子，但是在這方面還是有些害羞，反倒是阿秀，這麼一比，倒顯得跟老油條一般。

「妳個沒羞的！」裴胭嘴上雖然這麼說，但是臉上明顯帶著幸福的笑容。

身為女子，誰不希望嫁個重視自己的如意郎君。

「之前我和顧大哥講過，妳因為是剖腹取子，元氣大傷，最起碼五年內是不能要孩子的，妳年紀輕，就是過個七、八年再要孩子也不晚。」阿秀開始進入主題，打算講自己今天來的目的了。

說到這件事情，裴胭的眼神就微微暗淡了些，不過之前顧一已就這件事情安慰過她，她心態還算不錯，現在總算是能坦然接受了。

「妳說的是，現在還是養身子比較重要。」若是養不好身子，就是十年八年過去了，也未必能再生下孩子來。

「裴姊姊妳想得開便好。」阿秀剛開始以為還要一番安慰，沒有想到顧一已經將事情解決了。

不過一般女子熱衷於產子，主要也是因為婆家的態度，現在顧一他們願意以裴胭為重，那自然是最好的。

「只是你們新婚燕爾的，有沒有想過，這一不小心又懷上了，妳……」阿秀話只說了一半，後面的半句話，就有些勁爆了，實在不大適合她這麼一個未婚姑娘來講。

裴胭之前的面色是泛著桃色，現在就是一下子脹得通紅，被人問到房事方面，裴胭的臉皮根本就扛不住。

「妳……」裴胭想要說什麼，但是又覺得過於羞恥，不知道怎麼開口；她就不懂了，阿秀一個未婚女子，怎麼就能將這些話說得那麼順口。

阿秀見裴胭的臉色紅得都快滴出血來了，連忙說道：「好啦好啦，我的好姊姊，咱們就心照不宣，妳只管回答我那個問題就好了啊。」

裴胭聞言，面色卻是一片嫣紅，扭捏了半天以後才說道：「這事，相公應該會處理好的吧。」

阿秀一聽，笑容頓時就放大了不少。

「那我也不說什麼了，這個算是我送給顧大哥的，妳到時候幫我交給他，裡面有使用方法，他看到，自然就明白了。」阿秀將木匣子交給裴胭，她那麼害羞，自己就不拿這個東西刺激她了，不然腦袋充血，那可就是自己的罪過了。

「這個是什麼？」裴胭忍不住問道。看這個小木匣子倒像是首飾，只是首飾怎麼要給顧一呢？

這盒子原本還真的是阿秀用來放零碎的小首飾的，只不過正好要用，就隨手拿來用了。

「到時候顧大哥會告訴妳的，我現在就先賣個關子。」

「那行，我到時候給他。」

見裴胭沒有追著問這裡面是什麼東西，阿秀暗暗鬆了一口氣，不然刺激到了正在坐月子的產婦，怎麼說都是不大好的。

又閒聊了一會兒，阿秀推掉了顧家伯母的熱烈邀請，便回去了。

等阿秀一走，裴胭就看著那小木匣子，越看越是按捺不住好奇，這裡面到底是什麼東西呢？阿秀還要故意瞞著她。

她想著她和顧一之間也沒有什麼秘密，她看一下應該不會有事。

一打開那個木匣子，裴胭就看到一堆奇怪的玩意兒，上面還有一張紙。

她忍不住打開那張紙條，不過一眼，她就驚叫一聲將紙丟了回去。

只不過花了好一會兒工夫將心情平復了，她又忍不住拿起那張紙看了起來，這世上，竟有如此淫蕩又神奇的玩意兒！

阿秀這邊正在教那些大夫剖腹取子之術，那頭太皇太后已經陷入了病危。

冬天的時候，老人本身就不好過，更不用說太皇太后身子原本就不好。

這京城溫度一降，整個皇宮的氣氛一下子就不對了，這些日子那些御醫全部守到了太皇太后寢宮外頭，薛家更是派了好幾位醫術比較高明的大夫進去，像薛行衣和薛老太爺根本就沒有再出來過。

只是皇宮這裡病情危急，顧靖翎所在的濱州也發生了巨大的災難。

前幾日，濱州最大的雪山崩塌，山腳附近的村落全部被埋了，顧靖翎帶著人去救災，但是卻在那裡失去了消息。

顧小七過來報信的時候，距離他失蹤已經整整三天了，顧家人自然是急得不行。

只是現在太皇太后的事情占據了小皇帝大部分的心神，這件事情，他只下旨派人去尋找。

濱州地形並不複雜，但是如今是大冬天，尋人十分不易，而小皇帝派去的不過是一隊尋常的士兵。

顧夫人從聽到消息後就臥病在床了，鎮國將軍雖然想要親自去找，無奈身上有軍令在身，沒有聖旨他根本就不能離開京城。

顧瑾容和顧靖翎是同胞姊弟，她硬是說能感應到顧靖翎在哪裡，要跟著皇上派的那隊人馬一塊兒去濱州。

但是那邊環境過於惡劣，顧家人自然捨不得讓她一個姑娘家去，已經有一個顧家子孫在那邊了，怎麼能再去一個。

可是顧瑾容的脾氣比鎮國將軍還要倔，既然說了要走，就一定要走；她雖然平日裡和顧靖翎不是很對頭的樣子，但是顧靖翎出了事情，她比誰都擔心。

顧瑾容和顧靖翎畢竟是在一個娘的肚子裡一起待了十個月的，相比較別人，自然是多了一分情誼。她直接放下話，要是他們不帶她，她就自己偷偷跑去。

顧將軍對她也沒了法子，老太君又是默許的態度，他只好親自進宮，向皇上求了旨。

小皇帝現在雖然被太皇太后的病情弄得有些焦頭爛額，但是他也不會攔著，就准了他。只是到了出發的時候，這隊伍中，又多了阿秀和王川兒兩人。

阿秀不大明白，自己怎麼就會答應一塊兒去濱州，她明明最是怕冷，但是顧瑾容說，希望她一起跟去，幫忙治療病人，她腦子一熱，就答應了。

近日來，阿秀心裡總覺得有些不踏實，但是坐上了去濱州的馬車，她的心情奇跡般地恢復了。

「阿秀，這次的事情實在是麻煩妳了。」顧瑾容看著阿秀，眼中帶著歉意，明明知道阿秀最是怕冷，卻自私地拉上了她。

顧瑾容雖然在長輩面前說得信誓旦旦的，但是事實上，她在擔心顧靖翎的同時也帶著一絲心虛，心想帶上阿秀的話，她的底氣似乎就會足一點。

「不要這麼客氣，若是真的能幫上忙，我也算盡了一分心意。」阿秀微微一笑，只是緊接著就是一個大大的噴嚏。這路才走了不過一日半，她就覺得氣候冷的就不是一點兩點了，京城的天氣她就有點扛不住，更不用說是濱州了。

顧瑾容看著阿秀微微發抖，小臉蛋因為寒冷，變得有些僵硬，心裡就更加過意不去了。

「這件是阿翎的白虎披風，是他當年親手獵到的，這天氣越發的冷了，妳穿上這個禦寒吧。」顧瑾容將一件大大的白色毛披風拿出來披到阿秀身上。

這件披風，顧靖翎以往最是珍惜，畢竟這還象徵著一種榮譽，不過若是他知道是給阿秀披，想必他也不會有意見吧。

阿秀只覺得身上一暖，那些冷空氣好像一下子被阻隔在了外頭，整個人突然間就輕鬆了，她小小的身子全部蜷縮在了裡面，好似一個蠶蛹。

顧瑾容對她的憐惜更重了幾分，若不是因為自己的緣故，她小小年紀，何必來受這樣的苦，她這麼一想，越發覺得阿秀重情重義。

因為這次是去救人，外加外頭的天氣實在惡劣，幾人一路基本上沒有太多的話。

好不容易到了濱州，整個濱州都是白茫茫的一片，這人踩在雪上，足足可以陷下去半條腿。馬車根本不能進去了，阿秀幾人只好下來，只是她們原本個子就不高，走路就更加艱難了。

好不容易走過了那一段，裡頭因為有人一直在清理，道路上的雪倒沒有那麼厚了。

明明這麼冷的天，但是阿秀她們卻走出了一身的汗。

這次來迎接他們的不是別人，是顧二。

顧小七因為趕路太急，身上有多處凍傷，如今還在京城養傷。

「大小姐。」顧二對著顧瑾容恭恭敬敬地行了一個禮。

從顧靖翎失蹤到現在，已經有足足八天了，他們找了好多地方，卻沒有找到任何的蹤跡。顧二原本是一個硬漢，但是經過了這麼長久的失望和顛簸，整個人就有些萎靡，氣色更是憔悴；而且這邊氣候不好，他臉上皮膚有不少被寒風吹出的細痕，嘴唇更是裂得很嚴重。

「不用行禮了，你先和我仔細說說，阿翎是在哪裡失蹤的。」顧瑾容急切地問道。雖然顧小七有大致說了一遍了，但是如今的進展還是要聽他們來講。

「將軍是在大旗山失蹤的，那山之前經歷了雪崩，將山下的村莊都掩蓋了，當時將軍帶著九名近衛軍一塊兒去的，但是現在卻沒有一個人回來。」顧二說到這裡，眼睛就紅了。

近衛軍一共十九人，因為之前的事情，只剩下了十六人，顧一、顧十九留在京城，還有兩個兄弟因為家中長輩的身體問題，在家中伺候，如今跟到這邊來的不過十二人。

這次跟著將軍去的，有九人，他、顧三和顧七則是留守在原地。

但是他們都沒有想到，沒能等到他們回來，而且奇怪的是，之前跟去的那些人，除了將軍和近衛軍，別人都回來了。

問他們，只說將軍執意要進某一處，結果那大旗山又發生了一次小的雪崩，除了他們，剩下的人都被埋進去了。

他們幾個聽到那些人這麼不負責的話語，恨不得將人狠狠揍一頓，但是他們不能。這次的任務，將軍原本就沒有帶多少身邊的人，若是這次鬧僵了，將軍就更加找不到了。

回去。

「某處，某處是哪裡？」阿秀問道。她的頭從披風裡微微探出來了些，不過馬上又縮了

顧二這才注意到，那個毛茸茸的玩意兒竟然是阿秀。

他雖然遲鈍，但是也知道自家將軍對阿秀的感情不一般，如今看到阿秀這麼大老遠趕過來，頓時覺得自家將軍果然是沒有看錯人啊！不然這濱州環境這麼惡劣，將軍又是生死不明的，哪個女子會這麼不管不顧地趕過來！

「說是一個洞穴一般的地方，但是如今各處坍塌嚴重，雪覆蓋面又大，根本就找不到那個地方了。」

這才是最讓他們憂心的事情，這濱州，如今都是白茫茫的一片，又沒有明顯的標識，想要找到一個地方，實在不容易。他們每天都會去找一次，但是從來沒有找到過，時間過得越久，那些人存活的可能性就越低。

這些天，顧三因為著急，整個人都因此上了火，開始發燒，所以今天來接人的近衛軍就他一個人。

「那地方沒有明顯的標識，可是顧將軍應該不會沒想到要留下一點線索吧。」阿秀這次沒有探頭，聲音藏在那厚厚的毛皮下，顯得有些悶悶的。

剛剛聽顧二這麼說，她心裡忍不住發沈，她一開始以為，時間都過去那麼久了，他們留在這裡的人，至少會發現一些線索，不得不說，她還是天真了。

「最近又下了一場大雪，就是有線索……」顧二搖搖頭，如今這種天氣，就是有線索也

保留不住，所以他們現在才會像無頭蒼蠅一般。

顧瑾容的神色因為他的話也變得不大好看，這事情比她想像的還要困難不少。

「我之前作了一個夢。」顧瑾容微微舔了舔嘴唇，雖然說雙生子之間有心靈感應之說，但是她以前並沒有這樣的經歷，而這個夢，讓她自己更加覺得是日有所思，夜有所夢。

但是顧二他們並不是這樣覺得，他瞪大了眼睛，一臉期待地看著顧瑾容，現在不管是什麼，只要是能給他一點期望就好。

「我夢到阿翎他在的地方有不少小的山頭，他就在那下面，而且那下面好似是空的，還躲著不少別的人。」顧瑾容越說聲音越低，這樣的夢境未免太不真實了。

但是偏偏顧二聽了眼睛卻是大亮，有很多小山頭的地方，他還真知道有那麼一個，顧瑾容沒有來過這裡，卻作了一個這樣的夢，肯定是因為兩人之間心有靈犀。

「我現在馬上派人一起去找一下！」顧二說著將顧瑾容丟給一旁的人，自己急急忙忙地走了。

不知是不是因為顧二的表現，顧瑾容也有了信心，說不定真的能把人找到了。

倒是阿秀，心情卻沒有絲毫的放鬆，她知道心電感應這種玩意兒，但是卻不敢十分相信，心裡總是有些不安，她只能安慰自己，往好處想。

第一百一十二章　變相安慰

因為裴胭成親了，顧瑾容的身邊雖然配了別的丫鬟，但是她還是有些不大習慣，這濱州又不比一般的地方，她這次過來，最後只帶了一個叫綠珠的丫鬟。

只是那小丫鬟身子骨兒比阿秀還要弱，還沒有到濱州，人就先倒下了，當然也有可能是因為她沒有白虎皮披風能禦寒。

顧瑾容不是一個苛刻的主子，她知道濱州的環境惡劣，就將綠珠留在了半路的一間客棧裡，等他們回去了再將人接上，不然到了濱州，那病情說不定更加嚴重了。

到了濱州知州的府上，知州夫人見顧瑾容沒有帶貼身丫鬟，還很是熱情地將自己身邊的丫鬟派了過去，只是這用意，是為了照顧人還是為了順便監視，那就不得而知了。

畢竟顧靖翎是在濱州地界上失蹤的，若是有個萬一，他們可是難辭其咎。

將東西簡單整理了一下，阿秀和顧瑾容就算是這麼安住下來了。

不過她們現在的心思也不在吃穿住行上，眼巴巴地望著門外，就等著顧二帶好消息回來。

只可惜，等天都暗了兩個時辰了，顧二才沮喪地回來，不用說話，就知道結果還是沒有找到人。

「那邊一點人的痕跡都沒有，我們把附近都翻了一遍了。」顧二很是難過地說道。

這太陽已經下山，一天都浪費了，現在都過了足足八天，將軍他們身上只有一些應急的口糧，要是再等幾天，就算找到了人，那生死也說不準了。

「明兒不如我隨你們一塊兒去，說不定能有所發現。」顧瑾容說道。她心裡雖然失望，但是卻沒有表現出來，如果她第一天到就能將人找到，那未免太輕鬆了些，顧二他們也不會愁眉苦臉那麼久了。

「我也和你們一塊兒去吧。」一個毛茸茸的身影從旁邊走了過來，粗粗一看，像極了一個大毛球。

「妳身子不大好，還是待在這裡吧。」顧瑾容說道。阿秀身子不如他們，那山上的氣候比這裡還要冷上幾分，她哪裡好讓阿秀一起去。

「沒有關係，我剛剛做了一種藥膏，吃下去的話，身子能暖好幾個時辰，妳若是不信的話，明兒也吃上一些。」阿秀說道。

她正好從顧三那邊過來，他身上的凍傷很嚴重，不少地方都已經潰爛了，她剛剛給他收拾了好久。

雖然他們這邊也有提供藥材，但是如今人人都忙著抗災，誰能有那麼多心思在他身上。他們也不好怪人家，畢竟和廣大百姓的生命比起來，他身上的這些凍瘡還真的不算什麼。

而阿秀剛剛說的藥膏，是她在路上的時候想到的，利用某些植物的特性，做了一種藥水，抹在身上會熱熱的，就是有些刺激，偶爾用一下還好，若是用多了，皮膚肯定受不了。

見阿秀態度堅定，顧瑾容也不再拒絕，畢竟有一個大夫跟上，的確是一件好事。

「這雪山最早崩塌的地方是哪邊？」阿秀隨口問道。

「是最東邊，那邊雪崩過三次，路差不多完全被埋住了，我們有上去過一次，但是並沒有發現有什麼痕跡。」

這大旗山整個山脈，他們差不多都尋遍了，所以他們才不懂，顧靖翎到底去了哪裡？

「我倒是覺得，他在東邊的機率不小。」阿秀說道。那只是一種感覺，她在醫術上有天賦，別的事情上，只能靠直覺了，阿秀自己也說不出一個所以然來。

顧二聽到阿秀這麼說，面上露出一絲為難。

「那東邊地勢比較陡，雪又擋了路，要上去很是不容易，而且之前又去過了，那些人未必會答應。」顧二說道。畢竟現在近衛軍中能自由活動的只有他了，將軍之前帶來的將領雖然也在，但是人數並不多，還要依靠濱州當地的將領。

但是現在被雪災禍害的地方實在不少，他們每天的任務也很重，如果沒有一定的證據，要讓他們跟著他們去東邊，實在有些難。

「這個……」阿秀也不好說什麼，畢竟自己的確是沒有什麼證據。她只是覺得，東邊先發生了雪災，她個人就下意識地認為那邊再發生雪災的機率會更小些，如果是她就會往那邊走；但是剛剛聽顧二講，那東邊一共發生了三次雪崩，可能真的算是她猜錯了。

「我明兒再去和他們說一下吧。」顧二說道。現在他們是毫無頭緒，至少阿秀給他們點出一個方向也是好的，即使結果未必真的讓人滿意，但是總比留在這裡乾著急好。

「我明天和你一起去。」顧瑾容有些急切地再一次表示。顧二不過是一個普通的將領，說話並沒有太多的底氣，而顧瑾容怎麼著也算是鎮國將軍府的嫡長女，說話自然是比他多些分量的。

顧二點點頭，現在也沒有別的法子了，將軍不在，群龍無首，這濱州知州又是個有些自負的，若是他去找的話，即使他願意撥人，那話也不會太好聽，這段時間，他已經見多了這樣的場景。

「那屬下先告辭了。」顧二說完就急急忙忙地走了。

如今將軍不在，士氣大降，今天又是白忙活一場，他自然要去鼓勵他們，免得沒了期望。以前這種事情都是顧七在做的，他雖然年紀比自己小，人卻比自己聰明不少，而且說話也比自己有說服力；他一向嘴笨，若不是現在情況特殊，他都不相信自己還能做到這樣的事情。

顧瑾容有些發怔地看著顧二離開，微微嘆了一口氣。

等阿秀也走了，顧瑾容才有些疲倦地揉了揉自己因為被風吹還泛著涼意的臉頰，現在的情況，讓她覺得有那麼一瞬間的無力。

她來之前說得信誓旦旦的，但是現在面對這樣毫無頭緒的事情，她卻有了一絲擔憂。

阿翎他……

自打顧靖翎開始帶兵單獨上戰場，顧瑾容就沒有這麼擔心過他，她知道他是一個有理想、有抱負、有能力的男子，但是現在她在害怕，明明覺得應該要相信他沒有事的，但是……

「顧姊姊。」阿秀輕輕叩了一下門。

顧瑾容微微一驚，她不是走了嗎？她深呼吸了一下，將心頭的那些情緒都先平復好，才出聲問道：「有事嗎？」

「就是想和妳說說話。」阿秀的聲音在夜色中，顯得有些溫柔。

顧瑾容愣了下，卻還是站起來，打開了門。

阿秀身上還穿著那件虎皮披風，因為身量小，披風有一部分拖到了地上。

「時辰不早了，妳怎麼還不去睡覺？」顧瑾容故意說道，她不想讓阿秀看到自己那麼脆弱的一面。原本阿秀就是她硬拉著過來的，如今要是她先露出負面的情緒，勢必會影響到阿秀的狀態。

「我就是有些餓了，所以想找顧姊姊一起吃東西。」阿秀笑咪咪地說道，也不等顧瑾容反應過來，就自己走進了屋子。

「妳這屋子倒是暖和呢。」阿秀一邊說著，一邊將披風脫了下來，一看就是不打算馬上走人了。「這是我特地找廚房裡的大娘做的，也不知道妳喜不喜歡。」

阿秀將懷裡的一個小食盒放到桌子上，剛剛因為是藏在披風裡頭，所以顧瑾容沒有注意到。

「這是什麼？」顧瑾容將門關上，既然人都進來了，自然沒有理由再將人趕出去。

「這個是酒釀蛋。」阿秀將食盒的蓋子打開，從裡頭端出兩小碗的酒釀蛋。

「我以前從沒有見過。」顧瑾容看著這碗長相樸實的酒釀蛋說道，不光是沒有見過，她連聽都沒有聽過。

他們那邊不是沒有酒釀蛋，但是和這個並不是一個玩意兒。他們那邊的酒釀蛋和醪糟雞蛋是一個東西，而阿秀這個和雞蛋羹差不多，但是模樣不夠秀氣，顏色也有些奇怪。

「妳嚐嚐，看味道怎麼樣。」阿秀將其中一碗推到顧瑾容面前。

其實現在這個時辰，廚房哪裡還有什麼大娘，這個東西是她自己折騰的。

她廚藝不好，真要做什麼點心她還真不行，這個酒釀蛋是她在現代的時候滿喜歡的一樣東西，一個是因為它甜甜的，帶著酒味，還有一個就是治痛經效果很不錯。

這是她媽媽以前教她的一個法子，雖然其中有沒有什麼科學依據就無從得知了。

她差不多有十多年沒有吃了，今天也不過是心血來潮才想到。

阿秀知道，顧瑾容現在的情緒肯定不大穩定，經歷了路上的奔波和剛剛的失望。

顧瑾容也不過是一個普通的十幾歲女子，她又不擅長安慰人，就只能這樣了。

而且她在路上就發現，這幾日正是顧瑾容的小日子時間，女孩子這種時候本身情緒就不大穩定，吃點東西，讓胃變得暖暖的，至少心情也能稍微好一些。

「甜甜的，味道雖然有些奇怪，倒還不錯。」顧瑾容吃了一口，就嚐到了一股酒味。只不過吃下去以後，就感覺到了一陣暖意，原本有些痛的小腹好像也沒有那麼難過了，就連原本沮喪的心情，好似也好過了一些。

第二日一大早，顧二就很是沮喪地回來了，知州果然不願意派人去東邊，他知道現在這樣的情況也不能怪知州，可是……

顧瑾容忍著心中的不滿，也去找了知州一趟，可是不管她說什麼，人家都以百姓的性命為重，讓她也實在無話可說。

就當顧瑾容打算就帶著顧靖翎留在這裡的將領，自己去找人的時候，那知州突然笑得一臉的諂媚，帶著人過來了。

以往顧二求他出幾百兵力都是相當不易，但是這次，他卻一下子帶了足足一千人，讓他們任意調動。如此結果自然是他們願意看到的，但是幾個時辰前，他明明不是這樣配合的態度啊！

「陸知州，不知你怎麼突然改變了主意？」顧瑾容忍不住問道。若是他一開始答應也就罷了，偏偏他一開始態度很是堅定，要將兵力放在最為緊要的地方；但是現在卻是這樣的態度，若說其中沒有一點貓膩，她是絕對不相信的。

「這個，主要還是阿秀姑娘勸服了我。」陸知州說到阿秀，笑得有些深意。

這讓顧瑾容和顧二就更加有些摸不著頭腦了，這又關阿秀什麼事情？

只是這陸知州不肯說，他們也不好追問，只等人走了，他們再去問阿秀。

正好這個時候阿秀也過來了，一看她身上的裝束，顧瑾容敢肯定，她比他們還要早知道這件事情，那是不是就意味著，那陸知州說的是真的？

「顧姊姊是不是想要問，陸知州怎麼突然改變主意了？」不等顧瑾容開口，阿秀先笑著說道，她自然能夠猜到，顧瑾容他們現在在好奇些什麼。

其實也不是什麼大不了的事情，她不過是拿出了足夠大的誘惑。

這陸知州的確算是一個不錯的官員，至少他對百姓是真的負責，但是，這並不代表他就沒了私心。他人到中年，最大的心事就是沒有子嗣，不光是陸夫人沒有生育，就是府裡的兩個侍妾，也沒有任何懷孕的跡象，這其中肯定是有緣由的。

阿秀之前在見陸知州的時候，就察覺出他面色之間隱含著一團鬱氣，後來再一把脈，果然是這樣……

陸大夫自身有問題，才導致不孕、不育。他自己自然是有所察覺，只是男子不能生育，實在是一件難以啟齒的事情，陸知州雖然心中急切，卻也不敢隨便找大夫上門來看。

畢竟這對於一個男人的聲譽來講，是有很大的影響的。

所以他才會更加兢兢業業地對待自己的事業。

如果兒孫滿堂這點不能滿足了，那他至少還能追求一個流芳百世。

這也是他為什麼之前對尋找顧靖翎的事情十分不熱衷的一個原因，畢竟花大量的人力物力，只為找幾個人，而害得更加多的百姓流離失所，說不定就會成為他職業生涯中的一個大污點。

要不是阿秀今天去找他，告訴他有把握治療好他的病，他也不會這麼快就變了態度。

當然阿秀並不是一點實力都沒有展現，她幾下就將府中幾位患有陳疾的僕人的病查了出來，還開了方子。

其中有位僕人前些日子正好摔斷了腿，阿秀不過幾下，就將腿給收拾了一番，那麻利的手法，讓人不刮目相看都不行。

陸知州雖然心裡還有些懷疑，但是他現在都這個年紀了，要是不把握的話，說不定這輩子真的就這麼斷子絕孫了。

抱著試一試的態度，他便答應了阿秀的要求，而且阿秀只要求他出一千人，並不要求一定要找到人，並不算太苛刻。

顧瑾容和顧二聽到阿秀這麼一番解釋，眼睛都直了。他們沒有想到，竟然還有這樣的法子，他們甚至都沒有發現，陸知州身上竟然會有這麼大的一個問題。

阿秀見兩人面色都很奇怪，以為是對這件事情有些不能釋懷，便寬慰道：「我是學醫的，自然對這個更加敏感些。」畢竟術業有專攻。

「現在當務之急就是帶人去東邊，至少不能放棄尋找，距離將軍他們失蹤已經九天了，我想著就算人找到了也未必是活蹦亂跳的，昨兒就做了一些藥水，到時候希望可以派上用場。」阿秀說道。

她心裡特別怕到時候找到的不過是幾具屍體，就算不是，那身體多半已經很虛弱了，她便調製了一些濃度比較高的糖漿，裡面放了一些溫補的藥材，可以及時補充體力。

顧瑾容聽到阿秀這麼說，眼睛頓時一熱，昨兒阿秀從她這邊離去的時候，時辰就不早了，沒有想到，她還去做了這麼多的事情，反倒是自己只顧著擔心，什麼作為都沒有。

明明她才是阿翎的親姊姊，現在她卻深深的有一種被比下去的感覺，雖然心裡難免覺得無力，卻也為他感到高興，有這麼一個女子，願意在這裡這麼為他努力著。

她相信，阿翎也在努力著。

「那我們收拾一下，趁著天色還好，趕緊出發吧。」顧瑾容將別的雜念都甩到腦後，現在當務之急就是去找人。

阿秀點點頭。

雖然已經是正午了，但是因為雪難得的停了，一行人的速度也不算慢，很快就到了大旗山的東邊，就和顧二說的一般，可以看出有坍塌的痕跡，而且雪的厚度比山下更加厚。

阿秀的個子原本就不高，在這上面行走，更是萬分艱難，若不是她一直咬緊了牙關，未必跟得上他們一行人。

「這裡好像有人的痕跡。」顧三咧著嘴說道。

顧三原本還在養傷，但是他聽說這次借到了一千人，於是也強烈要求要跟上，他已經休息得太久，不能再偷懶了。

而且阿秀來了，他相信不管自己病得再嚴重，阿秀都會有辦法的。抱著這樣有恃無恐的心理，顧三一路上顯得很是活躍，甚至都看不出他身上還帶著不輕的傷。

「哪裡？」聽到顧三這麼喊，顧瑾容連忙跑過去，只是動作太大，人一下子摔在了雪地上。不過她也不在乎這些，急急忙忙地又爬了起來，因為動作太匆忙，手還被下面的什麼東西劃了一下。

「您看這裡，有骨頭，而且看這大小，應該是狼的骨頭，上面覆蓋的雪並沒有那麼厚，想必之前有人在這裡吃過狼肉，而且這寒冬裡的惡狼最是凶惡，那人有這樣的能力，武功肯定很是高強……」顧三說到這裡，眼睛一陣發亮，那個人絕對就是將軍！

顧瑾容聽到這裡，也是心中一喜。顧靖翎的功夫，她自然瞭解，對付一大群惡狼不行，但是對付一頭落單的肯定綽綽有餘，這麼一想，她頓時就有了動力，急道：「快點找，說不定人就在附近！」

阿秀也覺得這個概率很大，她沒有想到一來就有了這麼大的發現。

只是開端是美好的，過程是充滿期待的，但是結果卻未必是圓滿的，直到太陽快要下山，他們都沒有再發現別的什麼線索。

如果說不失望那是不可能的，顧瑾容努力讓自己不要變了臉色，但是微微耷拉著的嘴角還是顯示出了她的心情。

她以為，自己今日真的能找到阿翎……

「顧姊姊，不要灰心，說不定明日就能找到了。」阿秀用手拉住顧瑾容的手，她心裡不是不失望的，但是能有什麼辦法，他們能做的就是不放棄，繼續加油！

「嗯。」顧瑾容點點頭，但是微微泛著紅的眼角，卻毫無說服力。

顧三來的時候還精力充沛，到了走的時候，腿腳都有些跛了，他腿上原本就有不少的凍傷和潰爛，今天還在這裡待了這麼久，當然最主要的，還是來自心靈上的失落。

好不容易回到了知州府，顧瑾容連晚飯都沒有吃，就直接回了自己房間。

她從小並沒有經歷過太大的挫折，相比較別的貴女，她經歷的的確要多得多；但是在她前面，一直有鎮國將軍和顧靖翎兩個人幫她擋著，她需要承受的其實很少。即使因為婚嫁的事情，一直被京城裡的某些人所詬病，但是顧夫人也將她護在了身後。

顧瑾容的心智，相比較一般的女子，自然是要堅定不少，但是面對現在這樣，隨時可能會失去至親的情況下，她根本無法淡定。

「顧姊姊。」阿秀在外面敲門，見裡沒有反應，就直接推開了門。現在這種時候，不能任由她這樣，人是鐵、飯是鋼，這裡氣候又那麼冷，怎麼能縱容自己不吃飯；不光要吃，還要努力多吃，不然怎麼有力氣迎接明天的挑戰！

顧瑾容原本正躺在床上，回憶著自己從小和顧靖翎的相處，就聽到了阿秀的聲音，她現在並不想面對任何人，但是她沒有想到，阿秀竟然就這麼直截了當地進來了，沒有法子，她只好從床上坐了起來。

「我也不多說什麼，只是這飯啊，肯定得吃，不然明兒誰帶著大家去尋人！」阿秀將幾個大瓷碗端出來，上面滿滿的都是飯菜。

就顧瑾容平日的胃口，能吃掉三分之一就算不錯了。

但是今兒也不知道是怎麼了，她原本還覺得渾身沒了力氣，但是在這一刻，她又有了力量，一下子將所有的飯菜都吃光了。

阿秀說的沒錯，她還有明天。

第一百一十三章　終於找到

這邊將顧瑾容安撫好了，阿秀回去以後，又將濱州以及大旗山的地形圖細細研究了一番。

她始終覺得大旗山的東邊隱藏著什麼，但是這古代的地形圖簡陋得很，而且又是好幾年前的，實在看不出什麼東西來。阿秀心裡不踏實，自然也睡不著，打著給知州送藥的名頭，又問他將州志也找了出來。

阿秀開的藥方還是很好的，陸知州不過吃了兩副，就覺得身上有些不大一樣了，對她更是信服了好幾分。不過就阿秀看來，這更多的是心理作用，不孕、不育不比一般的病症，效用哪裡有那麼快！

州志上面有提到，這大旗山很多年前曾經被發現有不少的鐵礦，朝廷花了三、五年的工夫，將裡頭有價值的鐵礦都挖乾淨了；之後每年的雪災，那裡的崩塌情況就特別厲害，不少人死在了裡頭。

但是這件事情發生在好幾十年前，當年的皇帝早就作了古，現在基本上也沒有什麼人說起這件事情了。

如果按這件事情推算，那當年的鐵礦會不會就是在大旗山的東邊，她忍不住想，當年挖鐵礦，那些礦工說不定會留一些洞穴用來作為平日的休息場所。

要是顧靖翎他們是在那裡面呢？

她心中一陣激動，覺也不睡了，穿好了衣服就往顧瑾容那邊跑。

顧瑾容原本就睡得不是很熟，聽到阿秀的拍門聲馬上就醒過來了。

她在聽完阿秀的那些推理以後，心裡也是一陣激動，現在不管怎麼樣，只要有點線索，就不能放棄。

「顧姊姊，我記得妳之前是不是被什麼東西劃傷了？」阿秀腦中一閃，突然想到一件事情。

之前顧瑾容摔了一跤，手上好像被劃傷了，當時因為忙著找人，就沒有太在意。

「我剛剛看了一下，傷口並不嚴重。」顧瑾容以為阿秀是在擔心自己的身體，連忙擺手說道。

阿秀直接抓過她的手一看，傷口上有一些暗紅色殘留物，是鐵屑的機率很大。雖然不能保證那一定是赤鐵礦留下來的痕跡，但是往好處想的話，那不就和她之前的猜想連繫上了嗎？

「我先幫妳包紮一下，等外面天色再亮一點，我就去找人和我們一塊兒過去，今天我們要更加仔細地找！」阿秀很有信心地說道。

顧瑾容原本想要拒絕，但是看到阿秀神色非常堅持，也就沒有再反對，她不能讓別人再擔心她了。

等到天色微亮，阿秀已經將所有人都召集起來了。

濱州的這些將領倒也沒有什麼怨言，他們既然聽陸知州的命令，自然也就不會有別的想法。

「這次我們主要要找一下，下面有沒有鬆動的地方，這裡曾經挖出過大量的鐵礦，肯定有些我們不知道的地道，說不定顧將軍他們就在裡面。」阿秀雖然還不確定，但是為了給眾人信心，將話說得很是自信。

顧二聽到阿秀這麼講，頓時眼睛就亮了起來。他以前怎麼就沒有想到多去查些資料呢，每天就跟個無頭蒼蠅一般，只知道漫無目的到處找。

「是！」

阿秀眼睛亮，低著頭細細地尋找著，看地上有沒有什麼比較可疑的痕跡。

「阿秀，妳快來看，這個是不是血跡。」顧瑾容指著某一處，很是激動地喊著。

阿秀連忙示意她放輕聲音，這裡現在可不十分安全，說不定聲音一大，又是一輪新的雪崩，那到時候找人就更加困難了。

顧瑾容連忙閉上了嘴巴，然後示意阿秀過來。

阿秀走過去，發現那個地方的確有一些紅色的痕跡，但是被雪稀釋了，不過她聞了一下，還是有淡淡的血腥味。

「雖然不能證明一定是人血，但是要往好處想。」阿秀衝著顧二說道：「你帶著人沿著這個痕跡找過去，我再去看看別的地方。」

不過才這兩、三天的工夫，不管是顧瑾容還是顧二都下意識地將阿秀當成了領頭羊。

出現這樣的狀況，他們兩個都無法淡定地思考問題，只有阿秀，能井井有條地處理各種問題，以往他們都沒有發現，阿秀竟然還有這樣的能力！

「這裡發現了幾塊骨頭。」顧二說道。雖然不是直接找到了人，但是也算是一個不錯的線索。

「再看看有沒有紅色的痕跡。」阿秀說道。

昨日沒有下雪，前日下了，但是這個痕跡還留著，是不是意味著，在他們昨日來之前，有人在這一片出現過？

「這邊還有一些。」又有人發現了紅色的痕跡。

緊接著的，找到的還是一堆骨頭，將所有的紅色痕跡和骨頭連繫在一起，竟然組成了一個很大的橢圓形。

阿秀指著差不多圓心位置的地方說道：「從這裡開始往下面挖。」雖然不敢肯定，但是她覺得，他們就在下面。

「咚。」顧二的鐵鍬撞到了一個堅固的東西，他的手因為措不及防被震得一麻，只是他沒有顧得上這些，很是激動地讓阿秀她們過來看。

這下面的東西明顯不是石頭，聽聲音更加像是金屬。

她讓人將那一塊慢慢清理出來，赫然是一個通道口的模樣，上面被一個大鐵蓋遮蓋著，在場的人明顯都很詫異會出現這樣一個東西。

「找幾個力氣大的，把這個打開吧。」阿秀找了幾個看起來特別強壯的男子，讓他們一起使勁。

只是這個鐵蓋子看著不厚，但是卻異樣的沈重，十來個壯漢子竟然沒能將它打開，在場的人都面面相覷。

「要不，讓我一起來吧。」王川兒有些局促地笑笑。她腦子不行，找人也靠不上她，但是她至少還有一身力氣，這個時候就是她能派上用場的時候。

在場的漢子中有人忍不住輕笑出來，原本有些凝重的氣氛也一下子變得輕鬆起來。

「大妹子，妳還是在一旁站著吧，免得到時候被傷到了。」一個兵大哥笑著說道，笑容中帶著一絲善意，他倒不是在笑王川兒不自量力，而是真的出自好心。

王川兒跟著阿秀這段時間，一直都是吃好穿好的，整個人被養得白白嫩嫩的，臉上又帶著一些嬰兒肥，整個人在他們這些大老爺兒們眼裡，一看就是嬌嬌嫩嫩的，這種粗活自然是輪不到她來幹。

王川兒小嘴兒噘起，有些不服氣地說道：「大哥話可不能這麼說，咱們試試就知道了，說不定我力氣比你還大呢！」

被一個軟妹子這麼說，只要是個男人，臉上多半是有些掛不住，不過那兵大哥也不是一個囟的，就讓王川兒過去和他們一塊兒拉。

那鐵蓋子之前被他們十來人用盡全力拉，都還是紋絲不動的，如今加上了王川兒，那蓋子竟然慢慢挪動了起來，那些圍觀的將領都忍不住瞪大了眼睛。

他們可不會天真地以為是那十來個人一下子長了力氣，這其中的原因，只要是個有眼睛的，都看出來了，沒有想到一個這麼嬌嬌俏俏的小姑娘，竟然有這麼可怕的力氣。

如果世上所有的女子都有這樣的力氣，那還要他們男人有什麼用！

「打開了！」顧瑾容看著那洞口越來越大，臉上的喜悅也越來越明顯，不知道是什麼原因，她的內心在強烈地告訴她，阿翎就在下面。

「下去吧。」顧瑾容盯著那個洞口，腳步一邁，就打算下去，卻被後面的阿秀一下子給拉住了。

「顧姊姊，妳先不要急，這洞口光滑得很，妳可不要直接摔下去了，我先給妳繫上繩子，再慢慢下去。」阿秀剛剛冷不防看到顧瑾容有些魔怔般地要往下面跳，直接被嚇出了一身的冷汗，這洞的深度還不知道，這一摔，不知道會摔成什麼樣。

「大小姐，阿秀說的對，您稍微等一下，我馬上去拿繩子，到時候我最先下去，要是有個什麼不對的，也好提個醒。」顧二說道。這種危險的打頭陣的事情，自然是由他來做。

顧瑾容因為阿秀的動作，人一下子清醒了過來，她剛剛大約是真的糊塗了，不然怎麼就要這麼下去了。她衝著阿秀感激地笑笑，便努力捺著性子等顧二拿繩子過來。

這個洞穴比他們想像的都要深，直直地好似要通到山脈的最根基處，等到繩子都放得差不多了，他們才碰到了地面；裡面沒有一絲的亮光，還好他們隨身帶著火摺子，慢慢地往前面挪去，只是走過去，只能看到雜亂的石頭堆，並沒有別的東西。

「是不是有聲音？」阿秀輕聲說道。她耳朵本來就靈敏，有那麼一瞬間，她好像聽到了前面有走路的聲音。

「是二哥嗎？」突然一個人出現在了他們面前。

顧二定睛一看，這才發現，對面那個鬍子拉碴、面容消瘦的男子，竟然是兄弟裡面出了名的笑面佛，顧十。

顧十因為一向都是笑咪咪的，又長得白白胖胖，所以大家有時候會這麼調侃他，若不是顧二聽出了聲音，他是萬萬不敢相信，這個比難民還要淒慘上幾分的人，竟然會是顧十。

「將軍呢？」顧二看到顧十的模樣，忍不住問道。

顧十聽到顧二的聲音，先是一喜，然後心中一痛，大號道：「將軍，將軍受傷了！」他在這個地方待得太久了，久到眼睛好像都看不清前面的人了，要不是他對顧二的聲音很是瞭解，他都不敢確定。

「將軍怎麼會受傷？」顧二心中一急，但是緊跟著的卻是一喜，這意味著情況還不是最壞！

「我們……」顧十話還沒講好，就是一陣劇烈的咳嗽，他的身體情況也不是很好。

阿秀連忙遞上一個小瓷瓶。「你把這裡面的東西先喝了。」這個就是她之前連夜做的糖漿，裡面放了不少的止咳防寒藥物，雖然藥性不是很強，但是臨時用一下還是可以的。

「阿秀……嗎？」顧十聽到這個聲音，微微有些遲疑地問道。他和阿秀不是很熟，見面也不過點頭，所以現在聽到她的聲音，他並不是很確定。

不過他知道，最近將軍念叨了這個名字好幾遍，饒是他再遲鈍，也能發現其中有什麼不對的了。不過現在這個不是最重要的，他記得，阿秀是個大夫，還是一個醫術很不錯的大夫，那是不是意味著，將軍有救了?!

「是我。」阿秀沈聲說道。她很敏感地感覺到，顧十的眼睛好像有些不大對了，看人的時候完全沒有焦距。

「妳快點，快點跟我過來。」顧十拽了阿秀一下，便有些不穩地往前面走去。

阿秀連忙招呼別人都跟上，歪歪扭扭地走了不少的路，前面的路一下子就開闊了。

就著火摺子那微弱的亮光，阿秀發現裡面躺著不少的人，而且還是認識的，顧靖翎和那些失蹤的近衛軍都在裡面……而且看他們的模樣，都非常虛弱。

「弄個火把過來。」阿秀衝後面的人說道。這裡光亮這麼弱，人的面孔都看得很是模糊，要看病症，那就更加難了。

「是。」沒一會兒，就有人舉了一支火把過來，他們此番來找人，準備還是很充分完備的。

等裡面的光亮大了不少，阿秀這才發現，面前的情景，比自己想像的還要慘一些。

除了顧靖翎他們，還有別的人，看打扮應該是這裡的百姓，他們都虛弱地躺在一邊，像是連哀號都沒有力氣叫喚出來了。

顧瑾容看到倒在一旁的顧靖翎，眼淚一下子就掉下來了。她能想像阿翎現在的狀況很不好，即使有了這樣的心理準備，在看到這樣一副情景的時候，心裡還是一陣劇痛，她從來沒有見過他這麼虛弱的模樣。

阿秀幾步走到他身邊，他的體溫很低，脈象很虛弱，皮膚表面有明顯凍傷的紅斑。

「顧十哥哥，他們就是來救咱們的人嗎？」阿秀聽到一個脆生生的聲音，和這裡的人的虛弱形成了一個對比。

她瞪大了眼睛仔細找了一番，才看到一個模樣不過四、五歲的小男孩，他身上穿著一件不大合身的衣服，正一臉好奇地回望著她。

「是的，他們會把大家都帶出去的。」顧十輕聲說道。他雖然看不大清楚，但是好似能明白阿秀心中的好奇，解釋道：「這個是大旗山山裡的孩子，這次雪崩就被一起埋在了這裡，這個地方除了你們進來的地方之外，不遠處還有一個小洞，只容得下他這般大小的體型進出。」

阿秀這才醒悟過來，原來上面的那些線索是這孩子留下的。

「其實五天前我們就有留過一次線索，但是那個時候卻沒有人往這邊來，之後將軍花了大力氣，想要將洞口弄大些，誰知又是一場雪崩。」顧十說到這兒，聲音又哽咽了，若不是他們太沒用，將軍也不會變成這樣。

「那上面的狼骨頭……」阿秀忍不住問道，她一直以為是顧靖翎留下的痕跡，誰知道竟然會是一個小孩子。

「小金運氣好，上去就發現了一頭剛剛死掉的狼，若不是那狼肉，我們想必也熬不到現在。」顧十想到這幾日來的經歷，眼睛更是一酸。他不是沒有吃過苦，但是像這樣，經歷這刺骨的嚴寒，還要抵禦饑餓，若不是他們身體素質足夠好，根本就活不到今日了。

阿秀自然知道他們的辛苦，也不再多問，讓人將這裡的人一一帶了上去。

花了好幾個時辰，他們才又回到了上面，因為怕到時候又有什麼變化，所以不敢有任何的逗留，急急忙忙地回去了。

看到他們這一行人浩浩蕩蕩地回來，原本堅信不會有什麼好結果的陸知州完全驚呆了。不過顧靖翎救回來了，對他沒有什麼壞的影響，連忙讓人去找了大夫來幫忙。

雖然阿秀本身就是大夫，但是一下子也看不了這麼多人。

其實別的人的問題都不大，無非就是有些凍傷加饑餓過度，補充營養就好了。

倒是顧靖翎，聽顧十講，因為之前那件事情，他整個人被埋在雪裡整整快一天，他們挖了好久才將人挖出來的。

之後他的手腳就有些不大對了，剛開始還能睜開眼睛，到昨日，他就只有在迷糊間說過幾個字，別的根本就沒有動靜了。

顧十他甚至都不敢去感受他的鼻息，就怕一不小心，人就不在了；他自小就是跟著顧靖翎的，若是將軍真的不在了，那他以後該怎麼辦！

「你把這個戴眼睛上，平時不要拿下來！」阿秀丟了一個跟眼罩差不多的東西在顧十身上。她剛剛就發現他眼睛不大對了，那個眼罩裡面放了不少藥粉，對眼睛很有好處，他若是放任眼睛這樣下去，說不定哪天就瞎了。

「謝謝阿秀姑娘。」顧十先是微微一愣，緊接著乖乖地將眼罩戴在了眼睛上，眼前頓時一片漆黑，不過他之前也只能看到灰濛濛的一片，這樣倒也不是很難適應。

「阿秀，阿翎身體怎麼樣了？」顧瑾容的眼睛紅紅的，神色中帶著顯而易見的慌亂。

「他凍傷得比較厲害。」阿秀咬咬嘴唇，她知道顧靖翎武藝很好，她不大懂這些，但是她知道，等他醒過來，第一個要面臨的就是手腳不便的問題……

他之前是那麼英姿颯爽的一個人，要是知道自己以後可能再也恢復不到以前的狀態，心理上的落差……

「妳會醫好他的是不是？」顧瑾容眼巴巴地看著阿秀。她自認為是一個堅強的人，至少在女子中算是的，但是在面對這樣的情況的時候，她卻忍不住去依靠阿秀。

還好這次阿秀也在，不然她真的不知道該怎麼辦了！

「我會盡力。」阿秀的眼睛微微閃躲，面對顧瑾容這樣的目光，她實在說不出那些讓她安心的話。她是一個大夫，只能實話實說，顧靖翎的情況，實在是很糟糕。

顧瑾容本來就是一個聰慧的人，阿秀的表現雖然不是很直白，但也足夠讓她明白了。

她心中一涼，阿翎是顧家的驕傲和未來，若是他不能好起來，不說對顧家的影響，就是娘和奶奶，也承受不了；特別是奶奶，她年紀大了，她若是知道阿翎變成了現在這樣的模樣……顧瑾容都不敢往下面想。

「妳也不要太過於擔心了。」阿秀見顧瑾容的臉色跟外頭的雪差不多白了，連忙寬慰道：「他的情況雖然有些嚴重，但是也不是太嚴重，就是以後身子可能沒有以前那麼靈便了。」阿秀用相對比較委婉的話說道。

顧瑾容聽到阿秀這麼說，臉色終於好看了些，如果只是沒有以前靈便，倒也不是太糟糕。

阿翎雖然是武將，但是若是身體不好，轉做文官也是可以的，這樣，反倒省了家裡人每次提心弔膽擔心他了，特別是經歷了這次事情以後。

就是他平安回去，家中的長輩多少也會起這樣一個心思吧。

顧家子嗣單薄，她又是個姑娘，顧家，實在是容不得一絲意外了。

「那阿翎就麻煩妳了。」顧瑾容拉住阿秀的手，雖然她因為阿秀剛剛的話，心裡安定了不少，但是手還是微微顫抖著。

阿秀反握住顧瑾容的手，目光堅定。「我一定會盡自己最大的努力的。」

不管是出於什麼原因，她都會盡力的，看到顧靖翎變成現在這副模樣，她心裡也很是難過。顧靖翎在她心目中，一直都是帶著一絲小小的囂張的，即使他平時表現得各種波瀾不驚，但是他的本質還是有些傲嬌；她實在有些接受不了，那個會和自己作對、會毒舌，但是又會忍不住幫助自己的男子，現在靜靜地躺在床上，一動不動。

她也無法想像，若是他醒過來了，發現自己引以為豪的武力優勢突然沒有了，他會不會性情大變？

阿秀以前見多了因為大變故，而性格大變的人，各種想法開始充斥在阿秀的腦海裡，讓她有些回不過神來。

直到她的眼角餘光好似看到顧靖翎的睫毛微微顫抖了一下，她心中微微一抖。

不管有什麼事情，等他醒過來以後再說吧，就算結果再壞，也是要面對事實。

第一百一十四章　情竇初開

顧靖翎從小就習武，身體一向很好，即使現在受傷不輕，但是在阿秀的照顧下，在第二日中午也慢慢轉醒了。

顧靖翎之前雖然昏迷著，卻不是什麼感覺都沒有的，他知道阿秀他們找過來了，他甚至能感覺到，阿秀帶著暖意的手拂過他的手背。

他想要努力做出一些反應，可是卻是力不從心。

好不容易醒了過來，顧靖翎下意識地抬了一下胳膊，只覺得胳膊上好比綁了幾百斤的石頭，他怎麼樣都抬不起來。

「你先不要動，你的身體之前被凍傷了，現在還沒有恢復，不要太用力了。」阿秀看到顧靖翎的動作，連忙將藥放到一邊，快步走了過來。

他現在身體裡的血管很是脆弱，若是一個不當，說不定就是一場大災難。

「妳怎麼過來了？」顧靖翎看著阿秀問道，眼中帶著一絲不明的情緒。

她這次會過來，是因為擔心自己嗎？

那他是不是可以解釋為，她心裡也是重視自己的……

「顧姊姊擔心你，我便跟著來了。」阿秀說道，神色倒是沒有一絲不自然，她自己覺得，就是這樣的。

「她擔心我，妳為何也要跟來呢？」顧靖翎眼睛直直地盯著阿秀，不願意錯過她臉上任何一絲的變化，他不相信，阿秀只是因為那個原因而來的。

阿秀的性子，他很瞭解，雖然是大夫，但是卻並不是真的悲天憫人，她有自己的想法，有自己的小自私，不是所有的人病倒在她面前，她都會出手的，也不是所有的人出事，她都會擔心的。

阿秀因為顧靖翎這個問題，表情微微滯了一下，她輕皺眉頭道：「我自然是擔心顧姊姊。」沒錯，她只是擔心顧瑾容會出事情！

顧靖翎輕笑一聲，卻不再追著這個話題說什麼，有些事情，並不用說破，他自己心裡清楚便好。

「我的四肢還能醫好嗎？」顧靖翎問道。他心態倒是不算差，從他被他們從雪裡挖出來的時候，他就知道，自己的身子多半會受到影響，他經歷了那麼多的事情，這點心理承受能力還是有的。

「這個得看後期的復健。」阿秀伸出手，在他的胳膊上按了幾下，問道：「這樣有感覺嗎？」

顧靖翎目光灼灼地盯著她的動作，微微搖頭。

阿秀自然是能察覺到那目光中的熱度，心中快速閃過一絲不自然。

「你先喝幾日藥，等身體情況再好些，我給你做一些復健試試。」阿秀說，雖然她是學外科的，但是現代的醫學院，學的科目本身就比較雜，像復健之類的，她有上過一些選修課。雖然並不能說很有經驗，但是相比較這裡的人，還是算有點能耐的。

「聽妳的。」顧靖翎對著阿秀微微一笑。

阿秀頓時覺得整個人都有些不大好了。

這個對著自己微笑，溫柔地說著話的男人，真的是那個有些傲嬌、有些小彆扭，平時總是故作深沈的將軍大人嗎？

顧靖翎見阿秀一臉驚恐地看著自己，頓時有些不自在了。

他之前和別人聊起來，他們都說女子都喜歡溫柔一點的男子，他就想著等再見到阿秀的時候，就努力溫柔點，但是看現在的情況，好像有些不大對……

阿秀平復了一下自己的心情說道：「你放心，我不會在你的藥裡放別的東西的，所以你不用這樣，像平常一樣說話就好。」

顧靖翎聽到阿秀這話，臉色頓時有些不大好看了。

到底是那些人說的話不對，還是他說的話不對？為什麼阿秀的態度會是這樣子？

阿秀見顧靖翎臉色暗了下去，連忙說道：「欸，我開玩笑的，你不要當真了。」他現在畢竟是病人，自己還是讓著他點比較好。

「你先把這個藥吃了吧，等一下我去和顧姊姊說一下，你已經醒了，她一直擔心著你，昨天晚上一直在照顧你，剛剛才去小睡了一會兒。」

顧靖翎自然知道，自己那胞姊，雖然平日和他並不是特別對盤，但是心裡還是關心自己的。顧家雖然人丁單薄，卻比一般的官宦人家多了不少的人情味，這也是一直讓他覺得慶幸的地方。

「好。」顧靖翎微微點點頭。

他經歷了這次的事情，有些原本壓在心頭上的事情全都已經想通了，之前他就想等著阿秀慢慢開竅，到時候兩情相悅了，再由兩人的長輩作主。

但是現在，他意識到了生命是無常的，他不能保證自己以後會變得如何，所以不管怎麼樣，他都不想讓自己的生命留下遺憾。若是阿秀對他無意也就罷了，他必然不會強求，但是他可以感覺到，阿秀對他和對旁人還是有些不同的。

因為顧靖翎的手沒有知覺，阿秀花了大力氣將人扶起來，然後將藥一勺一勺慢慢餵給他。

若是以往，阿秀肯定能隨便扯個話題出來閒聊，但是今日，因為他剛剛的態度過於奇怪，害得她一下子都沒了別的想法。

好不容易將藥餵完了，阿秀就打算收拾了碗走人。

偏偏某人不打算讓她如願，張著嘴說道：「苦。」

阿秀的動作微微一頓，他這是在撒嬌？

她可沒有忘記，當年她給他縫針送藥的時候，他喝藥那叫一個爽快，眉頭都不帶皺一下的。

這時間也不過是過了一年多，他就退化了嗎？

顧靖翎見阿秀沒有講話，就自己說道：「妳給我拿些蜜餞過來吧。」雖然他覺得用這個做理由似乎有些太不大丈夫了，但是一時間也沒有別的更好的理由。

「好，那你等我一下。」阿秀努力讓自己的語氣和平常一樣。等出了房門，阿秀端著碗一陣快跑。

她覺得她有必要讓顧瑾容去看看，她那個弟弟，腦子是不是有出了什麼問題！這身體生病，她還能治，但是腦子有毛病的話，那就不是她治療的範圍了。

顧瑾容聽到顧靖翎醒了，自然是馬上風風火火地趕過來了。

當顧靖翎還在期待等一下的餵食，就看到顧瑾容端著一個盤子衝了進來，他心裡止不住的一陣失望，沒有想到她跑得這麼快！

「阿翎！」顧瑾容看到顧靖翎，話還沒有開始講，眼睛就先紅了一大片，雖然他現在醒了，但是之前的驚險，她是怎麼都不敢忘。

「姊，我沒什麼大事。」顧靖翎並不常叫顧瑾容姊姊，畢竟他們的年紀相差沒有多少，但是看到平日最是倔強的顧瑾容為自己紅了眼睛，憔悴了臉龐，他的心裡也是一陣柔軟。

「還說沒有什麼大事，你看看你，現在都變成什麼樣子了！」顧瑾容看到顧靖翎憔悴的模樣，心裡又是一陣疼痛，自己原本那麼英俊瀟灑的弟弟，現在因為那樣的磨難，都沒了人形。

顧靖翎因為她的話，整個人頓了一下，然後才語氣怪異地說道：「妳幫我拿一下鏡子。」

顧瑾容聞言，有些疑惑，他並不是在乎外表的人，怎麼一下子問她要鏡子了？

但是她也沒有多問，既然他要，那她就給他拿過來。

顧靖翎透過鏡子，看到了自己現在的模樣，臉上鬍子拉碴，頭髮凌亂而且髒兮兮的，臉上還帶著一些傷痕；身上的衣服雖然已經換過了，但是身體因為多日不曾進食，之前那完美的肌肉身材也不見了，顯得瘦骨嶙峋的。

顧靖翎平日是不大在乎形象，但是看到自己現在的情況還是愣上一愣。

而且他還想起了，自己剛剛就是用這樣一張臉，努力對著阿秀說那些溫柔的話，他現在似乎有些能夠理解，為什麼她當時的表情這麼奇怪了……

若是一個像流浪漢一般的男子，對著一個女子說話，那話就算是甜言蜜語，女子能不對他潑水就算不錯了。

自己之前怎麼就沒有考慮到這點呢！顧靖翎難得的，心裡出現了一絲挫敗。

「阿翎，你怎麼了？」顧瑾容見顧靖翎的臉色不大好看，連忙問道：「是不是哪裡不舒服了，我去叫阿秀！」

「不用了，我沒事。」顧靖翎連忙將人攔住。若是他沒有看到自己的臉也就罷了，顧瑾容願意去叫阿秀，他自然是樂見，但是就現在這模樣，他實在是不願意讓阿秀多見。

「可是……」顧瑾容現在看到顧靖翎就忍不住的一陣後怕。他人雖然是找回來了，但是她怕會有別的意外，特別是之前阿秀還說了那樣的話，她怕顧靖翎知道了真相以後，會承受不住。

顧瑾容雖然是顧靖翎的姊姊，但是她不知道，顧靖翎已經在她沒有察覺的時候，成長到足夠堅強的地步了。

「妳幫我叫顧七過來吧。」顧靖翎說道。他只要一想到自己剛剛那張亂糟糟的臉，就覺得各種不舒服，他打算讓顧七過來給他收拾一下。

這近衛軍現在身體還算可以的，也就只剩下之前沒有跟著他進去的三個人了。

「顧七現在在京城呢，他因為連夜趕路過來傳信，身子垮了，爹就讓他先留在那裡養病了。」顧瑾容說道。

說到京城，顧靖翎的眼中閃過一絲暗光，說：「這次怎麼就妳和阿秀過來？」

顧瑾容聽到顧靖翎問這個問題，頓時面上就出現了一絲感激。

「這次多虧了阿秀。」說到這個，顧瑾容都有些不好意思。她一直以為自己足夠強大，足夠有主見了，完全可以自己來這裡處理這些事情；但是事實上，她還不夠成熟，如果這次沒有阿秀一直在她身邊指引她、安撫她，在一次次失望以後，她不能保證自己不會崩潰。

「她之前不是在京城開堂授課嗎，怎麼願意跟妳一塊兒來這邊，她平日可是怕冷得很！」顧靖翎見顧瑾容沒有說出自己要的答案，便繼續追問。

他記得阿秀剛到京城的時候，就京城的那個氣候都有些受不住，更不用說現在濱州的了。想到她剛剛裹得嚴嚴實實的模樣，他心裡就是一陣好笑，隱隱的，甚至還有一些少有的甜意。

「你不曉得，阿秀現在在京城，那可是醫學界的大紅人了，每天有好多帖子送到府裡，請她去看診，請她去教學；要是路上見到，有些年紀比她大得多的人，都會叫她一聲『老師』。」顧瑾容說到這裡，眼裡帶著一絲自豪。阿秀是她的好朋友，現在有這樣的成就，她自然是為阿秀感到高興的。

在京城，人家在路上叫你一聲「大人」不奇怪，但是要讓人心甘情願叫你一聲「老師」，那可不是什麼人都能做到的。而且阿秀不過是一個小女子，能讓那些原本最是注重「男尊女卑」的男人喊出這一聲「老師」，那可是相當不容易的；這意味著，她已經被那些人接受了。

一個民間女子能受到這樣的待遇，前後三百年，大約也出不了幾個吧。

雖然還是沒有聽到自己想要的答案，但是顧靖翎臉上也是止不住帶上了一絲微笑。

顧瑾容原本有些遲鈍，並沒有察覺顧靖翎的本意，但是不知怎的，一下子福至心靈，開竅了。她笑得賊兮兮的，有些調侃地看著顧靖翎。「我瞧著吧，阿秀會這麼爽快地來這個凍死人的地方，多半是這裡有什麼她牽掛的人，不然也不會這麼積極了；你也知道她的性子，不是什麼熱心腸的人。」

雖然知道顧瑾容在調侃自己，但是聽到這樣的話，顧靖翎心裡還是忍不住一陣欣喜，她果然是在乎自己的……

見顧靖翎笑得有些傻乎乎的，顧瑾容忍不住在心裡搖搖頭，自己那個清冷的弟弟去哪裡了?!

「不過你也不要掉以輕心了，如今阿秀在京城的聲望水漲船高，這上門求親的人也是多了不少，就連那高家都遞了帖子進來。」顧瑾容說道。

這個高家是御醫出身，底子比薛家只深不淺，而且那高家老祖宗可比薛家老太爺有遠見得很，這可不是一般的競爭對手。

而且高家的子弟大都十分有出息，那高老爺子都放話了，只要阿秀願意，家裡適齡的，沒有婚約的男子，由她自己挑；這樣豪邁的話，一般人可說不出來。

高家老祖宗又是一個癡迷於醫術的，和阿秀也有不少的共同話語，自家這個傻弟弟，可危險了；特別是他現在還受傷了，以後不知道會怎麼樣呢！

「是城東高家？」顧靖翎問道。如果是那家的話，那的確是讓他感到有些威脅感，高家不少的子弟為人都不錯，整個家族在外名聲也是極好的。

「不然你以為是哪個，而且那高家老祖宗對阿秀很是看重，時不時借著各種珍稀藥材的名頭，讓阿秀去高家。」這高家人脈極廣，而且遍布各個行業，就是皇宮裡頭都沒有的東西，高家卻未必沒有。

「她怎麼說？」顧靖翎問道。這高家雖然不錯，但是主要還是要看阿秀的態度。

「你又不是不知道她的性子！」看到顧靖翎的模樣，顧瑾容頓時沒有好氣地說：「她在這方面遲鈍得很，這大夫哪有對藥材不感興趣的！」

她話都說到這個分上了，他怎麼都不著急一下？她還真是皇上不急太監急。

「我就是知道她的性子，所以才不急，阿秀她只當是去討論學術，所以才這麼坦然，那我有什麼好擔心的。」顧靖翎說道。但凡她心裡有一絲不自在，她就不會這麼大方地去高家了。

顧瑾容一聽，覺著好似這話說的也有理，但是她又有些不大懂了，這顧靖翎若是真的歡喜阿秀，那怎麼還能這麼淡定地分析這些呢？難不成是自己想多了？

可是偏偏他剛剛的表現，也不像是她多想了啊！

就是顧十，之前無意間也說起過，他在昏迷前，還叫了好幾次阿秀的名字呢！

「等我回京，便去找娘作主。」顧靖翎說道，眼中微光一閃，其實自己這次受傷，不失為一個契機。

「你有這個心思，我就放心了，奶奶和娘為了你的婚事，可是操碎了心！」顧瑾容做出一副長姊的模樣。

顧靖翎只是輕笑一聲，並不說話。

不知怎地，顧瑾容臉上一熱，心中更是一虛，比他還早上半個時辰出生的自己，如今還沒有嫁出去，好像也沒有資格說那樣的話。

「好了好了，你把蜜餞吃了，我找阿秀聊天去。」顧瑾容有些羞惱地將三、四顆蜜餞一股腦兒塞到了顧靖翎的嘴巴裡，將東西往旁邊一丟，就直接跑了。

顧靖翎倒是不見生氣，笑咪咪地將蜜餞慢慢嚥了下去。

顧瑾容心裡雖然惱，但是自家弟弟的婚事，她可是一點兒都不敢大意，難得找到這麼一個中意的，而且阿秀明顯對他也是不大一樣，自然是要好好把握。

只是如今，這阿秀的情竇好似還完全沒有開，讓她這個局外人，看著怪著急的！

其實阿秀哪裡是情竇沒有開，只是開得太久了，現在又關上了，她情竇初開的年紀，距離現在差不多該有二、三十年了，這日子久了，自然也就不將男女之事放在心上了。

遙想當年，阿秀也曾經為自己暗戀的男生隨便的一個小動作而紅了臉龐，只是如今，那樣的時光已經過去太久了，阿秀就是要回想，都覺得有些吃力。

而且對於穿越前的事情，她能記住的也是越來越少了。

剛穿越過來的時候，她是不敢回憶，怕自己會崩潰；但是現在，不知道因為是時間，還是心理，她想回憶，卻發現也沒有什麼好回憶的了。

那些人，那些事，已經慢慢褪色，變得蒼白，自己當年那麼在乎的人，也只在記憶中剩下一些淺淺的痕跡了。

時間永遠都是最好的藥……

顧瑾容跑過去找阿秀的時候，她正在給別的病人看病。

雖然陸知州找了別的大夫，但是現在濱州受災嚴重，每天都有不少的傷患，那些大夫根本就忙不過來，阿秀自然要去幫忙；而且她手腳麻利，診斷迅速，別人看一個病人，她能看三、四個，時間一長，差距馬上就出來了。

特別是有些外傷嚴重的病人，阿秀處理起來，那手段更是比普通大夫高明不少。

那些大夫一開始還有些瞧不起阿秀是個女子，但是看到她那凌厲的手法，也不禁心生佩服。有些年輕的大夫，仗著自己臉皮厚，還向她打聽那治療外傷的手法。

阿秀本來就不是什麼吝嗇的人，而且現在的情況，時間就是生命，自然是傾囊相授，那些人對阿秀更是敬佩萬分，畢竟不管在什麼地方，藏私都是天性。

大約是阿秀開了一個好頭，原本那些迂腐的老大夫，也一下子想通了，只要有人真心詢問，他們都大方地將自己的一些經驗傳授給了旁人。

如果說一開始，這樣做的效果還不明顯，但是之後，等阿秀他們離開很久以後，濱州的醫療卻一下子發展了起來，這和現在這次事件有著莫大的關係，當然，這是後話。

再說那些和顧靖翎他們一起被困在下面的人，他們原本是居住在大旗山的村民，因為這次雪災嚴重，才會被困在下面。

而顧靖翎之前發現的，就是他們。

原本帶走他們並不是太大的問題，只是突然發生雪崩，才讓他們都困在了下面，而且之後又是連續的大雪，讓他們寸步難行，地下的食物又很是匱乏，若不是阿秀他們來得及時，就是死在那裡，想必也沒有人會發現。

還好阿秀的堅持找到了他們，除了一些老弱無法堅持到最後，大部分人在經過了一段時間的調養，身體都慢慢恢復了。

後來他們為了感謝阿秀和顧靖翎，便在他們之後重建的村莊裡頭建了一座小廟，裡頭供著一男一女的鐵像。

那些鐵，便是從那地下帶上來的。

男的稱為常勝顧將軍，女的稱為藥神唐大夫。

這些都是阿秀他們所不知道的。

第一百一十五章　太后病重

顧靖翎的身體在慢慢恢復，只是手腳一直都不大使得上力，想站起來都有些難。

顧瑾容看在眼裡，急在心裡，偏偏面上還不能表現出一絲一毫來。

反倒是顧靖翎，心態好得很，每天都笑呵呵的，一副傻大個的模樣，讓顧瑾容都有些目不忍視！這摔雪地裡，難不成把腦子給凍壞了嗎？

「今兒這藥好似比之前苦了些。」顧靖翎喝了一口藥，說道。

「有嗎？可能是今天煎藥時間久了些，不過濃縮就是精華，你只管喝下去就好。」阿秀說。

等餵好了藥，接下來又是一陣按摩復健。

第一次阿秀開始給顧靖翎進行四肢按摩的時候，顧靖翎整張臉都紅得不像樣子了，為了掩飾自己的不好意思還鬧出了不小的笑話。

他一心想要掩飾自己的窘迫，強自鎮定地胡亂閒扯著，偏偏這般行為，卻和他平日的性子極為不符，反而讓阿秀更加注意到其中的不對勁。

看到顧靖翎紅得誇張的俊臉，阿秀臉上的笑容怎麼都止不住。

原本應該是讓人惱怒的事情，但是因為對方是阿秀，到了如今，他反倒是期待起每日的這一個時辰了。

「將軍！」顧靖翎正同阿秀閒聊著，就看到顧三火燒火燎地躥了進來。

他的眉頭微微皺起，這顧三今兒怎麼也和小十九一般，那麼不穩重了！

「出什麼事情了？」

「京城傳來的消息，太皇太后娘娘，薨了。」顧三語調有些不穩地說道，他剛剛收到這個消息，就連忙過來和顧靖翎說了。

太皇太后這個時候薨了，顧靖翎作為鎮國將軍府的嫡長子，怎麼著也該回去的，但是就他現在的身子，路上又凍人得很，顧三很擔心，這路上會不會出什麼意外。

顧靖翎和阿秀在聽到這個消息的時候，都愣了一下，隨即卻又釋懷了。

太皇太后因為那個病症，已經纏綿於床榻幾月了，她年紀那麼大，今年的冬天又特別冷，沒有熬過去，也不算太讓人奇怪。

只是他原本打算回去以後，讓娘去和酒老爹商討一下喜事，現在太皇太后薨逝，這個計劃就得耽擱了；不過阿秀年紀還小，再等一年也沒事。

「收拾一下東西，我們明日便啟程回京。」顧靖翎微微沈聲說道。

「是。」顧三應道，只是馬上又有些擔憂地看著顧靖翎。如今他走路都要由人攙扶著才能勉強走兩步，回到了京城，不知道有多少人等著看笑話呢！特別是那些紈袴子弟，原本就看顧家不順眼，到時候肯定免不了落井下石。

「我沒事，你不用想太多，先給府裡去個信。」顧靖翎說道。他自然是知道顧三的擔憂，只是他那麼多的事情都經歷過了，還怕那些眼光和流言蜚語？

「屬下這就去！」

顧瑾容那邊也收到了太皇太后薨逝的消息，緊接著就是收拾行李。

第二日一大早，天還沒有亮，一行人便趕路回了京城。

顧靖翎將自己帶來的那些將士留在了濱州，畢竟這邊的事情還沒有結束。

相比較顧靖翎，陸知州更加捨不得阿秀，他的毛病剛剛有了些起色，她就要走了，偏偏他還沒有理由讓她留下來。

還好阿秀是個說話算話的，既然顧靖翎人都找到了，她自然會兌現自己說過的話。

她人雖然走了，但是留下了好幾個方子，上面還標注好了時間，哪個方子在前面，吃多久，緊接著吃哪一個，一一都寫在了上頭；若是陸知州還有什麼疑問，便可以寫信給她，她可以在信裡回答他。

因為要趕著回京，路上基本上沒有逗留，不過三日的工夫便回到了顧府。

顧夫人已經進了宮，老太君因為年紀大了，倒不用整日候在宮裡。

顧靖翎他們一進門，就看到老太君迎了過來，她看到顧靖翎是被人推著進來的，頓時眼淚就下來了。

「我的阿翎啊！」之前顧瑾容有寫信送回來過，但是當時顧靖翎的情況更加不好，她也不敢在上面多寫些什麼，就怕家裡人過分擔心了，所以老太君只知道顧靖翎受了傷，卻不知道他傷得連路都不能走了。

這顧家的男人，什麼時候這麼憋屈過？

了。

而且顧靖翎是老太君最為疼愛的孩子，看到他變成現在這個模樣，她心裡更是難受極

顧靖翎想要安慰老太君，偏偏手腳無法動作，只能柔聲說道：「奶奶，您不要傷心，我只是暫時不能動而已，過段時間就會好的。」又將頭轉到一旁，對著阿秀說道：「阿秀，妳說是吧？」

「是的，老太君您放寬心，顧靖翎的四肢慢慢都會恢復的。」阿秀順著他的話說道。她看到老太君這麼大的年紀，還哭得那麼傷心，也是挺心疼的，怕老太君太受刺激，萬一又發病了，那可不好。

老太君雖然年紀大了，腦袋也不大清楚了，但是耳朵還是挺亮的，阿秀以前叫顧靖翎還會冷冷淡淡地叫「顧將軍」的，哪像現在，直接叫名字。

老太君覺得，自己好像發現了什麼！

「阿秀，那阿翎就交給妳了，妳要好好照顧他啊！」老太君轉而握住了阿秀的手，一臉期盼地看著她。

阿秀下意識地點點頭，只是她怎麼覺得有什麼地方不大對勁呢！

「好孩子。」老太君拍拍阿秀的手，很是欣慰。

顧瑾容在一旁看著，忍不住在心裡為老太君讚嘆一聲，不愧是奶奶，薑果然還是老的辣。

顧靖翎看著阿秀有些茫然的眼神，心中默默微笑，奶奶果然最是疼他！

「老太君。」跟在顧夫人身邊的嬤嬤回來了，看到顧靖翎他們，眼睛一亮，不過隨即還是先湊到老太君耳邊說了幾句。

老太君聽到她說的話，臉色變得有些沈重。

「太皇太后薨逝，太后娘娘因為操勞過度，如今正臥病在床，正好阿秀妳回來了，也該進宮去看一下。」她的眼睛看向阿秀，眼中帶著一絲複雜的情緒。太后也是個苦命人，阿秀作為她的……也該去看看，上次看到太后，雖然面上看著沒有異樣，但是神色已經完全不如之前了，她不過三十出頭的年紀，不該有那樣的神色。

「好。」阿秀微微一愣，卻也沒有拒絕。

就像老太君說的，於情於理，她也該去看看，不管她的身分是太后，還是自己的親生母親。

「我去看一下我爹跟唐大夫後，就馬上進宮去。」阿秀說道。

「不用了，妳現在就和阿翎他們進宮吧，一起去也好有個照應。」老太君直接說道。那倔老頭要是知道阿秀專門進宮去看那人，不知道心裡會想什麼，還不如先不讓他知道。

「聽您的。」阿秀雖然有些奇怪，卻也沒有反對，老太君會這麼說，總是有她的道理的。

「阿秀，妳來了啊。」路嬤嬤一早就等在了宮殿門口，她聽到阿秀要回來的消息，馬上就叫人傳了消息給顧夫人，果然，她過來了。

「路嬤嬤。」阿秀衝著她微微屈身，行禮。

顧靖翎和顧瑾容則是直接去了太皇太后那邊。

「妳在濱州可有受苦？」路嬤嬤關切地問道。

阿秀他們走得太急，她們這邊還沒來得及收到消息，他們人就走了。那濱州天氣壞得緊，她們在宮裡各種擔心，卻也幫不上什麼忙，好不容易將人盼了回來，自然是要好好打量一番，看看有沒有瘦了，面色有沒有變差了。

「沒有受苦，那邊的人都很好。」阿秀微微笑笑，濱州除了氣候不大好，別的倒都不錯。

「那就好，那就好。」路嬤嬤將阿秀細細上下打量了兩遍，見她沒有變瘦，氣色也不錯，這才鬆了一口氣。

「聽說太后娘娘生病了，可要緊？」阿秀問道。她之前就察覺到太后的身子不大對勁，但是中間發生的事情太多了，而且太后一直在故意瞞著她，她一時間竟忽略了。

「唉，正好妳來了，妳最好幫娘娘診一下脈，那些御醫開的藥，每天喝那麼多，太后娘娘的身子也絲毫不見好轉。」路嬤嬤很是發愁地說道。

都說這最好的大夫都在宮裡，但是在她看來，這些大夫都沒用得緊，不然怎麼一個、兩個都沒能讓太后好起來?!

「好。」阿秀點點頭，只是聽到路嬤嬤這麼說，嘴裡好似多了一些苦意。

一進了太后的寢宮，阿秀就聞到一股相當濃烈的中藥味，味道濃到讓她的鼻子都感覺到了一陣不適。

「是阿秀來了嗎？」太后的聲音顯得有些虛弱。

「是，是阿秀來了。」路嬤嬤應道。

「那快叫她在偏廳坐一會兒，免得被這藥味嗆了鼻子。」太后聽到阿秀過來了，語氣便輕快了不少。

「娘娘哪裡的話，阿秀本身便是大夫，哪裡會被這藥味嗆了鼻子。」阿秀柔聲說道。雖然那藥味真的極其難聞，但也不至於那麼誇張。

太后想了一下，好像也是這麼一回事，便說道：「那妳快點進來吧。」

阿秀撩開簾子，走進內室，裡頭的藥味比外面還要濃郁，還好太后的屋子裡沒有再熏香，不然那味道就更加銷魂了。

「娘娘怎消瘦得這麼厲害？」阿秀看到太后，心中一驚。她雖然知道太后身子一直不好，但是不過大半月沒有見面，她的人又瘦了一大圈。

太后本身就不是豐腴的體型，如今更是顯得憔悴。阿秀心裡對她的感情本是複雜，但是看到她如今的模樣，也是止不住的心疼。

她哪裡知道，太后在她來之前，已經暗暗上了一些淡妝，讓自己的氣色看起來好上一些。

「這後宮沒有別的人幫我解難排憂，如今太皇太后又這麼去了。」太后微微嘆了一口氣。「妳個小沒良心的，更是不打一聲招呼就跑了個沒影，我操心這麼多事情，身子自然是承受不住。」太后輕笑了一聲，人微微往後面的枕頭上靠了靠。在阿秀看不到的地方，太后的手緊緊地攥著，如今，她就是像這樣起身的動作，都做得如此艱難了。

「當時也是情況緊急。」被太后這麼一說，阿秀頓時有些不知所措，畢竟平日的時候，太后不會和她說這樣的話。太后平時雖然關心她，但是一直守著那條線，如今，她這樣的反應，讓她一時有些無所適從。

「我只是說笑，妳也不要太緊張了。」太后輕輕撫上阿秀的手，柔聲說道：「我呀，只是在想，這人人都說宮裡好，妳怎麼就不願意多進來陪陪我呢？妳瞧這後宮，這麼大，偏偏只住了兩個女人，如今，更是只剩下我一個了。」太后很是感慨，這後宮啊，就像一個大籠子，現在囚住了她，以後囚住更多的女子。

「娘娘不要這麼想，這宮裡還有那麼多宮人呢，還有路嬤嬤。」阿秀寬慰道，她總覺得今天太后說話的語氣很是奇怪。

「路嬤嬤自然是極好的。」太后淺笑著，只是眼中卻露出一絲哀傷。自己這身子，想來也活不了多久了，只是她還沒有見到阿秀嫁人……

而若是自己真的就這麼走了，奶娘該怎麼辦？阿秀，阿秀她至少還有他們……

「我聽說，妳這次去濱州是為了顧家那小子？」太后不知是想到了什麼，眼睛又亮了亮。

「娘娘您這是從哪裡聽來的小道消息？」阿秀掩下心底的那一絲不自在，笑道：「我這明明是不放心顧姊姊。」

「裴姊姊剛剛生了孩子，不能跟在她身邊，我自然是擔心的。」

太后聽到阿秀的解釋，只是笑笑，並不說什麼，有些事情，她看得更加清楚。

「妳有交好的小姊妹，那自然是極好的。」

看阿秀的模樣，也不像是真的對顧靖翎一點心意都沒有，現在，大約只是欠缺了一些動力吧。

「我記得顧家那小子，如今也十九了吧，這個年紀，一般的男子都已經做父親了，這顧家本來人丁就單薄。」太后說著看了一眼阿秀。「妳說這京城，誰人可以配得上那顧家小子。」

阿秀沒有想到，這太后轉話題轉得這麼快，心頭微微一跳，說：「娘娘您也知道，我一向不大和京城的貴女有過多的交集的，您現在要我講啊，我還真講不出一個確定的人選來。」

對於阿秀的表現，太后並不意外。「只是這顧家小子人不錯，但是福氣卻不大好，之前兩個訂親的女孩子，都遭了不測，我聽說這次他在濱州受了傷，四肢都有些不便了？」

太后說這話的時候，眉頭微微皺起。「這個就有些麻煩了，這好人家的女兒都是爹娘捧在手心裡的，若只是福氣差些也就罷了，尋個一般官宦人家的女兒，也不是難事，但是現在，他身子都不大好了，要找門合適的親事可不簡單。」之前請路嬷嬷去批了命，這顧靖翎雖然命比較硬，但是和阿秀的八字倒是意外的合，偏偏又出這次意外……

阿秀聽到太后對顧靖翎的評價，心裡莫名的有些不舒服。「顧靖翎雖然受了傷，但是會好的，算不得是什麼大問題。」

「話雖然這麼講，但是看在旁人眼裡可不是這麼回事。」太后的語氣並沒有變化，平淡中帶著一絲擔憂。

「不出幾月，他肯定能和以前一樣生龍活虎的！」阿秀忍不住說道。顧家的人對自己、對唐大夫他們都那麼好，若是他們知道別人對顧靖翎的評價是這樣子，心裡肯定很難過。

「妳這麼說，我自然是相信的。」太后說道：「我記得王家的大女兒王羲遙，如今也該有十七了吧，雖說年紀大了些，但是也算是才貌雙全，而且王家和顧家，也稱得上是門當戶對。」

阿秀忍不住回想了一下王羲遙的模樣，忍不住小聲嘀咕道：「那麼做作。」

太后雖然身子不好，但是耳朵還是極好的，聽到阿秀這麼說，忍不住輕笑出了聲，只是伴隨的，卻是一陣劇烈的咳嗽。她不想讓阿秀擔心，只是越是想要抑制咳嗽，卻越是控制不了，咳嗽聲越來越大，太后原本蒼白的面容也因為咳嗽染上了一些紅暈。

「娘娘，您怎麼樣了？」路嬤嬤原本候在外頭，不想打擾了她們娘倆說話，誰知道沒有一會兒，就聽到這麼一陣撕心裂肺的咳嗽聲，她好似是要將心從喉嚨口咳出來！

「我沒事。」太后用手絹輕輕擦拭眼角的淚痕，衝路嬤嬤擺擺手。「只是剛剛喉嚨有些癢罷了，聲音聽著嚇人，實際上並沒有什麼的。」

如果太后的臉色好些的話，路嬤嬤說不定就相信了，畢竟她很清楚她的性子，太后不是一個會撒謊的人，但是她現在面色蒼白得嚇人，她的話根本沒有任何的可信度。

「娘娘，阿秀正好在，您何不讓她把個脈呢？」路嬤嬤在一旁乘機說道，如果對方是阿秀，想必她就不會這麼排斥大夫了吧。

太后面色快速一變，語氣中難得帶上了一些嚴厲。「哀家的身子哀家自己清楚，不用多費那個工夫！」她害怕讓阿秀發現自己已經快不行了，她不想讓阿秀同情自己。

不光是路嬤嬤，就是阿秀，也被太后突如其來的脾氣嚇了一大跳，她的神色頓時有些怪異，太后到底是想隱瞞些什麼？

「嬤嬤，妳去御膳房將剛做好的果子端過來吧。」太后也意識到自己的語氣太過於突兀了，神色一下子柔和了下來，有些歉意地看了路嬤嬤一眼。

她知道路嬤嬤是為了自己好，只是她，唉！有些事情，她一個人知道就好了。

「是。」路嬤嬤心裡嘆氣，卻也不好說什麼，有些話，私下她勸過她好多次了，但是她強起來，那是誰都說不通的。

等路嬤嬤走了以後，太后的神色明顯又放鬆了些，繼續和阿秀話家常。

太后見阿秀總是有意無意地瞄向她的手，便問道：「妳是在瞧些什麼？」

「我只是覺得娘娘手上的這對鐲子很是好看。」阿秀說著，難得露出了一絲小女兒的羞澀。

「妳若是喜歡，拿去便好。」太后笑著說道，想將鐲子從手腕處拿出來。

阿秀連忙阻止了她的動作，手輕輕拉住她的胳膊。「我瞧著這對手鐲，娘娘常常貼身帶著，想必是心愛之物，我怎麼好奪人所愛。」

這對手鐲是太后做姑娘的時候就戴著的，所以意義比較不一樣，若是旁人問她要，她自然是不肯的；但是這是阿秀，阿秀就是要她的命，她都願意給，更不用說是一對小小的鐲子了。

「傻孩子，什麼奪人不奪人的，喜歡就拿著，就當是我送給妳的小禮物。」太后將手鐲摘了下來，身子也下意識地微微一側，躲過阿秀的觸碰，她怕阿秀會看出些什麼，雖然可能有些多餘，但是以防萬一。

「那我只收一個。」阿秀將另一個又戴回到太后的手中。

太后原本想要閃躲，但是阿秀的手馬上就離開了，她也就鬆了一口氣。

「如此也好，妳若是喜歡玉手鐲，我那梳妝匣子裡還有不少成色不錯的，妳自己去挑挑看，喜歡就拿上。」太后很是隨意地說道。那些東西，若是自己真的不在了，能給的也不過只有阿秀這麼一個人了。

「我平日都要給病人診脈，身上哪能戴那麼多的首飾，這麼一個就夠了。」阿秀倒也不客氣，將手鐲套在了自己的左手上。以前太后就賞了她不少的首飾，只是她多是放在屋子裡面，平時頂多戴個簪子或者珠花，畢竟她的職業是大夫，打扮不好太花俏了。

「留著沒事打賞給身邊的人也是可以的。」太后說道。

阿秀微微一囧，太后的東西先不說上面多是有大內的標識的，就是單單那物事的本身價值，也不是能隨隨便便用來打賞人的；阿秀可不想因為這個，被人家抓住話柄，平時待人處世，低調一點，總是沒有壞處的。

「妳這孩子，就是少了點心眼兒。」見阿秀沒有順勢答應，太后就知道她心裡在想些什麼了。不過這也好，以後煩心事不會太多，想得多，煩惱也就多了，還不如她這麼一心一意的，專心在醫學上。

第一百一十六章　你是大夫

從太后那邊出來，阿秀就坐馬車回了顧家。

她沒有官位在身，而且現在太皇太后那邊已經圍滿了人，她倒也不用再過去了。

而顧靖翎，因為四肢不便，小皇帝就特意恩准他回府休息，既然人來過了，禮節到了就好了。

小皇帝可沒有忘記，這顧靖翎是因為什麼才會變成這樣的，若是說沒有一點歉意，那是不可能的；他畢竟年紀還小，還不像一個真正的帝王那樣，冷酷無情。

阿秀回去的時候，心情有些抑鬱。

她剛剛藉著給太后戴鐲子那個短暫的時間，快速摸了一把太后的脈，太后的病症，讓阿秀心驚。

之前她就知道，太后身上的毛病不少，只是不過這短短幾月的工夫，她的身體狀況一下子又差了好多，若是再不治療，她不敢想像那個後果。

雖然她心裡並不願意認這個娘，但是……

她猶豫了一下，最終還是轉了一個方向，往廚房那邊走去。

出來時端了一個大大的食盒，阿秀進了唐大夫的院子。

「阿爹，爺爺。」

「是阿秀回來了啊！」聽到阿秀的聲音，唐大夫第一個迎了出來，反倒是酒老爹，神色間帶著一絲彆扭。

阿秀掃了他一眼，他這是又和唐大夫鬧彆扭了？

「我剛剛去廚房看了一下，正好有您喜歡的五彩八寶鴨，就給您拿過來了，還有阿爹喜歡的女兒紅，我還特意溫了一下。」阿秀笑著說道。

酒老爹原本不大好看的臉色，因為阿秀這些話，終於稍稍轉晴。

「那快點進來。」唐大夫原本想說，這大冷天的，何必自己去費這個力氣，反正到了時辰，下人也會將飯菜送過來的；但是想想這是阿秀的心意，話就沒有說出口，只是默默地將阿秀拎在手裡的那個食盒接了過來。

食盒很大，裡面裝了四道菜，一碗湯，還有一碟子花生米和一壺溫好的酒。

「怎麼裝了這麼多東西？」唐大夫說道。他不是善於表達感情的人，他心疼阿秀這麼小小的身子，抱著這麼大的食盒走了這麼遠的路，偏偏那話說出來反倒像是在質問。

還好阿秀知道唐大夫的脾氣，笑呵呵地說道：「正好看到廚房裡有不少好吃的，我就揀了些你們喜歡的，其實也不重，我現在力氣大得很呢，這點東西，完全不在話下！」阿秀還很誇張地做了一個大力水手的動作。

只可惜有些代溝是與生俱來的，唐大夫完全不懂這動作裡頭蘊含的幽默，只覺得阿秀這動作怪異得很。

「女孩子家家的，不要做這個動作，怪不雅觀的。」唐大夫在一旁低聲說道，他怕自己嗓門大了，傷到了阿秀身為女子的自尊心。

阿秀有些訕訕地收回了手，她倒是忘記了，這裡的人都不懂欣賞這其中的深意。

唐大夫見阿秀面上有些不自在，心裡頓時有些後悔，自己剛剛不該說得這麼直接的。只是想要說些什麼話轉移話題，或者和她道歉，唐大夫一時之間又說不出來。

倒是阿秀，完全沒有將這件事放在心上，笑咪咪地招呼他們落坐，準備吃飯了。

等吃得差不多了，阿秀才狀似無意地說道：「我今兒進宮見到了太后娘娘。」

阿秀不過剛剛提到「太后娘娘」，酒老爹的臉色就變了，原本好好地端著酒杯的手一個哆嗦，還好裡面的酒不過半杯，並沒有灑出來。

饒是這樣，唐大夫也是一個眼刀甩過去，這個沒出息的，現在還惦記著那個女人呢！

酒老爹看了一眼唐大夫，沒有作聲，頭微微下垂，讓人看不分明他眼中的意味。

他並不是懦弱，他只是左右為難，一邊是自己愛的人，一邊是自己最為敬重的人，而且中間還夾雜著他以為毫不知情的阿秀。

「怎麼突然提到她了啊？」唐大夫問道，語氣雖然稱不上好，但是也不算差。

「主要是今天看到她，覺得她的氣色差得嚇人。」阿秀說著，偷偷瞄了一眼唐大夫，他的表情在那一瞬間好像滯了一下，而酒老爹，臉色一下子就白了。

阿秀知道，自家阿爹還是愛著她的，如果她真的就這麼死了，那自家阿爹怎麼辦？

現在他們不能見到對方，但是至少知道對方還好好活著，也許這樣的一個結果，已經足以寬慰他們的內心；但是若是其中有一個人就那麼突然地離世了，那剩下的那人，該如何自處？

「她怎麼了？」酒老爹啞著聲音問道。

唐大夫心中是恨鐵不成鋼，但是又不好出口阻攔，只好由著他問。

唐大夫自然是知道自家兒子的心思的，但是那人現在已經不是他可以隨便想的女子了，而且中間還夾雜著那麼大的一個不可化解的矛盾！

「她不讓我把脈，但是我乘機摸了一把她的脈，她身體裡，心肝脾肺腎，所有的內臟都有了問題。」阿秀說道。如果不是因為這樣，她也不會特意說出來，她知道唐大夫心裡有多排斥太后。

「怎麼會這樣？」酒老爹喃喃道。上次見面的時候，她的精神明明還是挺好的啊，現在不過幾個月的工夫，為什麼會有這麼大的變化？

唐大夫看酒老爹的情緒很是不穩定，想要讓他注意一點，免得阿秀瞧出什麼不對勁來，但是這樣的情況他又不好多說什麼，於是他整張老臉一下子就皺在了一起。

「我也不是很清楚，之前見面的時候，她的情況並沒有這麼嚴重。」阿秀自己也不明白，是什麼樣的原因，讓她的身體，一下子衰敗得這麼厲害。

若是心理方面的，如今她在了，酒老爹也在了，太后沒有理由心境比以前還要差啊！

因為阿秀起的這個話頭，桌子上一下子就沒了聲音。

「阿爹。」阿秀見酒老爹眼中的哀傷越來越重，忍不住開口道：「不如您和我一塊兒進宮，給太后娘娘診一下脈可好？」

唐大夫原本自顧自地喝著悶酒，冷不防聽到阿秀說這句話，酒杯一下子送到了鼻子上，裡面的酒全部進了他的鼻孔。

阿秀連忙拿出手絹來幫唐大夫擦臉，她倒是沒有想到，他的反應會這麼大！

「爺爺，您這是用的什麼新式的喝酒方法，怎麼都到鼻子裡去了？」阿秀故意調侃道。

唐大夫掩飾性地摸了一把鼻子，說道：「我去裡頭洗把臉。」

「那您順便換個衣服吧，領子那邊都是酒漬。」阿秀提醒道。

等唐大夫人進去了以後，阿秀才繼續說道：「我知道阿爹您法子比一般人多，太后娘娘平時對我又多有關照，我也沒有什麼好報答她的。」阿秀故意給酒老爹找臺階下，讓他覺得，他不過是給女兒報恩罷了。

果然酒老爹聽到阿秀這麼說，原本暗淡的眼睛一下子亮了起來。「妳說的極是，咱們要知恩圖報！」

不管怎麼樣，他都該進去看看她，如果她真的熬不過了，那他至少也該送她最後一程，也不枉費……也不枉費他們曾經夫妻一場。

「我也這麼覺得，太后娘娘賞了我這麼多珍貴的東西，我身上也沒有什麼值錢的可以回報她，如果阿爹您能把她治好，那就再好不過了。」阿秀一副天真的模樣，好似完全沒有察覺他們之間的貓膩。

「只是，我是民間男子，不大適合進宮吧……」酒老爹又有些猶豫，他雖然擔心太后，但是也沒有盲目到完全不管不顧。

他有時候十分厭恨自己這樣的性子，若是足夠狠心，那就徹底忘記了她；若是足夠有情，那就該不管不顧，繼續追隨著她。只可惜，他不過是一個普通人，他捨不得老父，捨不得女兒，也捨不得當年的那分情；所以他才活得那麼為難，所以他才覺得痛苦，他寧可每日喝酒，尋求一絲輕鬆。只是酒喝得雖然多，但是醉的時候卻那麼少！

「這不是什麼大問題，您看薛家祖孫還不是常常進宮，您要記得自己是大夫。」阿秀提醒道。若不是當年的那次大變故，自家阿爹在醫學上的成就，肯定能遠超於她。

「也是。」酒老爹微微點點頭，臉上的神色是難得的嚴肅。

阿秀見自家阿爹已經做了決定，臉上露出了一絲笑意，她不知道自己這麼做到底對不對，但是，至少讓他們不要留下遺憾！

「咳咳。」唐大夫輕咳了一聲，從屋子裡頭走了出來，他已經換了一身衣服了。

阿秀看到唐大夫回來了，連忙招呼道：「爺爺，您再來吃點菜，這個八寶鴨特別好吃。」

「好，妳也多吃點，妳在濱州吃的東西肯定沒有京城多，多補補。」唐大夫說道。只是說話的時候，眼睛微微掃了一眼酒老爹，自己這兒子，唉……

如果他已經決定了，那想去就去吧，自己老了，管不了他了，也不願意再管了。

如果這樣他能活得痛快點，那就這樣吧！

太皇太后的事情就這麼落幕了，薛家沒有醫治好她，雖說沒有受到什麼懲罰，但是小皇帝對他們的態度明顯冷淡了不少。

薛老太爺自然也知道自己目前的處境，也不願意在小皇帝面前多晃蕩，免得他反倒看自己不順眼了。

一時間，這薛家一下子就低調了。

之前因為一直忙著太皇太后的事情，小皇帝都沒有怎麼注意到太后的身子，等他發現的時候，太后的情況比之前又糟糕了不少，他心裡忍不住一陣愧疚。

他之前還有些埋怨她，太皇太后出殯，太后的表現卻那麼冷淡，太皇太后在世的時候，兩人明明相處得那麼好，現在想來，她那個時候，身子已經不好了。

小皇帝想到太皇太后剛剛離自己而去，若是太后再遭遇不測，那自己真的要變成孤家寡人了。

「母后，這是白太醫，讓他給您診個脈吧。」小皇帝坐在一旁，說道。站在他身邊的是一個年輕英俊的男子，他是剛剛被提上來的。

「讓他回去吧，我不想見大夫。」太后的聲音很輕，即使是小皇帝，也能聽出她的虛弱。

小皇帝癟癟嘴，他知道太后的性子，她雖然只是一個女子，但是脾氣卻比任何人都要倔，只要她下了決定，那便是誰都勸不動了。

「你先下去吧。」小皇帝衝著那白大夫揮揮手，既然他不能讓太后改變主意，那也就沒有留下來的必要了。

「還有妳們，都下去吧。」小皇帝衝著候在一旁的宮人說道。

小皇帝都發話了，她們自然不敢不走，只有路嬤嬤，陪著太后在內室，沒有因為小皇帝的話而有什麼動作。

「路嬤嬤，妳也下去吧。」小皇帝繼續說道。

路嬤嬤是太后身邊的老人，又深受太后的器重，他自然是要給她留幾分面子的。

路嬤嬤聽到小皇帝這麼說，下意識地看了一眼太后，如今太后身子這麼差，她怎麼放心離開。

太后衝她微微點點頭，示意她聽小皇帝的話。

路嬤嬤心中雖然有些不情願，但還是走了出去。

等人都走乾淨了，小皇帝走進內室，一下子撲到了太后的床邊。「母后，您是不是不要兒臣了！」

沒有人知道，太皇太后的薨逝，對小皇帝心理上的影響有多大，偏偏還沒有給他足夠的時間來恢復，太后又變成了現在的模樣。

小皇帝雖然貴為帝王，心智可能是比一般同齡人要成熟，但是歸根究柢他不過是一個八歲的孩子。

小皇帝的行為，只讓太后的心跳快了一下，並沒有太多的波瀾，相比較小皇帝，她更加放心不下的是阿秀。

小皇帝雖然年紀小，但是貴為皇上，朝中大臣也算是安分守己，就算自己就這麼死了，也沒有什麼大的影響；但是阿秀不一樣，她還沒有成親，甚至還沒有訂下一門好的親事，她在醫學上面的成就還沒有被世人完全接受，如果自己死了，誰能做她的靠山。

但是身體這回事，也不是她自己能說了算的。

「瑞兒。」太后輕輕咳嗽了幾聲，緩過來以後才慢慢說道：「你已經不是小孩子了，要有做帝王的模樣。」

小皇帝聽了太后的話，眼睛一下子紅了起來。他一直不大懂，為什麼母后會不喜歡自己，自己是她唯一的孩子，可是從小到大，她都不願意親近自己，小的時候，她甚至不願意多看自己一眼。後來父皇去世了，她對自己好似多了一些笑容，時不時也會關心自己，但是卻沒有皇祖母對自己的那種寵愛。

他以前以為她是性子冷淡，可是他明明有見過，母后對阿秀笑得寵愛的模樣，就連那容安，得到的關注也比自己要多。

「瑞兒，你還記得以前母后和你說過的嗎，你是小男子漢，不能隨便紅了眼睛，不然那些大臣怎麼會服你。」太后摸摸小皇帝的腦袋。

他的出生，讓她覺得恥辱。她知道不能遷怒於他，但是她實在是怕自己忍不住會做出傷害他的事情，所以讓他從小養在太皇太后膝下。

即使這樣，她也不願意去看他。在他週歲以前，她就是去太皇太后那邊請安，也是一眼都不願意看他。後來他年紀大起來了，開始叫自己母后，她的心才慢慢軟化了；只是要讓她像一般母親寵愛自己的孩子那般，她還是做不到的。

他的存在，是在時刻提醒著自己這失敗的一生。

只有阿秀，那個孩子，她才是自己這輩子最愛的孩子。

只要阿秀好好的，那她就放心了。

「又沒有旁人看到，母后，您不要離開瑞兒好不好。」小皇帝雙手抱住太后的手，不願意鬆開。

現在雖然是冬天，但是太后身上的溫度卻低得嚇人，小皇帝想起自己最後那晚，摸到的太皇太后的手，也是這般的冰冷，他「哇」的一聲就哭了出來。

自己真的又要失去一個親人了嗎？

太后看到小皇帝哭得那麼慘烈，一下子不知道怎麼應對了，她的心裡微微一酸。

對於這個孩子，她有時候不是不愧疚的，但是只要一想到他父皇對她，對路家、唐家做的事情，她的心一下子就硬了。

「瑞兒。」太后拿起放在一旁的手絹，細細地給他擦著眼淚。「你年紀還小，有些事情不會懂的。」

「母后您不說，瑞兒怎麼會知道呢？」小皇帝有些委屈地看著太后，只要她願意和自己說，那自己一定能懂的。

太后望著他紅紅的眼睛，卻不知道該說什麼，自己的那些心事，沒有一件是可以拿出來和他說的。

「你呀，還是太小，等到大了，經歷的事情多了，也就知道了。」太后緩緩說道。

雖然她捨不得阿秀，捨不得那人，但是，她真的累了，每天被困在這個大籠子裡，沒有一絲一毫的自由，她已經筋疲力盡了。

「可是您現在和我說的話，我現在就能明白的。」小皇帝有些固執地看著太后。

太后望著他那雙像極了先帝的眼睛，忍不住撇過了臉，這也是她為什麼無法對他親近的一個原因。

「母后……」看到太后下意識拒絕的動作，小皇帝只覺得心裡很是難受。

「咳咳！」太后一陣劇烈的咳嗽，咳到最後，甚至咳出了一些血絲。

小皇帝原本心裡還難過著，看到太后這樣，一下子就驚慌了。

「母后，母后，咱們請大夫好不好，您要是不願意見御醫，那我就去給您找民間好的大夫，您一定會好起來的！」只要太后願意，他一定能在民間找到醫術高明的大夫的。

「不用……咳咳。」太后輕捂著嘴，又是一陣咳嗽。

「娘娘。」路嬤嬤在外面喊道：「阿秀來看您了。」

太后原本有些無神的眼睛，在聽到這話的時候，一下子亮了些。

小皇帝自然沒有錯過這一幕，心中又是一陣酸澀，但是不知為什麼，他對阿秀卻生不起一絲的厭惡。他對阿秀，好似有著與生俱來的好感。

「讓她快點進來吧，外面涼得很。」太后說道。從枕頭下面翻出一個小盒子，用手指挑了一些裝在裡頭的胭脂抹在兩頰，讓自己的氣色看起來沒有那麼糟糕。

小皇帝看著太后的動作，咬咬嘴巴，卻沒有出聲。

第一百一十七章　阿爹進宮

阿秀進門，瞧見裡頭沒有一個宮人，頓時覺得一陣詫異，不過等看到小皇帝的時候，便了然了。

「參見皇上，太后娘娘。」阿秀衝著他們微微一個行禮。

太后自然是迫不及待地就讓她起來了。

「聽說娘娘身子不適，我特意做了一些藥丸。」阿秀掏出一個小瓷瓶。

這個藥丸並不是自己做的，是阿爹花了好幾日才做好的，因為太后的身子太虛，不能用重藥，選的都是藥性比較溫和的藥材。

「好孩子，妳有心了。」太后的眼中也充滿了溫柔。如果每天都能見到阿秀，她說不定還有一些盼頭，但是她也知道，這是不可能的。

「娘娘您要不要先嚐嚐看？」阿秀笑咪咪地說道，好似她現在熱情推銷的不是藥，而是美食一般。

太后明顯被阿秀的話怔了一下，畢竟還真的沒有人讓人吃藥，還要先「嚐一嚐」的，但是因為對方是阿秀，太后乖乖地拿起一枚藥丸放到嘴裡。

不管是什麼藥，反正她的情況也不會再糟糕了。

就是真的變糟糕了，她也不怪阿秀，只要阿秀高興就好。

只是，太后嚐到那藥的味道，表情一下子就愣住了，這藥裡面……

太后的眼睛一下子就紅了，她知道，這個藥是那人親手做的。

她自小吃不得苦，和他成親後，他便會在藥水裡頭放一些不會影響藥效的藥材，有時候是蜂蜜，有時候是一種草根，都只是為了讓藥不會太苦。

但是當年被他捧在手裡的她，偏偏還是不願意喝，他便學會了將所有的藥都搓成藥丸，只為了讓她不難過。這麼多年過去了，她老早就學會了面不改色地將藥喝下去，可是他卻仍然還記得這點；也只有他，還有這樣的耐心，願意為了她，將藥都做成藥丸。

太后突然覺得，這活著，好似也不完全沒了意思。

小皇帝不知道太后怎麼一下子就紅了眼睛，連忙問道：「母后，藥很苦嗎？」太后一向喜怒不形於色，現在這個模樣，很是少見。

太后收拾了一下心情，笑著說道：「沒有，藥很甜。」

小皇帝微微一愣，這藥還有甜的？他有些疑惑地看向阿秀問道：「妳這個藥是怎麼做的？」先不說效果，太后能不排斥吃藥，已經是很大的進步了。

「這個藥可不是我做的。」阿秀笑著說道：「民女斗膽向皇上推薦一人。」

小皇帝聞言，饒有興趣地問道：「是誰，是做藥的人嗎？」如果是做藥的人，那他還真的有些小期待，至少他的藥，太后能吃下去，說不定病就能治好了呢！

「是的，那人就是家父，我的醫術，十之八九都是和他學的。」阿秀在介紹的時候，不忘給他戴高帽。

「那他的醫術，豈不是比妳更加高明？」小皇帝的眼中爆發出一種亮光，那是不是意味著，他還可以期待一下？

「那是自然。」阿秀點點頭。心中又隱隱有些同情小皇帝，他想必不會想到，自家阿爹，是他親愛的父皇的終身情敵吧；有時候，無知真是一種幸福！

「那快快讓他進宮！」小皇帝急著說道。他見不得太后這樣一副隨時都有可能離他而去的模樣。

「只是，家父是外男，又沒有官職，實在不好隨意出入太后娘娘的寢宮。」阿秀很是為難地看著小皇帝。

若是她不說這句話，小皇帝心裡可能還會有所顧慮，但是她現在這麼一說，他反而放下心來了。

「這個不是問題，朕下一道旨意即可。」封個官還不是他一句話的事情，現在什麼都比不上太后的性命重要。

「家父不願出仕。」阿秀就怕小皇帝覺得酒老爹醫術好，到時候不願意放人，那就糟糕了。

小皇帝一聽這話，眼睛更加亮了些，這完全就是一副世外高人的風範啊！若是一般人，遇到這樣的機會，怎麼著也得求點什麼。

而且在小皇帝看來，阿秀這麼小的年紀有這樣的醫術，已經是相當了不起的存在了；作為她的老師加父親，若不是世外高人也說不過去啊！在他心裡，已經完全選擇性遺忘了當年讓人去調查的結果，阿秀的阿爹，不過是一個大酒鬼。

「好好，只要他不願意，朕絕不勉強，那妳快點把人帶進來吧！」小皇帝很是迫切地說道。

「我阿爹就在宮門外候著了，皇上您可以叫人將人帶進來即可。」阿秀說道。她知道，小皇帝根本不可能拒絕自己的意見。

「小六子！」

「小的在！」小六子連忙跑進來，等小皇帝一個吩咐，立馬就跑了出去。

在他們說話的時候，太后一直沈浸在「他要進來了，怎麼辦，我現在這麼醜，怎麼能讓他見到」的莫名情緒中。

阿秀一抬頭，就看到太后一臉的失神。

「母后？」小皇帝輕聲喚道。

他剛剛就怕太后突然阻止，但是她不阻止的話，他心裡又覺得怪怪的。

難不成只要是和阿秀有關的，她都會縱容嗎？想到這裡，原本的那絲喜悅又一下子沒有了。為什麼母后寧願重視別人家的孩子，也不願意重視自己呢？

難道……小皇帝心裡有了一種設想，難不成她就喜歡女孩兒嗎？畢竟她寵愛過的，都是女孩子。

「怎麼了？」太后回過神來，那人就要進來了，現在當務之急，就是要稍微打扮一下，不能在他面前顯醜了。

「母后在想什麼嗎？」

「沒什麼，我有些乏了，你們先出去吧，等阿秀她爹到了，再進來吧。」太后捏捏自己的眉心，一副疲憊的模樣。

小皇帝見太后這麼說，連忙點頭道：「那我們便先出去了。」太后願意見大夫已經是極大的進步了，她現在想幹什麼，自然都要順著她，免得她臨時又反悔了。

「民女告退。」阿秀又瞧了一眼太后，才跟著小皇帝出去了。

等屋子裡完全沒了人，太后才掙扎著從床上下來，搖搖晃晃地往梳妝檯走去。

她在他心目中一向是美好的，她不能破壞了他對她的印象；就算活不久了，就算真的死了，她也不能讓他覺得，自己是憔悴的、是醜陋的。

就太后的容貌，即使再憔悴，也比一般的女子要貌美很多，只是女子，在心上人面前，自然是希望保持最美的狀態。

而小皇帝和阿秀一塊兒出門以後，並沒有走遠，就等在門口。

「妳阿爹的醫術，真的那麼高明嗎？」小皇帝忍不住再次問道。大概是失望的次數太多了，他都不敢再抱期待了；但是又忍不住抱一點希望，他真的、真的不願意這樣失去太后，即使她不重視自己！

「我阿爹的醫術，自然是高明的，打我出生，我就沒有見過他失手過。」阿秀說道。

酒老爹的確沒有失手過，但是也沒有正常給人家醫治過。

「那就好，那就好。」小皇帝聽到阿秀這麼講，心裡又多了一些底氣。

這阿秀瞧著就不像是會講大話的人，既然她這麼講了，那至少有大半是可以相信的。

「若是醫好了母后，妳想要什麼，都只管提。」小皇帝說道。

阿秀聽到這話，微微一愣，然後才輕聲說道：「什麼都可以嗎？」

「什麼都可以！」小皇帝再次肯定道。

「那民女就先謝過皇上了。」阿秀說道。

她想要的，是當年唐府的那塊地。因為當年那個火災，唐家已經不復存在了，但是當年的那塊地還在，雖然上面已經住著別的人家，但是阿秀還是想要將它要回來。

她知道，唐大夫心中的遺憾，以後唐家，就讓她來慢慢發揚光大。

小皇帝聞言，微微一愣。

一般人若是聽到他這麼講，多半是會推辭，偏偏這阿秀，竟答應得這麼快。

這讓他心裡難得忐忑地猜測了一下，她到底會有什麼要求，不過還沒有讓他仔細想，小六子就將人帶進來了。

小皇帝看到來人，他才突然意識到，自己是見過這個人的。

當初在瓊州和阿秀他們相遇，這個大鬍子男人也在，只是他剛剛在心急之下，並沒有將兩個人對應上。

他想像中的世外高人和這個大鬍子竟然會是一個人?!小皇帝的心不由地往下面沈了沈。不是他以貌取人，但是就大鬍子男人的這個模樣，也實在讓人難以相信，他醫術高超；但是現在，人也到了，他之前話也說了，只能死馬當活馬醫了。

「進去吧。」小皇帝的面色很是不好看，甚至可以說是難看了。

「是。」

跟阿秀他們再次進去，小皇帝和阿秀很明顯就感覺到，太后的氣色好了不少。

小皇帝年紀小，接觸的女子雖然不少，但是心思並不在上面，所以並沒有多想，只是覺得疑惑。

但是阿秀，她差不多一眼就能看出來，太后的臉上上了妝，她沒有想到，太后竟然會這麼重視自家阿爹；剛剛那麼虛弱的身子，她竟然還強撐著去上了一個妝，想必真愛，也不過如此了吧。

酒老爹一進門，先是將太后細細觀察了一番，然後才有些後知後覺地行了禮。

太后連忙免了禮。

「草民得罪了。」酒老爹看了小皇帝一眼，然後將手按在了太后的手腕上，難得的，她竟然沒有躲閃。

酒老爹感受到下面的脈象，心中一震。他之前以為阿秀不過是誇大了說辭，現在看來，她說的情況竟然還算保守……她這是，真的不願意活了嗎？

酒老爹望著太后，眼中滿滿的都是悲痛。

太后因為酒老爹的眼神，心中大震，眼睛微微閃躲，她不知道該怎麼面對他這樣的眼神。

「我母后的身體，有法子醫治嗎？」小皇帝見這個大鬍子一直盯著太后的臉，心裡頓時有些不舒坦了。就算他母后再好看，他一個男子，也不能這麼放肆地看啊！若不是他還指望他有法子醫治，肯定治他一個大不敬之罪。

阿秀見小皇帝面色不悅，便張口說道：「我阿爹看病不光把脈，還得從氣色上面來看，這樣才能看得更加全面。」她忽悠起人來，眼睛都不眨一下。

小皇帝畢竟年紀小，經歷的事情也少，而且這隔行如隔山，都是大夫，中間還有代溝呢，更不用說他完全不懂醫術；聽阿秀這麼說，他心裡頓時有些羞愧，自己果然是太淺薄了。

「太后娘娘的身子，虛得厲害，裡面都掏空了，這病，想必是好幾年堆積起來的。」酒老爹難得這麼正經，甚至有些沈痛地說道：「雖然底子比較差，但是也不是完全沒有法子醫治。」

小皇帝聽到酒老爹這麼說，頓時眼睛大亮，心中更是慚愧，自己剛剛實在是太過分了，竟然這麼想他。

這世上，奇人異事何其多，自己怎麼能用這樣局限的目光看人，以後，萬萬不能再這樣了。

不知道是不是因為這件事情的影響，小皇帝成年以後，甚至還組了船隊，派人去別的國家，整個王朝，進入了一個鼎盛時期。

如果真是因為這件事情，那酒老爹也算是天下的大功臣了。

「真的？」大約是聽到了太多否定的答覆，冷不防聽到酒老爹這麼講，小皇帝在喜悅過後，卻忍不住一陣懷疑。

「自然是真的，騙你我又沒有錢拿。」酒老爹說道。

小皇帝被這話一噎，從來沒有人這樣和他說過話，但是他自小立志做一個明君，所以對於這話，也不好不高興。

小皇帝嘛了一下嘴，說道：「那就拜託你了。」

「我等一下要施針，若是沒事，你們都暫時出去，不要打擾了我。」酒老爹說道，目光劃過阿秀那邊，就怕她看出一點什麼不對勁來。

阿秀心中自然是明白怎麼一回事，但是現在，也只能裝傻。

太后在聽到酒老爹這話的時候，面色微微一紅，他的心思，她自然是知曉的；若是、若是有機會能單獨和他相處，就是不說話，那也是極好的。

小皇帝有些不明白地看了一眼看似正經，實際因為鬍子太多，完全看不出面色的酒老爹；又看了一眼，面色白裡透紅，現在精神好得好似不是一個病人的太后。為什麼他覺得，大人的世界，他完全不懂呢？

「皇上，這施針最是得謹慎，一個不小心，錯了穴位，那可是極其嚴重的事情。」見小皇帝不表態，阿秀忍不住開口，為自家阿爹說了幾句，既然她都將人帶過來了，自然是要幫著他些。她這個做女兒的，又要給他擦屁股，又要裝出一副完全不知情的模樣，也是挺不容易的。

「這個……」被阿秀這麼一個恐嚇，小皇帝也不敢留下來了，現在最要緊的，還是太后的身體。

如果小皇帝現在已經十幾歲了，想必也不會這麼容易就被阿秀的話帶著走，所幸他年紀小。

「皇上，我們出去吧，就等在隔壁的偏廳，若是有什麼事情，也可以馬上過來。」阿秀勸說道。

她當然知道小皇帝心裡的不放心，要是她也不放心啊，自家柔弱如小白花一般的娘親，和長相如餓狼般，可能還別有企圖的男人同處一室。

阿秀覺得自己這樣形容自家阿爹，好像有些不厚道，連忙甩甩頭，將這些想法暫時拋卻了。

小皇帝聽到阿秀這麼說，便點點頭，他們就在隔壁，想必他也不敢有什麼不好的舉動，只要太后一個大聲，他們馬上就過來了。

他哪裡能料想到，太后根本就不會大聲，不管酒老爹做什麼。

「妳阿爹，真的醫術很高明嗎？」小皇帝和阿秀坐在偏廳，他有些不放心地又問了一遍。

阿秀被小皇帝這麼直白的問題問得面色有些不大自然，自家阿爹的醫術自然是高明的，但是那手法嘛，就不好說了。

小皇帝見阿秀面色不大好，以為是自己的話不大好聽，畢竟酒老爹雖然看著邋遢，但是也是她的親爹，女不嫌爹醜，而且他還在給母后治病，自己這話，是有些過了。

小皇帝想到這，有些掩飾性地微微一咳嗽。「我只不過隨口一問。」

「我阿爹平時雖然不顯山露水的，但是醫術，那絕對高明，皇上您只管放心。」阿秀拍著胸口保證道。

這太后的身子不好，有一大部分是因為心病，自家阿爹都來了，心病那部分自然就好了。

至於好得快不快，那就要看阿爹會不會說話了。

在中醫上，情緒可是能影響到人的五臟六腑的，若是太后心情好了，想必病也就好得快了吧。

小六子輕聲輕腳地進來，說道：「皇上，劉御史有事稟奏。」如今太后就在隔壁治療，他自然不敢大聲，免得驚擾到了裡面。

「有什麼事情？」小皇帝皺眉問道，如果不是什麼重要的事情，明天也可以說。

「據說是和江南的貪污案有關。」小六子看了一眼阿秀，有些隱晦地說道。

小皇帝一聽，面色便沈了下來，只是他面容稚嫩，長得又好，倒是不覺得有什麼殺氣。阿秀倒覺得他像是一個故作嚴肅的小老頭，可愛得緊。

「我去一下，馬上就回來，若是太后那邊結束了，妳便找個宮女來和我說一下。」小皇帝和阿秀說完這句話，便急急忙忙走了。

等小皇帝走了以後，原本候在一邊的路嬤嬤便一個上前，輕聲問道：「阿秀，妳阿爹怎麼來了啊？」這個問題，她剛剛就一直想問，但是因為礙於小皇帝在，所以一直沒有問出口。太后和那酒老爹之間的關係……路嬤嬤現在比較關心的是，阿秀到底知道多少？

「太后一向疼我，我不忍見她被病痛折磨，便回去和阿爹說了這件事情，正好他極其擅長這塊，我便厚著臉皮向皇上毛遂自薦了，若是能醫治好太后，也就不枉此行了。」阿秀說道，神色間毫無異常。

路嬤嬤雖然覺得事情應該不會這麼簡單，但是阿秀的表情，實在讓人看不出什麼不對來，只好當她說的就是事實。

路嬤嬤心裡也覺得，太后這毛病，大部分是因為心病，早些年，她的確因為絕食等各種折騰，把底子給折騰壞了，但是這些年，自己一直用藥膳在給她調養著，沒有道理身子會虛成這樣……路嬤嬤默默嘆了一口氣，不再繼續這個話題了。

「這些日子，聽說有不少人上顧家提親？」路嬤嬤臉上露出一絲淺淺的笑意。那些人也真是傻得可以，這阿秀暫居在顧家，若是要提親，那也得和酒老爹提，他們大約是顧忌禮儀，都是遞帖子給顧家夫人；而這顧夫人一心將阿秀當未來兒媳婦看待，自然是見不得這些帖子。

阿秀微微一愣，對於路嬤嬤這麼快速地轉移話題，明顯有些反應不過來。

「聽說是的，不過這件事情，還得阿爹作主。」阿秀說道。

婚姻大事，自然是她自己作主，只不過對外的話，就說是酒老爹說了算，要真的在家裡，他是最沒有發言權的。

對於那些都沒有相處過，就想要娶她的人，她是一個都看不上的。她以後勢必是要拋頭露面，救人治病的，他們若是現在只是欣賞看到自己的特殊，那麼將來，他們也會受不了自己的特殊。

阿秀可不認為，這裡的男人，有這麼大的肚量，能夠容忍自己的妻子不顧家。

「妳那阿爹的意見，真的沒有問題嗎？」路嬤嬤說道。當年他還算靠譜，只是這十幾年不見，再見面他就變成了現在這個模樣，年紀越發的大，但是性子越發的不靠譜了，這樣的一個人的眼光，路嬤嬤實在放心不下啊！不過還好，現在已經有一個現成的人選出現在了他們的面前。

「阿爹雖然不靠譜，不過畢竟是長輩。」阿秀很是正經地點點頭，若是酒老爹聽到這話，肯定直接感動哭了。

「妳阿爹雖然不靠譜，但是我瞧著，那顧靖翎，顧小將軍瞧著是挺靠譜的。」路嬤嬤在一旁說道：「只可惜，他這次受了那麼重的傷。」

之前顧靖翎進宮，她可是瞧得清清楚楚的，他連站都站不起來。

若說她們之前都已經看好了他，但是就他現在的身體情況，路嬤嬤心裡又有些糾結了；小病小痛也就罷了，這四肢無力，阿秀要是真的嫁過去了，那不就是直接守活寡嘛！

阿秀哪裡曉得，路嬤嬤的思維已經直接想到兒童不宜的地方了，只覺得她面上眉頭一鬆一緊快速交替著，只當她是在擔心太后的身體情況。

第一百一十八章 甜言蜜語

等了不過小半個時辰，酒老爹就出來了，正好在這個時候小皇帝也回來了。

只是阿秀怎麼覺得，太后的眼神中好似多了一絲什麼？

像是嬌羞，或是欣喜，難道這就是愛情的力量？

小皇帝不過七、八歲，情竇完全沒有開，自然不會曉得其中的深意；只覺得不過小半個時辰，太后的氣色就由內而外好了不少，他頓時對阿秀這個打扮不大端莊的阿爹多了一些期待。

「母后，您覺得怎麼樣了？」小皇帝關切地問道。

「好了不少。」太后俏臉微微一紅，眼睛偷偷看了一眼酒老爹，表情明顯帶著一絲嬌羞。

阿秀和路嬤嬤將她這樣的反應看在眼裡，心情都有些複雜。

阿秀有些不大明白，太后這麼一個大美人兒，怎麼就對自家阿爹這麼死心塌地呢！

路嬤嬤心中則是帶著一絲欣慰，好久不曾看到太后如此生動的表情了，這是不是意味著，她心裡已經慢慢有了求生的慾望了?!

「那真是太好了。」小皇帝一聽，臉上露出一個大大的笑容。

太后看著他和先帝相似的眼睛，心中一沈，再看向站在一旁的酒老爹，他並沒有太多的反應。

「剛剛大夫和我說了，以後每三日進行一次這樣的治療，再配上藥方喝藥，身子慢慢就會好的。」太后悠悠說道，放在棉被裡的手卻是緊緊地握著，這是她自己的私心。

酒老爹聽到這話，下意識地看向太后，剛剛明明沒有這麼說的。

他雖然擔心太后的身子，但是也不敢忽視了唐大夫的心情；這一次、兩次還好說，若是每三天就要進宮一次，他並不認為能夠瞞得住唐大夫，可是現在這樣的情況下，他又不能否定她的話。

她還是有著自己的小任性，偏偏他和以前一樣，還是願意縱容她，只是想到唐大夫，酒老爹的心裡有些羞愧。

而小皇帝聽到太后那麼講，心裡多少是有些不樂意的，畢竟是個外男，只是為了太后的身體，並沒有表現出來，還給了酒老爹一塊能隨意出入皇宮的牌子。

見事情一下子發展到了現在這樣的地步，阿秀心裡都忍不住懷疑，自己這樣做，是對還是錯呢？

「阿秀，妳陪我吃個飯吧。」太后將打算要離開了的阿秀留了下來。

酒老爹是外男，自然不好逗留，太后特意讓路嬤嬤將他送了出去。

小皇帝見太后沒有留自己的意思，頓時有些委屈地走了，明明他才是她的孩子，為什麼她卻留下了阿秀？

太后這段時間幾乎沒有好好吃過一頓飯，聽到她主動要求要用膳了，這御膳房的人都激動了，卯足了勁打算大顯身手一下。

宮裡現在不過只剩下兩個正經主子，這十幾二十個御廚平日裡就沒有什麼事情，偏偏這段時間，太后生病，皇上也食之無味，他們的存在感都沒有了。

做一個不用下廚的御廚，那也是很寂寞孤單冷的。

阿秀在這邊吃完了飯，又陪著太后聊了一會兒，等她倦了這才出了宮。

一回到西苑，阿秀就察覺到氣氛有些不大對勁，不用問，她也知道，應該是進宮這件事情被唐大夫知道了，畢竟之後要隔三天就進宮一趟，要瞞也是瞞不住的。

而且現在太后身子一下子有了起色，小皇帝多半會打賞些什麼，唐大夫雖然不關心這些事情，但也不是耳聾眼瞎的。

「爺爺，您吃了飯沒？」阿秀眼睛掃了一眼桌上的飯菜，一看就沒有怎麼動過。

「吃了。」畢竟是阿秀在和他說話，他心裡就算有什麼不爽快，也不願意對著阿秀發。

「那這飯菜是留給我的嗎？」阿秀指指桌上的四菜一湯，因為天氣冷，老早就沒了溫度，那些肉菜更是直接結凍了。

那些下人都是有眼力勁的，自然不可能給阿秀準備這樣的飯菜，不過她也不會特意揭穿。

唐大夫看了一眼那飯菜，就沒有說話。

「這飯菜都涼了，我讓人再去熱一下，到時候咱們一塊兒吃吧。」阿秀有些撒嬌地說道。

這件事情，她知道，若是唐大夫知道了，心裡肯定會不舒服。但是有時候血緣就是那麼奇怪，她不插手太皇太后的病，卻不願意看著太后就這樣死去；所以即使她知道唐大夫可能會不大高興，卻還是選擇了讓自家阿爹進宮去。

她現在要做的，就是好好安撫唐大夫的心情。

「妳不是在宮裡吃了飯了嗎？」唐大夫說道，語氣中帶著一絲小小的埋怨。都說老小孩兒，唐大夫雖然平日裡表現得很是高冷穩重，但是也是會吃醋的。

那個女人，不光讓他不爭氣的兒子隔三差五地進去陪她，還讓他的寶貝孫女陪她吃飯，他們這都成了她的陪客了！

唐大夫一想就不痛快！偏偏有些話又不能說破，他心裡就更加不自在了。

「哎呀，這宮裡的飯哪裡有家裡的好吃，我都還沒有吃飽呢，我特別想吃爺爺您做的醬油鴨。」阿秀嘿嘿笑著拍著馬屁。

唐家的人的廚藝不好，那都是有遺傳的，這唐大夫自然也不例外，做的菜十道裡面有八道不好吃，這個醬油鴨算是比較能入口的。

阿秀現在為了討好他，自然要昧著良心誇他的廚藝。

唐大夫自然也知道自己的廚藝怎麼樣，但是阿秀都這麼說了，他自然沒有拒絕的道理，又和她說了幾句，這才去了廚房。

阿秀等唐大夫走了以後，才過去拍拍酒老爹的肩膀，衝著有些萎靡不振的酒老爹說道：「阿爹啊，您怎麼就不知道和爺爺說點甜言蜜語呢，其實老人家啊，還是很好哄的。」只要他用的方法得當，哪裡會讓兩個人的關係這麼僵！

酒老爹有些不爽地瞪了阿秀一眼。甜言蜜語？那得看唐大夫他吃不吃這一套。她的甜言蜜語，爹自然是聽的，若是他的，說不定直接被抽一頓！他可是很瞭解，自家老爹最是討厭那些只會說好話的人了！

「您瞪我幹麼呢，又不是我讓你們不高興的。」阿秀吐吐舌頭，嚴格說起來，這罪魁禍首還真的是她。

「我先和妳提個醒，等一下妳爺爺多半會和妳說和顧家的婚事。」酒老爹說道。

他也不懂這顧家是怎麼想的，以前顧靖翎身體健康的時候，不見他們來提親，現在顧靖翎受了重傷，就來提親了，這讓他們不多想都不行，他們這是仗著自己是他們的恩人，所以才敢做這樣的事情?!

酒老爹也不願意往齷齪方向想，但是只要是個正常的家長，誰願意將女兒嫁給一個以後不知道還能不能站得起來的人。

這顧靖翎本身命就不好，身子健壯的時候，他們也未必會答應這門親事，更何況現在?!只是這麼一來，他就怕拒絕了，對阿秀的名聲不好。

這顧家的人不該是這麼不懂禮節的啊……

顧夫人現在心裡也是有苦說不出，你說這婚事，若是早幾個月訂下了那該多好，偏偏之前顧靖翎一點意思都不給她漏，如今身子變成這樣了，才和她來講說要娶阿秀為妻。

要不是當時她攔著，加上他現在的身體情況，老太君手上那枴杖可就直接落下去了。

他現在這樣的身體情況，讓她去求親，這不是將鎮國將軍府置於一個尷尬的位置嗎！而且阿秀如今深受宮中貴人的喜愛，顧靖翎這樣，不是在打那人的臉嗎！但是兒子現在變成這個樣子，顧夫人也是心疼，這才硬著頭皮去說了。

還好這酒老爹雖然看著是個糙人，卻也懂禮，即使心中不滿，但也沒有表現在臉上。反正她和阿翎說過了，話她是親自去說的，若是人家不願意，她也沒有法子。其實她打心眼兒裡也是願意阿秀做她的兒媳婦兒的，畢竟知根知底，性子也瞭解。

「婚事？」阿秀的神色有些怪異。「您是說我和顧靖翎嗎？」

酒老爹點點頭，順便將阿秀的神色仔細打量了一番，但凡她露出一絲反感，他肯定直接回了這門親事。

只是阿秀現在的眼裡、臉上，都只有難以置信。

她和顧靖翎？這也太奇怪了吧，她知道會有人上門求親，可是怎麼會是顧靖翎呢？她現在還記得最早的時候，兩個人不對盤的樣子，而現在，顧家竟然來求親了。

阿秀越想越玄幻，越想越覺得不可思議，她甚至都沒有發現，自己心底的那一絲小期待和小緊張。

「阿爹，您不是在逗我吧，顧靖翎怎麼可能來求親？」阿秀還是不願意相信，那個傲嬌的男人，她搖搖頭，覺得對這個世界又有些不大明白了。

「不信妳自己瞧，人家將生辰八字都拿過來了。」酒老爹看到阿秀眼裡赤裸裸的不信任，直接將一張帖子丟給她，他現在哪裡還有這個閒情逸致，和她開玩笑?!

阿秀打開一看，裡面果真是顧靖翎的生辰八字，上面還特意寫了一些批注，大約是顧夫人知道顧靖翎這方面是有缺陷的，特意加上了大師的批注，這顧靖翎本身的命並不差，甚至可以說是很好的，只是在姻緣上面有些差。

「顧夫人倒是有心。」阿秀將帖子一合，放到一邊。

「妳自己覺得呢？」酒老爹問道。若是阿秀自己中意，就他們三人的醫術，還怕醫治不好一個顧靖翎？不過若是她自己不樂意，那這個身體問題，就可以變成一個拒絕的絕好理由了。

「我自己？」阿秀歪著腦袋想了一下。「我沒有打算嫁人啊！」

酒老爹面色一變，阿秀這話說的，讓他忍不住起了一絲警惕，難不成是因為她從小沒有娘親，沒人給她啟蒙這些，所以她才會這樣？

可是之前在小村子裡的時候，她也沒有說不嫁人啊，就是讓她嫁給隔壁那阿牛，她也不大排斥；難不成，阿秀喜歡那些糙漢子，反而不喜歡這些出身名門的？

這樣的話，酒老爹還真有些不知道如何是好了，他以前就瞧不上那些村夫俗子，現在就更加不用說了。

酒老爹根本不會知道，阿秀以前那是得過且過，能滿足口腹之慾就好了；但是現在的話，她追求的東西不大一樣了，想法自然也就變了。

「醬油鴨煮上了，我讓廚房的人又做了些菜過來，現在先吃些。」唐大夫端著一個食盤，上面放著三道菜，菜上面還冒著熱氣，該是剛剛出鍋的。

阿秀其實並不大餓，不過還是打算陪他們再吃一點。

唐大夫的眼睛觸及到剛剛阿秀隨手扔在一旁的帖子，眼睛微微一沈。「妳已經知道顧家提親的事情了啊？」

唐大夫有些不大痛快，這件事情，原本應該由自己來講的，他怎麼就背著自己提前說了，他這麼不靠譜，能幹出什麼好事來！

這個他，自然指的是酒老爹。

「阿爹剛剛和我提了一下，不過還得等爺爺您來了再細細說。」阿秀笑咪咪地說道，她自然是沒有錯過唐大夫臉上的表情變化。

「嗯。」聽到阿秀這麼說，唐大夫比較滿意地點點頭，但是對酒老爹還是沒有什麼好臉色，他可沒有忘記剛剛的事情。

「坐下來吃飯吧。」唐大夫招呼道。

酒老爹屁股還沒有沾到凳子，就聽到唐大夫冷哼一聲。「我有叫你嗎？」

酒老爹身子一僵，坐也不是，站也不是。他畢竟理虧，就是臉皮再厚，也不好意思現在這個時候跟唐大夫對著幹。

阿秀看自家阿爹現在這個窘迫的模樣也是怪可憐的，替他下臺階，道：「爺爺您先坐，阿爹您再坐，長幼有序啊！」

阿秀說的話，唐大夫多半不大會反駁，這次自然也不例外，冷淡地掃了酒老爹一眼，不再說什麼了。

酒老爹心裡微微鬆了一口氣，自家老爹這是越來越難伺候了，還是女兒好，果然女兒是貼心小棉襖。他想到要是阿秀嫁人了，那自己以後該怎麼辦？這顧家的親事，要不就這麼拒絕了?!

「顧家人都是極好的，但是嫁人這回事，還得看妳自己的意見，妳若是覺得那顧靖翎還不錯，那就嫁，我這麼大年紀了，就厚著臉皮不挪窩了；若是妳不喜歡，等妳看中了人再嫁。」唐大夫說道。阿秀自己喜歡才是最重要的，他這麼一把年紀了，現在也不期盼一定要光復唐家，只希望阿秀自己能活得開開心心的，那比什麼都重要。

阿秀微微一愣，雖然她一直都知道唐大夫很重視自己的意見，但是她也沒有想到他會說出這樣一番話來，鼻子一酸。在這個年代，能遇到這麼一個開明的長輩，沒有比這個更加幸運的事情了。

「我會好好想一下的。」阿秀吸了一下鼻子說道。

這已經不是第一個人第一次和她說婚事了，阿秀如果說一點都不放在心裡，那也是不可能的。

在唐大夫那邊吃了飯，阿秀便回了自己那兒，但是好巧不巧地就遇上了正面走來的顧夫人。

以往的話，阿秀自然是大大方方地行禮，只是現在，知道她上門求親的事情以後，阿秀的心情多少是有些不自在。

「阿秀啊，我正好找妳有事呢。」顧夫人拉起阿秀的手，笑得一臉的和善。

阿秀雖然心裡疑惑，卻也乖乖跟去了。

「昨兒剛剛送來新的布料，我瞧著不錯，妳看看，有沒有喜歡的？」顧夫人指著放在桌子上的那堆布料說道。

不知道是不是因為剛剛聽到酒老爹的話，阿秀看到裡頭那些大紅色的綢布，目光下意識地偏轉了過去。

顧夫人自然是沒有錯過她這些動作，心中微微一笑。「妳瞧這紅色，看著很是喜慶，不如做兩身裙子？」

阿秀連忙擺手。「這顏色太豔了，我平日要給病人看診呢，這麼穿太張揚了，不好。」

「小姑娘嘛，就得穿得豔麗一點。」顧夫人拿起一疋紅色的布在阿秀身上比劃。

阿秀的皮膚很白，身子現在發育得也算不錯，配上那紅色，倒是難得的在稚嫩中露出了一絲妖嬈，她畢竟不是真的只有十四歲，氣質自然不會那麼天真。

顧夫人微微一愣，說道：「好看極了呢！」在他們沒有意識到的時候，阿秀原來真的已經長成一個大姑娘了。顧夫人想起顧靖翎，對阿秀又是歡喜了幾分。

「我……」阿秀想要拒絕，但這是長輩的好意，不知道怎麼開口；可是不拒絕，她又有一種在挑嫁衣的錯覺，整個人一下子就焦躁了起來。

「若是不喜歡這個顏色，也可以挑挑別的顏色，反正咱們府裡人少，怎麼挑都是夠的。」顧夫人說的別有意味，別的豪門大宅，誰家人口這麼簡單，而且沒有小妾、通房的問題。

在顧夫人看來，阿秀選擇顧靖翎的話，差不多是理所當然的，畢竟阿秀和顧瑾容交好，又深得老太君的歡喜，基本上不會有什麼婆媳問題；而且阿翎也算是一表人才，前途一片光明，真真算是一個好夫婿了。

「謝謝夫人的好意。」阿秀隨便選了兩個顏色，便說：「這個時辰，我該給顧靖翎去做復健了。」

這個「復健」一詞也是阿秀先說出來的，顧夫人自然知道這個詞的意思。

「好好好，那妳去吧，等到時候衣裙做好了，我叫吳嬤嬤給妳送過去。」聽到阿秀是去照顧自家兒子，顧夫人自然是沒有攔著的道理，歡歡喜喜地將人送走了。

阿秀出了門才意識到，這顧靖翎那邊也不是一個好去處，畢竟那件事情和他也是有關係的。

她現在比較好奇的是，求親這件事情，是顧家長輩的意思呢，還是顧靖翎自己的意思？

第一百一十九章　皇帝賜婚

阿秀好不容易磨蹭到了顧靖翎那邊，他自己已經慢慢地在做熱身運動了。

看到阿秀過來，神色很是自然地朝她揮揮手。「妳過來了啊。」

阿秀看他態度這麼正常，就覺得他多半是不知情的，頓時心裡鬆了一口氣，但是不知怎地，心裡又隱隱好似有些失望。

將心裡的那些奇怪的情緒都拋開，阿秀認認真真地給顧靖翎做了一番復健。

他的四肢最近這段時間已經慢慢有了知覺，如果扶著欄杆，一個人也能走上一段路了，只要熬過了最開始那段艱難的時候，後面恢復就會比較快了。

「你再堅持一段時間，手腳就該恢復了。」阿秀捏了捏自己有些痠軟的手，這復健還真不是一件輕鬆的事情。

不過她也想到了一個點子，讓那些在家沒有經濟來源的婆子、婦人，可以學這些，到時候賺取一定的薪酬，也讓當年那些從罪役所帶過來的女子，算是有了一條別的出路。在有些方面，女子較男子還是有優勢的。

「妳爹有和妳說我們倆的婚事嗎？」顧靖翎突然語出驚人。

阿秀原本臉上還一臉的輕鬆，聽到這話，笑容一下子就僵住了。

他將這話說得這麼直白，真的好嗎？而且，阿秀有些驚恐地想著，看他現在的樣子，難不成求親是他主動提的？

「看樣子妳爹已經和妳講過了，妳有什麼意見嗎？」顧靖翎笑咪咪地看著阿秀，倒是很難得看到她現在這副模樣。特別是她現在在醫術上面的成就越來越大，這樣傻傻呆呆的樣子就越來越少見了，她正飛快地成熟起來！

意見，她有什麼意見，他這樣隨便求親，真的沒有問題嗎？

阿秀心裡有很多疑問，但是偏偏現在，她只弱弱地說了一句——

「你真的沒有在濱州凍壞了腦子嗎？」

顧靖翎聽到阿秀這話，臉上頓時就有些掛不住了，他沈著聲音說道：「我的腦子很正常。」

「那你怎麼突然想到向我爹求親了？」阿秀反問道：「其實你沒有必要這樣的，就算不嫁給你，我也會全心全意幫你復健，你的身體一定會好起來的。」

阿秀知道，顧靖翎必然不是因為這個原因才向她爹求親，但是她急於擺脫現在如此窘迫的處境，才會口不擇言。

顧靖翎聞言，面色就更加難看了些，自己在她心目中就是這樣的人？但是看她一本正經的模樣，想必也察覺不到他心中的不滿吧，心中頓時更是添了一分無奈。

他只能安慰自己，她年紀小，情竇未開，只是這麼一想，心裡怎麼就覺得更加憋屈了呢！

「我求親自然是因為喜歡妳，和復健不復健完全沒有關係。」顧靖翎有些賭氣地說道。

原本這樣露骨的話他是說不出口的，但是誰叫阿秀實在太遲鈍了，他怕自己要是說得隱晦，她根本就不會懂。

阿秀聽到這樣的表白，面色頓時一紅，想說些什麼，偏偏腦子一下子成了漿糊。

「婚姻大事，我聽長輩的。」見顧靖翎一直盯著自己，阿秀的臉更加紅了些，猶豫了半天，才憋出這麼一句話來。

「既然如此，那我過幾日便親自去找妳爹談婚事。」顧靖翎看到阿秀泛著紅暈的小臉蛋，就覺得自己絕對不是一頭熱，這也讓他稍稍鬆了一口氣。

「隨你。」阿秀有些不大自在地左右掃了好幾遍，卻獨獨不去看顧靖翎的臉。

顧靖翎則是一直笑咪咪地看著阿秀，她害羞的模樣，好看得很！

三日時間過得很快，又到了酒老爹要進宮的日子。

唐大夫一大早就寒著臉在門口剁藥草，那刀光閃閃的，看著很是嚇人，特別是他那一刀一刀切得很是犀利，讓旁邊看著的人心裡都忍不住哆嗦兩下。

酒老爹一出來就看到這麼一副場景，身子忍不住抖了兩下。

「那我先進宮去了啊。」酒老爹小心翼翼地說道。唐大夫這個架勢，他連早飯都不敢吃了。

唐大夫聽到這話，下刀的速度更加快了些，阿秀在一旁，只看到一片刀光。

她知道，他這是在表現他的不滿。

笑呵呵地和唐大夫道了別，阿秀這才和酒老爹一塊兒走了。

倒不是阿秀一定要跟著，這次是太后傳了口諭過來，讓阿秀一塊兒進宮，她自然是沒有選擇的餘地的。

只是讓阿秀措手不及的是，話說了還沒有兩句，太后就說起了她的婚事，而且她是當著小皇帝的面；阿秀心裡很無奈，她不過是個小人物。

「這顧將軍的確是一個不錯的人選。」太后看了一眼酒老爹，笑得一臉的溫柔。若不是看出阿秀對顧靖翎不同一般，她也不會開這個口。

「顧將軍為國為民，的確是個不錯的人選。」小皇帝故作老成地說道。在他看來，太后覺得好的，那自然是真的好的。

酒老爹默默地看了一眼小皇帝，不說話。他對太后的心情很複雜，對於小皇帝的心情，那就簡單粗暴得多了；酒老爹心裡是厭惡他的，雖然還不到仇視的地步。

古人都講究「父債子償」，他是那人的兒子，那些仇恨自然是疊加在了他身上，只不過因為他又是她的孩子，所以酒老爹對他頂多就是厭惡。

「瑞兒，太傅留下的作業可完成了？」太后自然是注意到了酒老爹的目光，身體微微一僵，小皇帝的存在，好像是在時時刻刻提醒著她那段屈辱的時光，而且還是在他面前。她頓覺腦袋裡好似有把火在燒，和小皇帝說話的語氣自然也就稱不上好了。

「已經完成了。」小皇帝見太后之前還是笑容滿面的，但是和自己說話，語氣一下子就嚴厲了，心裡忍不住有些委屈。

「那奏摺呢，我如今身子不好，若是有不好處理的事情，就找大臣們商量一下。」太后繼續說道。

不得不說，這個孩子的性子並不像他們任何一人，如果不回想當年的事情，她倒是能直視這個孩子。但是，有些記憶若是不受控制湧上來的時候，她卻一眼也不願意瞧見他。她知道這對他是相當不公平的，但是從很早以前，她就知道，人生在世，從來沒有公平可言。

「知道了。」小皇帝有些可憐地癟癟嘴，太后明顯是想趕他走了。

阿秀對當年的那件事情並沒有直觀的感觸，現在看著小皇帝，也覺得他有些可憐，在她看來，他也不過是個小孩子。這麼大一個國家的重任放在他的肩上，他本來就活得不輕鬆了，偏偏太后還不大待見他，想想也是不容易。果然不管是誰，身處什麼位置，都是有各自的煩惱的。

只是阿秀雖然同情，但是也沒有任何的立場以及身分可以幫他說什麼，只是默默地看了他幾眼。

太后原本就是一個敏感的人，她看到阿秀的眼神，就意識到自己的情緒好像有些不大對，連忙沈澱了一番，衝著小皇帝招招手，讓他過來。

小皇帝原本還在難過中，冷不防見到太后朝他招手，馬上又心情愉悅，屁顛屁顛地跑了過去，如今他只有太后一個親人了，自然很在意她對自己的態度。

「瑞兒，母后現在對你嚴厲，也是為了百姓，你現在是皇帝，天下的生計都在你一個人的肩上。」太后拍拍小皇帝的腦袋，有些親昵，但又不顯得過分的親密。

「兒臣知道。」小皇帝的眼神微微沈澱了些，太后的話沒有錯，他已經不是小孩子了，他是一國之君；但是想到因為這樣就不能和自己的母后親近，他又覺得萬分的難過。

「濱州雪災的事情還沒有完全結束，顧將軍如今在家養病，京中還得再派官員下去安撫百姓。」太后說道。雖然她身體不好，一直臥病在床，但是有些事情她都是知道的，她不垂簾聽政，但是並不代表她一點兒也不關注朝政。

「兒臣已經派了人去，還送去了十二名醫術高明的大夫。」小皇帝說道。之前顧靖翎的事情，讓他意識到了人手的不足，所以這次他特意增加了三倍的人數。

「那便好。」太后輕輕點頭。

小皇帝見太后神色有些疲倦，而且她也和自己說了不少話，心滿意足地離開了，只是他在離開前，幽幽地看了阿秀一眼，目光深沈。

這讓阿秀有種不大好的感覺，他想對自己做什麼嗎？不過她想了一下，自己身上也沒有什麼是他可以圖謀的，也就釋然了。

等小皇帝走了，這屋子裡的氣氛好似一下子回暖了。

太后和小皇帝說話，還透著一絲嚴厲，但是和酒老爹說話，就是阿秀這個旁觀者，都能感受到其中撒嬌的意味。她覺得自己也挺不容易的，看著他們這樣你看我一眼，我看你一眼，眼神中還帶著若有還無的情意。

不過他們還算自持，知道有阿秀在，說了一會兒的話，就分開了。

只是阿秀即使背對著太后，也能感受到她投射在自家阿爹身上那濃濃的不捨。

好不容易回到了顧家，阿秀還沒有來得及喘上一口氣，聖旨就到了。

小皇帝賜婚了！

賜婚的對象，自然是阿秀和顧靖翎。

會這麼快，是因為太后身體不好，小皇帝想滿足她的願望；而選的日子也是比較靠後的，離太皇太后薨逝也過了百日。

這下子，不光是阿秀，就是顧家的人也被這道聖旨弄得一陣措手不及。雖然兩家已經慢慢在討論黃道吉日，但是小皇帝這樣一道聖旨，讓事情的性質一下子就不一樣了。

皇上雖然年紀小，但是也沒有人敢不把他的話當回事；而且緊接著，欽天監就送來了之後的幾個黃道吉日，最早的那個，就在來年初。

如今都臨近年末了，若是在來年初，那也未免太趕了，而且顧靖翎如今身子還不算索利；但是也不能挑那個最末的，免得讓人覺得他們不積極，最後在兩家商量之下，決定訂在來年的十月。

一個是阿秀生辰在九月，成親的時候也算是及笄了，還有一個就是這間隔個大半年，顧靖翎也有足夠的時間用來調理身體。

這個時間是顧夫人和酒老爹商量以後決定的，而酒老爹，自然是聽阿秀的意見才同意的。

阿秀最開始的時候聽到這個消息，只覺得難以置信，不過馬上也就接受了，不過就是比之前稍微麻煩了一些而已。

而太后那邊，在這邊遞了摺子，選定了日子以後，就送了一大批的打賞過來。

照理說，女兒出嫁，嫁妝本該是做娘的準備的，太后不能名正言順地幫她準備嫁妝，也只能將自己選定的東西直接送過來。

別人只當是太后歡喜阿秀，特地賞了那麼多東西，祝賀她訂親，但是知情的人都知道，她這是在給阿秀備嫁妝。

顧靖翎雖然有些地方不大好，但是太后這段日子也發現了，長得比他好的男子不是沒有，但是卻沒有他這分能力；而且這顧家她也算知根知底，沒有什麼不良的歷史，最難得的是顧家男子不納妾。

一個女子，這輩子能一生一世一雙人，也算是莫大的幸福了。

她以為自己會有這樣的幸福，只可惜命不由人，如今，她只盼著阿秀的命比她要好，能順順利利地過一生。

因為訂了親，現在阿秀要是遇上近衛軍的那些人，他們都會嬉皮笑臉地叫自己一聲「小顧夫人」。

顧靖翎有官職在身，而且還不低，以後阿秀嫁給他的話，也是有誥命在身，自然也可以稱之為「夫人」；只是這顧家，原本就有了一個顧夫人，所以叫阿秀的話，就成了「小顧夫人」。

所幸阿秀臉皮厚，剛開始還會愣怔一下，到最後直接笑咪咪地接受了。

阿秀和顧靖翎訂親的事情，雖然稱不上轟動，但是也算是驚起了一小片的波瀾。

畢竟不少的醫藥世家，都看中了阿秀那一身的醫術，想要將人娶回自己家。他們都以為阿秀多半會選擇城東的高家，畢竟高家不管是底蘊，還是現在的地位，都算是頭一等了；誰知道那邊還沒有開始行動，這邊皇上就直接下了旨，讓阿秀嫁給了顧靖翎。

他們聽到這個消息，多少有些失望，阿秀那身醫術，難不成以後就要被束縛在後宅之中，那未免也太可惜了。

這麼一想，他們都恨不得在阿秀成親前，和她多探討幾次，免得以後她嫁為人婦，反而不好出府。

不過三、五日，阿秀一下子就收到了滿滿一摞的請柬。

阿秀自然也不可能每家都去，她甚至一家都沒有去。這段時間，她忙得很，因為訂了親，顧夫人整日帶著她去挑綢布做嫁衣，還有挑各種成親時會用到的東西。

顧夫人知道阿秀不是會繡花的人，也沒有指望她能自己繡嫁衣，而且現在離成親不過只剩下大半年，讓她繡也來不及。顧夫人就直接找了一批手工活出眾的繡娘，讓她們趕工，顧家娶媳婦兒，自然要用好的。

至於阿秀，只要在最後剪下線頭，意思意思就好了。

除了顧夫人這邊，太后那邊也是頻繁召阿秀進宮。

不知道是酒老爹的藥實在效果好，還是因為心情愉悅了，太后最近的狀態比之前好了不少，每天容光煥發的；要不是阿秀之前把過她的脈，見過她憔悴的模樣，她都以為那些日子是自己的錯覺呢。

之前太后可是連下床的力氣都沒有，現在甚至可以拉著阿秀的手，在御花園逛上小半個時辰。

小皇帝雖然有些吃醋太后處處帶著阿秀，但是看著她身子好起來，他心裡還是大大地鬆了一口氣的。

「瑞兒，你覺得阿秀如何？」太后輕輕拂過面前的杯子，最近她的心情很好。

「還不錯。」小皇帝聲音有些悶悶地說道。太后最近幾乎日日召阿秀進宮，難得她不在，這話題還得圍繞著她，想到自己都沒有享受過這樣的待遇，小皇帝心裡多少有些憋屈；但也不得不承認，阿秀比一般的女子，是要優秀得多。

小皇帝心裡吃醋，卻也不至於說假話。

太后聞言，微笑著點點頭。「我瞧著阿秀也是極好的。」她的女兒，自然是最好的。

「我之前就想著收阿秀為義女，只是她怕旁人說閒話，就一直擱置下來了，如今，我就想著，再將這件事情提上日程。」太后還是有些不死心，她就想著阿秀能名正言順地喊她一聲娘，就算是母后，她也能接受。

小皇帝聽到太后這麼說，並沒有馬上說話。

太后收義女，可不是那麼簡單的一件事情，要有封號，以及各種儀式，而且這無緣無故的，說法上有些過不去。

好吧，小皇帝是自己心裡不大樂意。沒有收為義女的時候就比他受寵了，等到收為義女了，自己豈不是被母后拋在腦後了?!

「這阿秀醫術高明，在民間的聲譽可不低，以後她嫁給了顧靖翎，那就是將軍夫人了，鎮國將軍畢竟年紀大了，以後顧家肯定得靠顧靖翎，你年紀小，若是有人願意大力支持你，那是頂好的。」太后看著小皇帝，說得語重心長。

她這話的意思是說，阿秀嫁給了顧靖翎，如果她收她做義女，那麼她就是小皇帝的義姊，顧靖翎就是他的姊夫，有這麼一層關係在裡頭，這顧家勢必會更加擁護他。

小皇帝想了一下，覺得太后說的還是很有道理的，特別是，她那話，是處處在為他著想，這讓他很是感動，果然母后還是在乎他的。

「母后覺得好的話，我自然是贊成的。」小皇帝一下子就鬆口了，既然母后這是為了自己著想，自己自然不能不領情啊。

「如此，那這件事情便交由你了。」太后臉上的笑容深了不少。

小皇帝立馬點點頭，有了一種被重視的感覺，如果這樣能讓母后開心的話，他一定會將事情處理好的。

再說阿秀那邊，因為太后時常召她入宮，再加上不少人家請她過去就診，她待在顧家的時間極少。

這訂親以後，顧靖翎反而見不到阿秀的面了，就連復健，阿秀都讓悟性比較高的顧小七學了給他做了。

雖然顧小七的手法也不錯，之後更是越來越熟稔，但是顧靖翎總覺得哪裡不大對，特別是情緒，總是有些控制不住的煩躁。

顧小七見顧靖翎的神色不大愉悅，總覺得自己是不是哪裡動作不大對，心裡忐忑，下手卻是越發的用心了。他只祈禱阿秀快點閒下來，不然他每天頂著這樣的視線工作，也很有壓力啊！

顧小七第一次意識到，這做大夫也不容易啊，每天要面對各種病人，若是脾氣大些的，可真心不好伺候。

想到這兒，他下意識地看了一眼顧靖翎，心中忍不住佩服阿秀，實乃真女英雄也！

第一百二十章 尋她看病

阿秀在去濱州以前，曾經送了裴胭一盒羊腸套。

這個玩意兒之前阿秀就做過，但是使用並不算普及，畢竟它的用途有點尷尬，不大好做宣傳；但是阿秀沒有想到，時隔一個多月，這羊腸套一下子在京城火了起來。

只不過這裡沒有商標認證這種東西，而且羊腸套的製作手法很簡單，所以一下子，京城的不少店鋪裡頭都販售了，反倒是阿秀這個原作者，完全沒有被人提起過。

阿秀反而是鬆了一口氣，男性用品被一個未婚女子做出來，這說出去也是滿奇怪的，她畢竟是快要嫁人的人了，就算不顧及自己的臉面，也要考慮一下顧家的臉面。

臨近過年，整個京城的氣氛開始熱鬧了起來，只不過之前有太皇太后薨逝的事情，相比較去年，又冷清了不少。

因為太后十分急切，在過年以前，就將阿秀收為義女的事情敲定了。

唐大夫對著那聖旨，自然又是一陣吹鬍子瞪眼的，但是他也知道，他沒有底氣反駁什麼。她有能力給阿秀提供更加好的身分地位，而他只能在背後默默守護著阿秀罷了。

唐大夫很瞭解，一個女子的娘家地位，能夠影響她在婆家的地位，雖然顧夫人是個好人，但是並不代表以後她們之間不會有矛盾，如果有太后做後盾，很多事情會簡單不少。

他心中雖然憋屈，也不過是在夜半無人的時候，喝點悶酒。

太后的身子一日好過一日，小皇帝心情很是愉悅，看酒老爹進宮也是順眼了不少。只是他心中忍不住耿耿於懷起來，若是當時太皇太后還在的時候，酒老爹能有法子嗎？他只是一個孩子，難以釋懷也是常理。

小皇帝在糾結了好幾日以後，終於忍不住開口問了酒老爹。

酒老爹微微思索了一番，只說了一句話——

「皇上是不相信薛家人的醫術？」如果相信他們，那他現在就不會因為那件事情而糾結了。

酒老爹一句話就直中要害，將原本被小皇帝已經有些遺忘了的薛家又拖了出來。

薛家自從之前太皇太后的事情，整個都沈寂了下來，畢竟這個當口，他們要是做了過火的事情，那多的是人要將他們拉下水，薛老太爺雖然心眼不大，但是想的可不少。

因為酒老爹這句話，小皇帝忍不住往那裡去想。事實上，他一開始是相信薛家的，所以將太皇太后交託在他們手上，可是，他們卻讓他失望了；之後太后生病，他甚至都沒有想過讓薛家人進宮來診治，他怕重蹈覆轍。事實證明，他這次的選擇並沒有錯。

當年先帝器重薛家，只是近年來，他們得了聖寵，反倒耽誤了醫術了。

小皇帝忍不住想著，是不是應該將薛家的那些恩寵收回一些？

本來因為太皇太后的事情，他對薛家已經看得不大順眼了，再這麼一想，這薛家，算是被打入冷宮了。

酒老爹掩藏在大鬍子下面的嘴巴微微往上一翹。

唐家和薛家的恩怨本來就延續了很多年，有這樣打壓對方的機會放在面前，不管是誰，都會做出和他一樣的選擇。

再說阿秀，她在年前受封為長安郡主，一下子身價就高了不少。

太后因為身子好轉，也就有了興致帶著阿秀到處去參加煮茶會、賞梅宴，一時間，阿秀儼然成了京城的新貴。

若是旁人，她那樣的出身，即使現在封了郡主，在背後也會被人說三道四，畢竟那些自命清高的人，都喜歡踩低別人，用來抬高自己。

但是阿秀的身分比較特殊，她在京城的這些年，幾乎大部分富貴官宦人家的府邸，她都去過，那些夫人、小姐，大多都讓她診治過；就算沒有，得罪京城唯一一個女大夫，對於她們來講，也是相當不明智的。

當然，腦子正常的人都會這麼想，但是並不代表，所有的人都是帶著腦子出門的，就好比當年惹惱了太后，被關禁閉好一陣子的容安。

她因為沒了以前的風光，求親的人數急劇減少，本身又是個心高氣傲、飛揚跋扈的，自然瞧不上一般人家的公子，這麼一來，她的婚事也就拖著了。時間都過去一年多了，但是她現在連親也沒有訂下，再這麼下去，她就成了老姑娘了。

原本比她年紀大的顧瑾容和王羲遙都已經訂了親，她一無才，二無貌，要再這麼拖下去，那可就真的嫁不出去了。

阿秀再次見到她的時候，都沒有認出來。

都說人的心情和性格會影響到外貌，容安原本就不是那種貌美的類型，經過了一年憋屈的生活，她整個人長得更加平凡了不少，皮膚暗黃，沒有年輕女子的光澤，眼睛裡充滿對生活的不滿，嘴邊時常掛著嘲諷的笑意，這樣一副模樣，怎麼看都不會讓人歡喜。

而阿秀，若說一、兩年前，她們還有三分相似，那麼現在，她們基本上完全沒有了相似之處。

阿秀的底子是相當不錯的，畢竟酒老爹和太后的容貌都是極好的，她就是再差，也差不到哪裡去；不過和太后那驚人的美貌相比，自然還是平淡了不少，只不過她的五官看起來極其舒服，特別是配上她的氣質，整個人顯得很是平和。

阿秀自己也不得不承認，這一年多來的歷練，讓她整個人變得成熟了不少。甚至連追求的目標，都變得崇高了不少，她當年不過追求溫飽，現在想來，自己都有些忍俊不禁。

「當年要不是她，如今郡主這個名號就該是我的！」容安和自己身邊的一個女子說道，言語間帶著明顯的恨意。

容安本身性格就不討喜，自然沒有什麼交好的小姊妹，站在她身邊的也不過是正巧路過的某家小姐，她聽到容安這麼說，下意識地離她遠了一些。

腦殘成這樣，她還是和她保持距離比較好，免得被殃及池魚了。

事實上她沒有料錯，不過半個時辰，容安因為故意和太后套近乎再次惹得太后心中不悅，只不過這次的禁足，不知道要多久了。

「郡主。」一個打扮貴氣的少婦走到阿秀身邊，有些忐忑地喚了她一聲。若是以前的話，她可以很直接地將話說出來，但是如今，阿秀已經是郡主了，這說話自然要注意不少，而且自己這麼找上門來，也的確唐突。

「您是？」阿秀看著面前的少婦，看她年紀不過二十來歲，但是氣色卻不是很好，神色間帶著一絲勉強，能夠看出來，她的生活並不是很順利，至少是有一個極大的問題，讓她煩惱的。

「我夫家姓羅。」那少婦微微猶豫了一下，才說道：「羅黎兒是我的小姑子。」

這個少婦原來竟是羅黎兒大兄的妻子，她也是之前從羅黎兒那邊聽說了阿秀的醫術，趁著這次機會，這才找過來的。

她原本之前就要找阿秀，但是因為阿秀出遠門歷練，便錯過了，後來又在忙各種事情，她臉皮又薄，外加她那病也不是一時半刻能治好的，就這麼拖下來了。

若不是如今那妾室懷了孩子，說一定是兒子，她也就不會那麼急了。

她嫁給羅家大少爺十年，整整十年，她卻沒有為羅家生下一個孩子，反倒是他的妾室，生了一個又一個，如今她下面已經有五個庶女了。

她娘家地位高，所以不是特別擔心在婆家會被看輕，只是她畢竟是一個女人，她也想要一個屬於自己的孩子；這種情緒，在得知妾室懷上了男孩後達到了高峰點。

阿秀沒有想到來人竟然還是熟人的親戚，態度一下子倒是親近了不少，將人拉到一邊。

「妳在這等我一下，我去和太后知會一聲便過來。」

「不用不用，等宴會結束了，我再來找您就好。」羅少夫人連忙說道。阿秀的地位現在可比自己高，怎麼好意思這麼麻煩她。

「我看妳臉色不大好，想必是有什麼煩心事，我也不大喜歡這樣的活動，正好讓我有了理由提早脫身。」阿秀笑著拍拍她的手。她看這個羅少夫人的精神狀態非常不好，又是羅黎兒的嫂子，她自然要重視些對待。

既然阿秀都這麼說了，羅少夫人終於點點頭，臉上露出一絲淺笑。「那就麻煩您了。」

阿秀衝她點點頭，便大步往太后那邊走去。

雖然她現在身分不一樣了，但是她也沒有變得和一般貴女一般，小步子走路，小嘴巴吃東西，她還是和以往一樣，昂首挺胸，大步走路！

羅少夫人看到阿秀那自信的背影，心中微微一動，天下之大，能活得像她如此自在的女子，不知道能有幾人。她大約也能明白了，為什麼自己那小姑子提到她，總是讚不絕口。

有些人，她能讓男人佩服，卻不讓女人生嫉妒之心；阿秀，便是這樣的一個人。

她羨慕阿秀，卻不嫉妒，因為她知道，換作自己，肯定做不到！

告知太后之後，阿秀找了一個比較清靜的地方，便開始給羅少夫人檢查。

阿秀一邊把脈，一邊問道：「妳成親多少年了？」

「啊？」羅少夫人愣了一下，沒有想到阿秀會直接問這個問題。

「妳難道不是因為生育的事情來找我的嗎？」阿秀有些疑惑地看了她一眼。

羅少夫人心中一驚。「是、是有誰和您提過了嗎？」

她記得自己那小姑子，和阿秀關係不錯，難不成是她說的？可是自己和她的關係相當一般，小姑子應該不大可能會提起的啊？

「沒有誰和我說，是我根據妳現在的身體和精神狀態判斷的，難道不對嗎？」阿秀問道。羅少夫人的身體明顯就是沒有生過孩子的，而她現在起碼有二十五、六歲了，這也能解釋她現在為何精神如此鬱鬱。在這時代，沒有孩子，這是很致命的。

「對對！」羅少夫人連連點頭，看向阿秀的眼中充滿了敬佩，她這樣的年紀，竟然有這樣一分觀察力，就這點，已經很厲害了。

「妳小日子是不是不大準？」阿秀問道。

說到這個，阿秀自己也意識到了一個問題，她都十四歲了，怎麼癸水還沒有來？想到自己若是明年嫁人了，這個還沒來，那是不是有些囧了？

「的確，之前有一次，整整三月才來。」羅少夫人老實回答道。

這個毛病，她也有找人瞧過，藥吃了不少，但是情況並沒有多少好轉；到如今，這小日子間隔的時間越來越久，每次來，血量也是十分的少。她雖然不大懂這些，但是心裡也隱隱有猜想，自己這麼些年，沒有懷上孩子，多是和這個有關。

她也不是沒有厚著臉皮去讓人尋過那些據說醫術高明的大夫，只是最後的結果，都只是讓自己給羅家另外幾個媳婦兒在背後增添了一個笑料。

羅少夫人到最後都有些自暴自棄了，若不是這次這件事情，她還不願意來找阿秀。

「妳這是腎虛血虛精虧。」阿秀沈吟了一下說道：「先天性的腎氣不足。」

「之前也有大夫說過我是血虛，吃了不少補血的藥材，也沒有什麼好轉。」羅少夫人嘆了一口氣。喝藥的話，可能小日子來得稍微勤快些，但是卻也沒有懷上，而且一旦停藥，馬上就恢復到以前的樣子了，可能還會變本加厲，羅少夫人這也是灰了心了。

「光吃補血的可不行。」阿秀擺擺手，羅少夫人的病症可沒有那麼簡單。

「那郡主您說呢？」羅少夫人見阿秀一臉平和，絲毫不見為難的模樣，心裡不禁多了一些底氣，難不成自己這次，真的是有救了？想到自己可能做母親，生兒育女，她的眼睛就一陣濕潤。

「我先給妳開個方子，妳吃上七日，再來找我複診。」阿秀淺笑著說道。她自然是察覺到了羅少夫人情緒上的變化，不過她並沒有說破。

這個方子，阿秀是根據原有的調經助孕湯改良的，每個人的情況不大一樣，自然是要靈活地變化藥方。

「這個吃七日，便能有好轉嗎？」羅少夫人拿著藥方，手因為情緒上的激動，微微有些發顫。

她已經不年輕了，若是這次診治還沒有好結果，那麼也許只能將那妾室的孩子養在自己身下；只是一想到這種可能，她的心裡就有些憋屈，畢竟不是自己生下來的孩子，怎麼能放心他以後一定會向著自己。

「這個我現在不能給妳下保證，妳這病是要慢慢養的，喝七日應該會有所變化，不過真的要有所好轉，起碼得一月。」阿秀不急不躁地說道。像羅少夫人這樣的病人並不少見，但是阿秀並不會為了安撫病人而故意誇大藥效，不然到時候，他們收到的失望會是雙倍的。

果然，羅少夫人聽到，雖然有些失落，但是馬上又有了精神，相比較十年，那一個月，真的稱不上長。只要真的能治好，不要說是一個月，就是一年，她也能忍受。

「那就麻煩郡主了。」羅少夫人感激地說道。她尋思著該用什麼答謝阿秀，只不過她現在身上帶的不過是一般的俗物，以阿秀現在的身分，想必是看不上的。她左思右想，終於咬牙，從脖子上拿下一顆大珠子，塞到阿秀手裡。「我也沒有別的好玩意兒，這個就當是給您的謝禮。」

阿秀看著這顆閃著黑光的珠子，有些不明所以，這是黑珍珠嗎？但是她對這些玩意兒，其實不大感興趣啊！

見阿秀有些茫然的眼神，羅少夫人這才解釋道：「這個是藥珠，這珠子是我外祖母給我娘放在嫁妝裡，我娘又留給我的，聽說是當年唐家……」羅少夫人說到唐家，聲音含糊了不少，略過了稱呼才繼續說道：「據說是用秘術炮製的，女子戴上這個，平時各種小毛病能少很多。」

羅少夫人明顯很是珍惜這個珠子，雖然那麼多年了，但是珠子的表面還是很透亮。

阿秀原本是不願意拿她的東西的，但是聽說是唐家當年的東西，就忍不住縮回了手。

「這個想必是您的心愛之物，若是您不介意，我就拿回去研究一下，看裡頭有什麼成分，到時候再給您送過來，畢竟是長輩所贈，我也不好奪人所好。」

羅少夫人原本心頭就有些捨不得，但是現在阿秀的身分比較特殊，自己又是有求於人，總不好空手套白狼；而且用一顆珠子，換孩子，在羅少夫人看來，是相當划算的，就算結果不是那麼好，結了這個善緣，也是值得的。

只是現在阿秀這麼說，羅少夫人對她的印象就更加好了幾分，微笑道：「您只管拿去，若是您將來研究出來了，再送我一顆便是了。」

阿秀笑著點頭。「那是自然，我就怕到時候研究，弄壞了這個。」

「沒事沒事，既然送給了您，那便是您的了，若是我母親知道是送給您了，想必也不會介意的。」羅少夫人說道。這個是實話，畢竟現在阿秀是太后身邊最大的紅人，這京城多得是人想要巴結她。

偏偏太后將她護得特別好，而且她本身也沒有什麼愛好，那些人就是想要巴結，也沒有門路。

「那我就謝謝姊姊了。」阿秀說道。

當年唐家的東西幾乎都消失在那場大火裡了，就算不做什麼，將這顆珠子留著做個紀念也是好的。

「不用客氣，我這病還得多麻煩郡主呢。」

畢竟不是特地來交朋友的，阿秀又和她稍微閒聊了一會兒，和她說了些平日裡調養的方式，便打算回太后那邊，偏偏這路上，又遇到了一個熟人。

說實話，阿秀以前以為，這王羲遙出現在自己視線中的頻率應該會不小，但是事實上，她卻比自己想像的要低調。

王羲遙作為前任第一才女，至少腦子是有的，她在太后那邊受挫以後，就看得很清楚，阿秀在太后面前受寵的程度。

若是她最開始的時候還忍不住找一下阿秀的碴，但是到了後來，她反而樂得見某些不識相的人找阿秀的麻煩，然後落得各種非常淒慘的下場。雖然很嫉妒，但是不得不承認，好似和阿秀作對的人，最後都沒有什麼好的下場。

王羲遙自認為做不到厚著臉皮和阿秀做朋友，那能做的也就是低調為人，阿秀想必也不會願意和她交好。

「恭喜妳。」王羲遙衝著阿秀點點頭。

「謝謝。」阿秀以為，王羲遙會當作沒有看到自己，就這麼走過去了，沒有想到，她竟然會主動和自己說話。

「聽說妳和顧靖翎訂親了。」王羲遙悠悠地說道。

「是的。」阿秀點點頭。

「他除了命不大好，別的倒是極優秀的。」王羲遙有些感慨地說道，畢竟自己當年差點和他訂親。

「的確，總比有些人除了命好些，別的也不過爾爾好。」阿秀說道。命這種東西，本來就是信則有，不信則無的，顧靖翎和一般的京城貴家公子相比，已經是極好的了。

王羲遙聽到阿秀這麼說，臉色一下子變得很是難看。阿秀這是故意在擠兌自己？自己如今訂親的對象，出身自然是好的，但是本身卻沒有多大的能力，阿秀這絕對是在嘲諷自己。

阿秀不懂，自己不過隨便感慨了一句，這王羲遙怎麼一下子變了臉色，黑著一張臉，說也不說一聲就走了呢？這王家的家教就是這樣的？

她哪裡曉得，自己這樣一句無意的話，就踩中了人家的痛處。

王羲遙若是年紀再小些，嫁的對象肯定比現在要好上一些。她如今訂親的人家雖說是侯府，但是並不是世子，而是沒有繼承權、身分比較尷尬的二兒子；她嫁過去，不能掌家，卻還要伺候婆婆，日子並不會太舒坦，特別是對於她這種有野心的女子來講。

第一百二十一章 名揚內宅

在阿秀訂親以前，顧瑾容的親事就已經訂了下來，對象便是那個一直追著她跑的世子。

真真是歡喜冤家，雖然顧瑾容以前怎麼瞧他都是不順眼，但是時間久了，竟也入了眼。她因為年紀不小了，而且兩家人瞧著都是極好的，便打算年初將婚事辦了。

顧瑾容如今作為待嫁新娘，自然是不能出門。

顧夫人對阿秀沒有那麼多要求，對顧瑾容的要求可是不少。

顧瑾容大部分的東西都是身邊的人幫忙繡的，但是嫁衣，卻是她自己來；她本身就不是多賢慧的性子，繡這麼一件嫁衣差點沒要了她的小命。

還好顧夫人之後看到她的成果，覺得這樣嫁出去，丟的也是鎮國將軍府的臉面，就放低了要求，讓她繡個紅蓋頭就好了，饒是這樣，顧瑾容這段時間也得熬夜。

她現在見到阿秀，都會說一句。「早知道，當年學女紅的時候，我就不偷懶了。」

阿秀只顧著看著她笑，害得顧瑾容看到阿秀，就忍不住拍她幾下，叫她得瑟。

阿秀從太后那邊回來，正好看到顧瑾容難得地在放風，到處溜達一下，而且怕被顧夫人瞧見，更是小心翼翼。見她那麼鬼鬼祟祟的模樣，阿秀就忍不住一陣好笑。

顧瑾容看到阿秀笑咪咪的樣子，忍不住一僵，她也知道自己在家裡這樣小心翼翼，著實是有些好笑，但是誰叫自家娘親對自己太嚴厲，而對阿秀那個未來兒媳，卻寬容得一塌糊塗；想到這樣的區別對待，顧瑾容就忍不住抓住阿秀，撓她的胳肢窩，她知道，阿秀很怕癢。

阿秀見顧瑾容蠢蠢欲動的模樣，連忙往身後一指，那是顧夫人屋子的方向，果不其然，顧瑾容看到她那個動作，一下子就蔫了。

阿秀笑嘻嘻地衝她做了一個鬼臉，趁著顧瑾容還沒有發火，連忙就跑了。

顧瑾容望著阿秀的背影，有些無奈。

其實她不是不知道自家娘親的意思，自己是要嫁人的，婆家雖然瞧著親切，但是實際上怎麼著，誰又說得好，賢慧一點，總是沒有錯的。

而阿秀不一樣，顧夫人知道自己可以接受她這樣的性子，所以對她也就沒有太多的要求，阿秀只管做自己就好了。

這也是為什麼顧瑾容一直不想成親的緣故，沒有合適的人是一個原因，以後要面對的關係太過於複雜，更是一個原因。

只是如今因為是那人，她才願意為了他，努力改變現狀，讓自己變得更加的美好。

從顧瑾容那邊出來，阿秀有些雀躍地跑到唐大夫的院落。

「今兒心情倒是不錯，是遇到什麼開心事了？」唐大夫整理著藥材說道。

這些年，唐大夫若是不跟著軍隊出去，平日裡看病的對象也就是鎮國將軍府的人，得了空閒，他便開始研究一些小藥丸，自己炮製一些藥材。

他現在也慢慢接受了，阿秀時常和太后一塊兒出去的事。

只是他心裡清楚，阿秀並不大喜歡那樣的場合，但是以後她要嫁入顧家，長期生活在京城，有些交際是必須的。

「今兒我幫一位夫人看診，她送了我一個小玩意兒，爺爺您瞧瞧，有沒有覺得眼熟？」阿秀將那個珠子從懷裡掏出來。

這顆珠子很是神奇，一直都是溫熱的。她剛開始拿到的時候，以為是羅少夫人身上的溫度，後來才知道，是它本身散發出來的熱量。

唐大夫看到那顆珠子，臉色微微一變，眼中充滿了懷念，問道：「這顆珠子，妳是從哪裡得來的啊？」

「這是那位夫人送給我的診金，我原本是不願意要的，但她說是當年的唐家炮製的，我就拿回來了，爺爺您是不是也知道這個啊？」

「這個算是我們唐家當年的一項秘技了，這裡面放的是特殊的珍珠，然後在藥水裡浸上三年，才算完成，當年很受女子的歡迎。」唐大夫笑著說道：「妳平日貼身戴著，也是有些好處的。」

「這個是浸了什麼藥水啊，我都聞不出來。」阿秀有些好奇地問道。

唐大夫面色有些沈重地搖搖頭。「當年這個方子是族裡的一個長老管著的，後來唐家被滅門，這些方子也就不見了。」

當年的唐家，有不少不外傳的方子，想到那些，唐大夫心裡就一陣疼痛。要是知道有那麼一遭，他寧可將那些方子都捐獻了出來，也省得就這樣白白浪費了。

「爺爺您不要難過，以後我們會有更多的方子的。」阿秀安慰道，目光觸及到他有些粗糙的手掌，心裡一陣難過。

「事情都已經過去了，我也老早釋懷了。」唐大夫露出一抹有些不自然的笑容，他不想給阿秀壓力，她已經足夠優秀了。

「嗯嗯。」阿秀點點頭，但是心裡還是忍不住想著，要努力振興他們唐家。

她原本並不是榮譽感特別強的人，但是不知道為什麼，她從知道自己的身世開始，就慢慢有了這樣的念頭；也許她更多的，只是想要讓自己在乎的人以自己為榮。

「對了，妳出嫁，我也沒有什麼值錢的東西，這個是妳奶奶當年用過的。」唐大夫從懷裡掏出一對玉鐲子。這個是當年晨兒最喜歡的，後來她走得早，他就把這個留下了。當年火災，他也沒有多帶出些什麼來。

「這個是奶奶留給您的念想，我怎麼好要。」阿秀連忙推了回去，她自然是知曉爺爺、奶奶之間的感情的，那就更加不能要這個了。

阿秀以前還見過唐大夫在無人的清晨，默默用帕子擦著這對玉鐲子，這是他感情的寄託。

「傻孩子，我一個老頭子，拿著這個有什麼用！」唐大夫將東西塞到阿秀手裡，便慢悠悠地踱步進去了。

以前，它是自己的念想，但是如今，他最大的念想就是阿秀。

她是他們唐家的延續，是他和晨兒的延續，自然比一對玉鐲子要重要得多。

見唐大夫態度這麼堅決，阿秀也不好意思再拒絕，索性直接往手上一戴。

吃飯的時候，老太君一眼就看到了阿秀手上的玉鐲子，眼睛一下子就模糊了，她和阿秀的祖母那麼多年的閨蜜感情，自然是知道這對玉鐲子是從哪裡來的。

老太君雖然之前就確定了阿秀的身分，但是在看到這對玉鐲子的時候，心中還是一陣激動；她以為，那場大火，將什麼都燒沒了。

「這對鐲子倒是精緻。」老太君微微用手絹按了一下眼睛，收拾了一下自己的心情，笑著說道。

這句話，讓在座的人的視線都放在了阿秀身上。

就連年幼的顧小寶也睜大了眼睛看著阿秀，他雖然年紀小，但是已經知道了阿秀會是他以後的嫂嫂。

顧小寶以前也有聽說過有人在背後說自家哥哥討不到媳婦兒，怪可憐的。所以對於好不容易訂下來的阿秀，他很是巴結，就怕人不高興跑了，這樣他那個天神一般的哥哥又要在背後被人家說可憐了。

當然旁人是不知道這其中的緣由，只當阿秀的人緣好，這顧家不管是老人還是小孩都歡喜她，也難怪都求了皇上下旨賜婚。那些不知情的人，可不覺得皇上會無緣無故賜婚，最大的可能就是顧家去求來的。

「我也覺得很好看。」阿秀臉上的笑容很是燦爛。「這是唐大夫給我的。」

顧夫人雖然有些知道唐大夫的身分，但是卻不知道阿秀和他之間的關係，她只當是阿秀入了那脾氣怪異的老人的眼，所以才會收到這對玉鐲子。

顧夫人有時候也覺得神奇，這阿秀要說比較特殊的地方，那也就是一身的醫術，可是這老太君、唐大夫、甚至太后，怎麼就都一眼瞧中了她？她哪裡能夠想到，這其中讓人難以置信的人物關係。

「自從妳來了，唐大夫的心情倒是好了不少。」顧夫人笑著說道。顧夫人對唐大夫的態度，像是對一位不大熟稔的長輩，照顧自然是極好的，但是關係卻不親近。不過只因為老太君的話，她能做到這樣，也已經很不錯了。

「唐大夫人是極好的，我當他是祖父一般。」阿秀想到一個人在西苑吃飯的唐大夫，心裡又有些不自在了，不過還好，有酒老爹陪著他。

「那妳以後要好好孝敬他。」

顧夫人原本還想說什麼，就聽到老太君這麼一句話，她到了嘴邊的話，一下子就說不出來了，只是有些疑惑地看了老太君一眼，不知老太君怎麼會想到這麼說？

「那是自然。」阿秀笑咪咪地點頭。

老太君露出一抹欣慰的笑容，這些年，對晨妹妹一直心懷愧疚，覺得自己沒有保護好她在乎的人。所幸，如今他們祖孫三人也算是團聚了，以後自己若是到了地下，也好交代了。

「娘，您嚐嚐這個。」顧夫人笑著指著一個盤子，只是再回頭，就看到老太君閉著眼睛，緩緩往後倒去……

「娘！」顧夫人忍不住尖叫了一聲。

老太君雖然年紀大了，腦子有時候也不大清楚，但是身子還是可以的，這樣冷不防地倒下去，把在場的人都嚇壞了，還好阿秀本身就是大夫，先給老太君塞了一顆保命丹，這才讓人抬到了床上。

阿秀檢查了一番，脈象倒是平和，並沒有什麼大問題，開了方子，就讓下人去抓藥了。不過她還有些不放心，又讓人特地將唐大夫也請了來，又診脈了一番，得出的結論一樣，大家這才放下心來。

不過因為這件事情，阿秀又特地配了一些平日養生用的藥丸給老太君，以備不時之需。之後便是過年了，因為阿秀如今身分比較特殊，往年可以在顧家過年，現在得進宮去和太后一起。

小皇帝對阿秀也是越來越歡喜，更是喜歡拉著她聊天，太后自然是樂見其成。

過了年，緊接著就是顧瑾容的婚禮。

之前阿秀有參加過裴胭的婚禮，但是裴胭和顧瑾容的身分畢竟有不小的差距，而且顧家只有一個女兒，光是那嫁妝，就是一百多抬，羨煞了旁人。

整整熱鬧了兩天一夜，這婚宴才消停了。

顧靖翎因為身體還沒有完全恢復，倒是沒有人敢和他開玩笑。

經過這段時間的復健，他已經可以自己慢慢走路了，不借助任何的外力。

因為忙著過年，羅少夫人也沒有來找阿秀，不過阿秀還惦記著她，其間特地去了一趟羅家。

她之前用的方子是當歸二錢，白芍三錢，川芎一錢，熟地、香附各二錢，菟絲子、香茅各三錢，附片二錢，龜甲三錢，鹿角片二錢，紫河車三錢，茺蔚子二錢，淫羊藿三錢，炙甘草一錢。一共開了七劑，每日一劑，正好喝七天。

阿秀七日後去羅家，羅少夫人看到阿秀，還有些詫異。

其實她喝了藥，情況並不算太好，雖然不覺寒冷了，但是便乾，而且臉上還生了痤瘡，這是以前都沒有的情況。但是這阿秀不同於旁的大夫，她就算心中有什麼抱怨的話，也不好說出來，畢竟當初是她自己選的人。

正是因為這樣，她沒有一到時間就去找阿秀，反而是阿秀特地登門，羅少夫人頓時心中就有些過意不去了，臉上的笑容也真誠了不少。

「您怎麼過來了，這天兒這麼冷，早知道我該叫馬車去接您的。」羅少夫人說道。

「我瞧著這日子差不多到了，就先過來了。」阿秀說話間將羅少夫人的臉色細細打量了一番，她自然是將這其中的變化看在眼裡，心裡道：「自己之前那方子，溫熱太過，有傷陰分。」

果然一把脈，脈細數，舌倒是正常。

「那七日的藥吃到今日就結束了，這是新的方子，妳再吃上十四日。」阿秀快速寫下一個方子。

當歸二錢，白芍三錢，丹皮二錢，熟地、香附各二錢，菟絲子、女貞子、肉蓯蓉、龜甲、金銀花各三錢，川連一錢，紫花地丁三錢，生甘草一錢。

這個方子是在原本方子的基礎上改進的。

阿秀看到羅少夫人的身體情況，就知道她現在心中肯定有不少的想法，便解釋道：「妳之前吃的那個方子，溫熱太過，鬱熱內生，我現在開的這個方子，正是用來滋腎養血，佐清鬱熱。」

羅少夫人看過的大夫也不算少，而且阿秀說的話很是直白，她自然能夠理解，便點點頭。

阿秀留下方子，又閒坐了一小會兒便告辭了。

羅家倒是熱情邀請她用膳，不過阿秀婉拒了，若是羅黎兒在，有個熟人，吃個飯倒也罷了，但現在就算了。

羅黎兒如今因為懷孕，正在王家養胎中，就是之前顧瑾容成親，她都沒有出現。

等新年的餘韻過去了，阿秀收到了不少的請柬，不少是請她過去診脈的。

顧靖翎倒是想得周到，都特地讓人先去調查一番，合適的才讓阿秀去出診，這麼一來，之前那種借著看病的名頭套近乎的情況倒是少見了不少。

對於顧靖翎的貼心，阿秀心裡也是欣喜的。

很快的，那十四日也到了，這次是羅少夫人自己主動到了顧家，她臉上的痤瘡消了不少，神色也比較精神。

「我前幾日來癸水了。」羅少夫人的眼中帶著喜意，距離上一次，中間才隔了一個月，這是相當難得的，而且那血量較以往多了不少。

阿秀笑著給她把了脈，脈細，舌暗淡，如今應當是陰陽雙補為好。

阿秀又留了一個新的方子，當歸二錢，白芍三錢，川芎一錢，熟地、香附各二錢，丹參、菟絲子、香茅、龜甲、鹿角膠、山萸肉各三錢，炙甘草一錢，肉蓯蓉三錢。

一共七劑，一日一劑。這個又是在之前那個方子上，稍作了改動。

因為有了好轉，這次羅少夫人是歡天喜地地拿著方子回去的。

七日以後，又在原本的方子上，加了紫河車、茺蔚子，吃了十四劑。

三個月以後，阿秀就收到一個好消息。

羅少夫人有喜了。

羅少夫人成親十年，從未有出，這個是整個京城的人都曉得的。

他們雖然當面不說什麼，但是背後各種說辭都有。有些心慈一點的，同情她幾句；有些心惡的，更是各種冷嘲熱諷，這不能生孩子的女人，可比不能下蛋的母雞要沒用得多。

不過不管怎麼樣，阿秀這邊一下子就熱鬧了起來。

那些嫁了人，但凡三個月內沒有懷上的，紛紛都來找阿秀了，有些更是婆母直接給阿秀下的請柬。

這讓阿秀實在有些哭笑不得，自己又不是專門治不孕、不育的。而且有些時候，女人生不下孩子，又不是只有她一個人的問題；不過這種話，她也只有在心裡暗暗吐槽一下。

還好如今她身分變得比較高，一般人家的邀請拒絕了也不會得罪人，不過有些權貴，就是阿秀也不好拒絕。

當然這些裡頭的彎彎繞繞，都是阿秀特地請教過顧夫人的，她就怕自己無意之間得罪了某些人。雖然不怕人家明面上的報復，但是使些絆子，也是挺膈應人的。

「郡主，薛家來人了。」芍藥神色有些複雜地說道。她是薛家指給阿秀的丫鬟，如今阿秀和薛家關係僵硬，她多少有些尷尬；只是若是讓她自己選擇，她必然是會選擇站在阿秀這邊。

阿秀微怔，這個姓，已經很久不曾出現在她的耳邊了。

自從之前太皇太后去世，薛家一下子就沈寂了下去，就是之後參加一些小的宴會，阿秀也沒有見過薛家的女子，沒有想到，如今他們竟然出現了。

「妳知道是誰嗎？」阿秀回過神來問道。

對於芍藥，她原本還是有些戒心的，至少她心裡更加信任的是自己一手帶出來的王川兒；但是日子久了，阿秀也慢慢放下了最初的那些成見，只要芍藥自己願意，那她永遠就是自己這邊的人。

「是老爺身邊的權叔。」芍藥說道。她生活在薛家十來年，裡面的人自然都是認識的。

「這個權叔是老爺以前的藥僮。」這薛家每個男子，從幼童時期就會有一個藥僮，他們一起長大，這個藥僮和他們的關係可不一般。芍藥這麼說，就是在和阿秀說，這個權叔的身分在薛家也不一般。

薛家雖然大事是薛老太爺作主，但是對外的話，當家作主的還是薛老爺。

「妳有問，是什麼事情嗎？」阿秀的眉頭微微皺起，她不明白，薛家的人怎麼會找過來？畢竟當時她在薛家，和薛老太爺鬧得那麼不愉快，薛行衣如今對自己也是冷冷淡淡的，這讓她有些不解，難不成薛家也有不孕、不育的婦人，所以特地找到她這兒來？

畢竟如今這個時候，阿秀也只能想到這個理由了。

「他沒有說，只說請郡主您過去一聚。」芍藥放低了聲音。直覺告訴她，並不是什麼好事情，但是對方畢竟是養了自己那麼多年的薛家，這些話，她實在說不出口來。

阿秀微微沈吟了一下，便點頭道：「既然這樣，妳就回他，我明兒一早，便登門拜訪。」

若說起來，阿秀也算是師出薛家，但是她用了「登門拜訪」，足以見她對薛家，的確是沒有一分感情的，就算以前還有一些，也全部被薛老太爺消耗完了。

芍藥張張嘴，想說按照以往的經歷，這次去的話，多半也不會愉快，但是她最終還是沒有說出口。她想，阿秀應該有自己的想法吧。

「我這就去回話。」芍藥應道，便出去了。

阿秀看著她的背影，這丫頭，心眼兒還是挺好的。

第一百二十二章　薛家請求

阿秀自然是說到做到，第二日一大早，就帶著芍藥和王川兒一起去了薛家。

大約是現在阿秀的身分不一樣了，以往都是阿秀自己過去找人，如今，她一到門口，就發現薛家的人已經候著了。

「恭迎郡主大駕。」薛老爺衝著阿秀恭恭敬敬地作了一個揖。雖然以前她只不過是他一個相當不起眼的小輩，但是如今，就是薛老太爺也得和她行禮。

「師兄您多禮了。」阿秀衝他微微點頭。雖然她自己沒有打心眼兒裡承認薛家，但是在外人看來，她就是薛家出來的弟子。

「應該的、應該的。」薛老爺連連點頭，將阿秀迎了進去。如今先不說阿秀的身分擺在這裡，這次，本來就是他有求於人，姿態自然要放低一點。

他雖然是薛老太爺生的，但是性子和他並不同。薛老太爺剛愎自用，很是自以為是；而薛老爺待人處世卻相當圓滑，當然他也有極大的缺點，他在醫學上並沒有多少真心。

相比較救世濟人，他更加喜歡玩弄權術，只可惜，條件受限。

以前的話，薛家也算是相當受寵的，在豪門大家面前，也算是有幾分底氣；但是如今，薛家被新帝冷落，在旁人面前，這薛家一下子就沒了底氣。

而且因為太皇太后的事情，薛家的年輕子弟，在外不受重視也就罷了，有時候還會被惡意欺壓一番，薛家這麼多年來，何曾受過這樣的打壓。

只是如今新帝怒氣未消，太后那邊不經傳召，根本就見不到人，薛老爺這才將主意放到了阿秀身上。他自然也知曉，阿秀和薛家的關係，遠不如外人想像的親密，但是怎麼說也算是一條路子。

先是一番客套話，等阿秀的面上有些不耐煩了，薛老爺才將最終的目的說了出來。

「郡主，您也知道，之前因為太皇太后的事情，薛家遭了皇上的厭，京城的人吶，都是捧高踩低的。」薛老爺說著，重重地嘆了一口氣。

阿秀聞言，只是有些茫然地看了他一眼，這和她又有什麼關係呢？她對薛家的人有沒有被踩一點興趣都沒有啊！

您倒是講重點啊！阿秀忍不住又看了薛老爺一眼。

「唉。」薛老爺見阿秀完全不在狀況內，心裡也有些急，索性直接說道：「我就想著，郡主您能不能在太后面前，給薛家美言幾句，這薛家幾百年的傳承，不能毀在我手上啊！」薛老爺說得一臉的悲痛。

阿秀就更加不懂了，問道：「這行醫救人，和地位有什麼關係呢？只要醫術好，還怕沒有人找你治病嗎？」

這是她的心裡話，作為一個醫藥大家，最基本的難道不是懸壺濟世，用藥救人嗎？如果連這點都做不好，只想著怎麼提升自己的地位，那怎麼可能呢？

薛老爺面色一僵，她是真的不懂，還是懂裝不懂？他們薛家，如今這樣的地位，怎麼可能只追求一個看病診脈呢！

「郡主，薛家是醫學界的泰山北斗，這……」薛老爺看著阿秀，欲言又止的模樣。他都說得那麼直白了，難道她還要裝不懂嗎？

「既然您也說，薛家在醫藥界的地位不容撼動，那有什麼可擔心的呢？」阿秀反問道，只不過眼睛深處帶著一絲淡淡的嘲諷。如果他們薛家，每個人都是像他這樣的想法，那麼這薛家，也差不過要完結在這裡了，不過……

阿秀想到了那個目光清冷的男子，有他在，至少還能苟延殘喘一段時日吧。

薛老爺原本做了最壞的打算，那不過就是阿秀不願意幫忙；但是如今，薛老爺覺得她不光是不願意幫忙，還故意冷嘲熱諷一番，這讓他心裡堵著一口氣。

等她走了，他一定要吃幾顆極效救心丸。

「如果您的確需要我在太后面前幫薛家說點什麼的話，那也行。」阿秀說道，這薛家畢竟還有不少可以用的人。

「呃……」薛老爺一愣，當他以為事情就這樣成定局的時候，卻一下子有了轉機，這讓他一時之間不知道說什麼才好了。

「對了，薛行衣他如今在何處？」阿秀問道。自從太皇太后薨逝以後，不光是薛家，薛行衣也沒了消息，畢竟他在京城的聲譽還是相當好的，即使皇上不喜薛家，但是對他的影響，應該沒有那麼大。

「行衣年前便直接出遠門了。」說到薛行衣，薛老爺也嘆了一口氣。

作為薛家最有前途的小輩，他別的什麼都好，就是不服管，就像這次事情，這太皇太后的病症治不好，其實也算是在情理之中，偏偏他就是過不去這個坎兒，一定要出門再遊歷一番，說是去多學點醫術。天下雖然大，但是好的大夫大多是在京城，這毫無目的地出門，能有什麼收穫？

而且現在薛家式微，正是需要他的時候，他倒是好，留了一張紙，就這麼走人了。現在就是他，都不知道薛行衣人是在哪裡了，但是這個，他自然不好講給阿秀聽，

「他是個好學的。」阿秀輕聲說道，即使是她，在這方面也比不上他。

「我想著他是因為太皇太后的事情，心中愧疚，所以才不願意待在京中。」薛老爺有些感傷地說道。

他記得阿秀和薛行衣的關係倒是融洽，打一下感情牌也是極好的；但是他忘記了，如果真的關係好，那自然不會不清楚薛行衣的性子。

阿秀輕笑一聲。「您說的極是。」就薛行衣那沒心沒肺的性子，別說是太皇太后了，就是薛老太爺去世，他也未必會因此遠走他鄉，只是，她懶得和他爭這些。

「那剛剛那件事情，就麻煩郡主了。」薛老爺不忘又提了一遍，他就怕阿秀轉個身就忘記了。

「您放心。」阿秀點點頭，她既然答應了，自然會做到，至於具體怎麼說，她還得仔細想想。

聽到阿秀這麼講，薛老爺滿意地點點頭。當初薛老太爺收阿秀這麼一個徒弟，也不是完

全沒有好處的。正想到這兒，就聽到外頭一聲──

「老太爺，老爺正在面客。」

薛老爺心中一驚，臉色頓時就變了。

這薛家，一向是圍著薛老太爺轉的，這次事情，他是背著薛老太爺進行的，就怕他阻攔，沒想到這個時候他竟然過來了。

要知道，之前那段時間，薛老太爺一直在自己的院子裡，連門都很少出。

「你怎麼把她叫過來了？」薛老太爺不滿地看著阿秀。

他兒子的性子他還能不曉得，雖然薛家如今是這個模樣，也不能低三下四求到她身上去，那也太跌身價了。

在薛老太爺心目中，不管阿秀現在是什麼樣的身分，她就只是一個小村姑，就算她現在得了寵，有了地位，但是他打心眼兒裡是瞧不上她的。

如今薛老爺的行為，是赤裸裸地在打他的臉；他倒是沒有想到，自己的威信已經弱到可以讓人忽視的地步了。

「爹。」薛老爺忍不住出聲。

這些話他以前說無妨，畢竟阿秀身上沒有現在的身分，可是事到如今，人要學會向現實低頭，她現在是郡主，不管出於什麼原因，也不能當面這麼無禮。

「你還知道有我這個爹，你做什麼決定前，問過我的意思沒？」薛老太爺一臉的怒氣，他覺得自己原本無法撼動的權威被挑戰了，這讓他心裡的怒火不可抑制地湧上來。

「爹，您只要相信，我這是為了薛家好。」薛老爺有些無奈，他一直都知道薛老太爺性格上的缺陷，以往並沒有什麼大問題，可是現在，薛家的處境本來就已經很困難了，他還要這麼任性！

雖然知道留在這裡，應該能看到一場父子大戰，但是為了不殃及池魚，阿秀還是弱弱地說了一句。「既然你們父子有話要說，那我便告辭了。」

薛老爺有些歉意地看了阿秀一眼，然後衝著門外喊道：「阿權，幫我送郡主出府。」現在的情況，他勢必不能馬上就脫身，無法親自送她。

他現在應該慶幸，自家老爹的怒火沒有完全爆發出來，至少還留了一些臉面。

薛老太爺雖然人比較頑固，但是也知道，這教訓兒子，不能當著外人的面，特別這個外人還是阿秀，丟臉不能丟到她面前去。

等阿秀出了屋子，還沒有走多遠，她就聽到了屋子裡面傳來薛老太爺很是憤怒的聲音——

「你個沒出息的，求人求到她身上去了，難不成她還能見我們薛家好？」薛老太爺斥責道。

「如今除了她能在太后面前說上一些話，旁人根本就沒有這個能力。」薛老爺忍不住反駁道。

「我們薛家那麼多年的根基，還要靠一個女人?!」這就是薛老太爺的觀點，女人永遠都是沒用的。

聽著聲音越來越小，阿秀用餘光掃了一眼權叔，見他面上毫無異樣，她心中冷笑，就這樣的一個家族，走不了多遠的……

阿秀一向守信，既然答應了薛老爺，自然就會做到，趁著和太后閒聊的時候就將那件事情說了一下。這薛家也不完全是沒有用的人，若是可以有合理安排，倒也算是物盡其用。

阿秀的話，太后自然是聽得的，只是，她心裡多少有些疑惑。

唐家和薛家的恩怨延續了那麼多年，而且聽路嬤嬤講，阿秀是知道自己姓唐的，可是若是她真的知道，怎麼會幫薛家說話？

她知道，阿秀在薛家，並不那麼受重視。當時也是她一時失策，忽略了薛老太爺那個性子，反倒是讓阿秀受了委屈，正是因為這樣，太后瞧著這薛家才是越發的不順眼。

「我記得妳與那薛行衣倒是交好。」太后想到這，頓時有些恍然，當年她還差點鬧出烏龍來，如今想想，倒也是好笑得很。她也是急的，不然要是細想，就該知道，薛行衣那清冷的模樣，阿秀必然是不喜的。

「他人是挺好的，就是有時候轉不過彎來。」阿秀笑著說道。

薛行衣就是太將醫術放在第一位了，反而忽略了別的事情，這樣的人不會有太多的壞心思，但是若是真和他槓上了，那也是挺傷腦筋的。

「聽說他出京了。」太后說道。她用的並不是疑問句，想必薛行衣出京的事情，她老早就知曉了。

「聽說是這樣。」對於薛行衣身在何方，阿秀倒是沒有什麼興趣。

「薛家的家風太差，特別是這十幾年來，他們越發的目中無人了，不關心自己的醫術，滿心滿眼兒的都是權力，也是時候晾一下他們了。」太后道。盛極必衰，這薛家經歷了先前最為昌盛的時間，如今也要慢慢走下坡路了。

一個大家族，若是當家的人沒有一點遠見，那這個家族，勢必走不了多遠；而薛家，不管是薛老太爺還是薛老爺，明顯都沒有具備這個特質。

「那薛行衣倒是個心思單純的，若是他心中有這個意向，我倒是可以安排。」太后會說這話，多少也是有些看在阿秀的面子上。

「您說的是。」阿秀點點頭，既然太后已經有了打算，她也就不多說什麼。

這薛家的事情，也算是暫時告一段落了。

薛老爺雖然抱著美好的願望，甚至還為此第一次和薛老太爺頂了嘴，但是薛家還是一日日衰敗下來了。

之前羅少夫人受孕，特地到顧家謝了阿秀一番。

誰知這懷孕還不到兩月，羅少夫人被那據說是懷著兒子的妾室推了一把，小產了。而那個妾室，因為傷害當家主母，就是那肚子裡的孩子都保不住她，直接被賣了，至於肚子裡的孩子，一碗湯藥滑了下來。

羅少夫人出身侯門，娘家地位不低，兩家關係更是親密，不然她整整十年無所出，在羅家的地位卻依然沒有人能夠動搖；如今她也是有過身子的人，既然不是不孕，他們夫妻又還年輕，也不怕生不出個兒子來。

再加上這件事情就這麼發生了，羅少夫人的身體受到了極大的創傷，羅家也必須給她的娘家一個交代；若是他們執著於那個妾室肚子裡的孩子，那傷害的可就是兩家的關係了。

兩家的主母都不傻，一個願意給臺階，一個自然就順勢下了。

只不過這麼一來，阿秀就再次被請到了羅家。

羅少夫人十年來第一次懷上孩子，卻意外小產，之後除了阿秀，別的大夫一個都不願意看，她不信任他們。

羅少夫人怕自己因為這件事情，就再也不能生育了，所以自打清醒過來，除非他們去請了阿秀來，不然她誰都不願意見，包括羅家大少爺。

阿秀現在的身分不同於往日，但是病人為大，羅家沒有法子，便叫了已經出嫁了的羅黎兒回來，她和阿秀有些交情，便讓她幫忙將人請過來。

阿秀得到消息的時候，連忙趕到了羅府，如今羅少夫人身子虛得很，可萬萬不能耽擱了。

阿秀見到羅少夫人的時候，也是嚇了一跳，從她見紅到小產，再到她人過來，中間不過三日工夫，但是她的人一下子消瘦得厲害，精神狀態極其不好。

「阿秀。」羅少夫人看到來人是阿秀，跟抓住了救命稻草一般，死死地拽住她的手，很是驚慌地問道：「我以後會不會不能懷孕了？」她如今最為擔心的就是這件事情了。

之前她懷孕，羅家大少爺對她關懷備至，他們兩個之間原本就是有感情在的，有了孩子以後，感情更是深厚了不少；誰知道，這樣美好的日子，如此不長久。

「妳不用擔心。」阿秀感覺到手上的刺痛，但是卻沒有將手收回來，而是拍拍羅少夫人的手背，安撫道：「妳若是相信我，便好好放寬心。」

羅少夫人自然是相信阿秀的，若是不相信，她也不會只願意見阿秀一個人。

她聽到阿秀這麼說，微微鬆了一口氣，手上的力道放輕了不少。

「我先給妳稍微檢查一下。」阿秀翻了一隻手，將羅少夫人的手腕握在手裡，細細把起了脈。

「妳嘴巴張開一下。」阿秀繼續說道。

將她的身子都檢查了一番，阿秀的神色有些怪異。

「妳說，是那個妾室，推了妳一把，妳才見紅的？」阿秀問道。

「是的。」羅少夫人點點頭。

其實那日，她自己也沒有預料到會發生這樣的事，她自從懷孕，做事小心了不少，畢竟她這個孩子來之不易。這一個多月，她基本上很少出門，原本接手了羅家後宅大部分的事情，但是為了孩子，她將手上的權力全部交付給了別人。那日太陽很好，她難得來了興致，就打算出門走走，誰知道就遇上了那個妾室。

那個妾室自打懷上孩子，就一直嚷嚷著是男孩兒，這羅家大房一直沒有男孩子出生，所以不管真假，對她都很是照顧；那妾室更是囂張得很，平日見到自己，也不見得有多少尊敬。自己原本是打算等她生了孩子再收拾她的，誰知道那麼輕輕一撞，孩子就沒了。

「之後可有服過藥？」阿秀有些猶豫地說道，其實原本想說的不是這句話。

剛剛把了一下脈，又問了她之前的情況，阿秀心中估摸這孩子並不是那妾室撞掉的，而是本來胎就不穩，即使沒有被撞，那個孩子也保不住。

只是這樣的話，阿秀面對著羅少夫人如今這麼蒼白的面色，實在說不出口。如果是別人的錯，她的仇恨可以寄託在這個上面，而且聽說那妾室的孩子已經流掉了；要是她知道，這孩子本來就是保不住的，那對她現在已經很虛弱的身體來講，又是一個極大的打擊。阿秀決定，還是將這件事情放在心裡。

「好似吃過幾枚藥丸，我當時暈過去了，不大清楚，是有影響嗎？」羅少夫人很是擔憂地看著阿秀。她就怕自己吃錯藥，結果會影響到身子，所以等人清醒過來以後，什麼都不願意吃，就等著阿秀過來。

「沒有沒有，我就照例問問而已。」阿秀見羅少夫人有些魘怔的模樣，再次確定了，不能將那件事情和她說，不然的話，她心裡可能會承受不住。

阿秀拍拍她的肩膀，說道：「我先給妳開個清宮的方子，妳如今剛剛小產，裡頭得清理乾淨了，到時候補補身子，就又能懷上了。」

「好好好，都聽您的。」羅少夫人一聽以後還能懷孕，頓時就放下心了。

如今，只要是阿秀的話，羅少夫人都願意聽，也只願意聽她的。

「不過現在妳最主要的還是自己休息好，妳瞧瞧妳這身子，瘦成什麼樣了，羅家姊夫瞧見了，多心疼啊。」阿秀說道。她想必是好幾日沒有睡好，眼睛下面是又黑又重的黑眼圈。

羅少夫人聽到阿秀這麼說，頓時就沈默了。

最近這幾日，他都在房外守著自己，可是自己心裡還是止不住地埋怨他，若不是他收了那個妾室，自己的孩子根本就不會掉，這是她盼了那麼多年才盼到的啊。

「我的好姊姊，這生孩子是兩個人的事情，妳如今和羅家姊夫嘔氣有什麼意思，還不如趁著這個機會，讓他好好憐惜妳，等身子好了，馬上就又能懷上了。」阿秀知道現在說別的沒有用，只能用孩子來抓住她的心神。

羅少夫人一聽，頓時覺得也有道理。

自己現在和他嘔氣，還不是便宜了後院那些小賤人！

不管是出於什麼樣的緣由，這大房的嫡長子，一定得從自己的肚子裡出來。

以前她以為自己不能生育，沒有底氣，現在可不一樣了。

阿秀見她的眼睛越來越亮，就知道自己說的話，她是聽進去了，心裡總算放下了一塊大石頭。

第一百二十三章　臨近婚禮

大約是有了盼頭，羅少夫人的身子恢復得比阿秀想像的要快。

再加上羅家不吝補藥，各種藥材送進去，不出半月，人已經好了大半，不過都說小產要坐小月子，所以她一直沒有出房門。

之後又觀察了四個月，每個月的癸水都準時到了。

只是緊接著，過了幾日，原本該到的癸水卻沒有到，而且腰膝痠軟，形寒，阿秀再次給她檢查了一番，脈細沈，舌淡。

這是腎陽不足，精血兩虧，應當補陽為主，佐以養陰血為治。

阿秀隨即又開了方子，當歸二錢，白芍三錢，川芎、熟地、香附各二錢，菟絲子、香茅、山萸肉、龜甲、鹿角膠、枸杞子、巴戟天、肉蓯蓉、紫河車各三錢，茺蔚子二錢，炙甘草一錢。

在給羅少夫人看病的同時，也有不少的婦人找到了阿秀。

最初阿秀和顧靖翎訂親，不少人都覺得是阿秀高攀了顧家，畢竟顧家幾代忠臣，阿秀雖然是郡主，但是卻不是納入族譜的那種。不管是太后還是酒老爹，都不願意阿秀沾染上那個姓，所以只能勉強算是門當戶對。

但是現在，阿秀的名望在京城越來越大，反倒是顧靖翎，因為身體緣故，一直在家中休養，慢慢淡出了大家的視線。現在顧夫人出門，人家都羨慕她訂下了一門好親事。

顧夫人心中自然也是歡喜的，雖說這樣說起來，自家兒子好像不大受重視，但是自打阿秀將她的一些老毛病都調理好了，她對這個未來的兒媳婦，完全不能再更滿意了。

隨著時間的推移，阿秀和顧靖翎的婚禮也快要到了。

顧靖翎的身體恢復得差不多了，只不過一直沒有什麼事情，小皇帝又比較體恤他，就一直閒在家裡，他瞧著阿秀平日裡都比他忙，心裡多少有些不是滋味。

而且因為閒得慌，他有時間的時候，索性幫著顧夫人將一連串婚禮上的事情都過了一遍。他這才知道，原來這婚禮的籌備是這麼的煩人。

而阿秀這邊，羅少夫人吃藥吃了一段時日，阿秀又在原本的基礎上把她的藥方稍微增減了些。

又過了一月，羅少夫人的癸水還是沒有準時到，不過若是真的懷孕，日子太小的話，也把不出來。

而阿秀，這個時候迎來了自己的婚禮，她這段時間一直很忙，忙到她都來不及緊張就要嫁人了。

反倒是酒老爹，難得感性了一回，在阿秀出嫁的前一晚，拉著她在月下共飲。

他自己的婚姻開始比任何人都幸福，結局卻比任何人都慘烈，所以在婚姻上面，他並沒有什麼發言權。

他只反覆說一句「本性而為」，不管怎麼樣，都要痛痛快快地活著，他們已經過得那麼壓抑了，只盼著她，能高興過這一輩子。

阿秀原本還不願意喝酒，畢竟她腦袋還算清楚，自己明兒是要嫁人的，若是今晚喝醉了，那未免也太丟人了；可惜這酒老爹一旦執拗起來，還真的沒有人攔得住他。

唐大夫一開始只是單純的以為，孩子要出嫁了，當爹的可能有些私心話要講，便自己先回了房；他哪裡能料到，私心話沒有說兩句，新娘子倒是讓自己的爹給灌醉了。

還好芍藥惦記著阿秀怎麼一直沒有回來，帶著王川兒找了過去。

找到的時候，看到的就是正深情望月，默默喝酒的酒老爹，和已經老早醉倒在石桌上的阿秀。

芍藥看到這副情景，直接就嚇壞了。

這老爺怎地這麼不著調，他難道不知道阿秀明兒就要出嫁嗎？

芍藥原本是最恪守規矩的丫鬟，這個時候她也是忍不住了，指責道：「酒老爺，您今兒怎麼拉著阿秀喝成這樣，您難不成忘記明兒是什麼日子了嗎？」

不管明兒是什麼日子，哪有當爹的拉著女兒喝酒，還將人灌醉的！

「明兒、明兒我的閨女就要嫁人了。」酒老爹有些傷感地看了阿秀一眼，重重地嘆了一口氣。

沒有想到，一眨眼的工夫，孩子都這麼大了，可以嫁人了。他更是沒有想到，自己這麼一個大老爺兒們，可以將孩子健康拉拔到大。

「您記得就好，既然知道她要嫁人，您怎麼還將人給灌醉了，再過兩個時辰，梳頭嬤嬤就該過來了。」芍藥很是氣惱地說道。

這女子成親，原本就是要從半夜就開始進行各項儀式，現在阿秀這樣的情況，到時候該怎麼辦呢！

若是這件事情被傳出去了，不管是對阿秀，還是對顧家的名聲，那都是有極大的損害的。

「這樣啊，那妳快把人帶回去吧，不然讓人等就不好了。」酒老爹說道，衝她們揮揮手，示意她們可以走了。

芍藥火氣一下子就上來了，往前面衝了幾步，喊道：「唐大夫，唐大夫您在嗎？」

她平時就是有些潑辣的性子，再加上阿秀不講究一些虛的，性子更是外放了不少。要是平常，她也不會大半夜的去打擾唐大夫，但是現在的情況畢竟比較特殊，而且她不知道為什麼就是確定，這酒老爹心裡是畏懼唐大夫的。

「欸，妳喊唐大夫作甚？」酒老爹原本還是一副悠悠忽忽的模樣，冷不防聽到芍藥喊唐大夫，人一下子就跳了起來，他現在開始意識到，自己好像做了什麼了不得的事情。

唐大夫原本就沒有深睡，阿秀明兒要出嫁，他心中多少是有些感傷，自己一個人躺在床上，輾轉難眠。

現在冷不防聽到芍藥的聲音，以為是阿秀那邊出了什麼事情，連忙披了一件外套就跑了出來，連衣服都來不及整理。

他一出門，就看到阿秀正倒在石桌上，心中大驚地問道：「這是怎麼了？」阿秀是出了什麼事情嗎？

「小姐被酒老爺灌醉了，只是再兩個時辰，那梳頭嬤嬤就要過來了，我也是沒有法子，就想問問您來，可有什麼速效的解酒藥，不然到時候要是出了醜，這讓阿秀以後怎麼在這個圈子裡面走動。」芍藥恭恭敬敬地對著唐大夫說道，只是話語間明顯帶著對酒老爹的指責。

若是今兒的事情被外人知道了，不知道會在背後怎麼說呢！

唐大夫聽到芍藥這麼說，臉色頓時就難看了，目光狠狠地掃向酒老爹，這個逆子！自己不靠譜也就算了，怎麼還要禍害阿秀。

只是現在當務之急還是先給阿秀解酒。

唐大夫惡狠狠地衝著酒老爹說道：「你在這等著，我先去拿藥。」等自己把阿秀的酒勁給解了，等一下再好好地收拾他。

酒老爹聽到唐大夫這麼說，整個人都不受控制地抖了一抖。

他想起了自己年幼的時候，因為心血來潮，給娘最心愛的白貓下了迷藥，還騙娘說那貓死了，害得娘很是傷心地哭了一場。後來爹回來了，發現其中的不對勁，事後他不光吃了一頓家法，還被罰在廚房砍了一個月的柴。不知道為什麼，他心裡有種感覺，自己這次會受到比那次還要嚴厲的懲罰。

酒老爹心裡有些委屈，其實他真的只是想要跟阿秀談談心的啊。

只是談心怎麼能沒有酒呢，而且作為他的女兒，這酒量也太差了，不過三杯下肚，人一下子就倒了，他話都還沒有說完呢！

不過現在重要的也不是這個了，他現在要考慮的是怎麼樣減輕唐大夫心中的怒火。

酒老爹還沒有想好，唐大夫已經過來了。

還好他平日有習慣，會將一些常用的藥做成藥丸或者藥水，這個還是被阿秀影響的，所以現在能很快地拿解酒藥拿過來。

唐大夫先是給阿秀灌了一小瓷瓶的解酒藥水，隨後又給她在舌下壓了一顆藥丸，畢竟明日不同往日，這藥還是得下猛的。

「妳先將阿秀帶回去吧，估摸半個時辰以後就該慢慢轉醒了。」唐大夫柔聲對芍藥說道。他還得謝謝這個丫鬟，不然的話，明兒那麼大的喜事，就被這個逆子給毀了。

「是。」芍藥行了一個禮，讓王川兒揹著阿秀便匆匆離去了。

幸好她有先見之明，帶上了王川兒。

或者說，她是對酒老爹的性子完全不抱任何的期待。

等到芍藥她們都走遠了，唐大夫才轉過身來看向酒老爹。

自己這兒子，年紀也已經三十多了，可是，卻連一個十幾歲的孩子都不如。

「你去休息吧，明兒不要睡過頭了。」唐大夫衝他揮揮手，自己率先進了屋子。

酒老爹有些茫然地看著唐大夫的背影，不是應該挨抽嗎，怎麼一下子就沒事了？他還有些沒有反應過來呢！

不過能不挨抽自然是最好的，酒老爹拍拍自己的胸口，拎起放在石桌上的酒壺，就慢悠悠地往自己的屋子走去。

唐大夫聽到他的腳步聲越來越遠，心中冷笑，不是不收拾，只是現在不收拾。他畢竟是阿秀的爹，明兒他肯定得出現在婚禮上，若是今兒下手重了，明兒真的起不了床，那沒面子的可是阿秀。

只要婚禮過了，自己要怎麼收拾還不行？何必糾結於這個時間問題！

阿秀醉夢間感覺到自己被灌下了什麼涼涼苦苦的藥水，然後嘴巴下面又被塞了一顆什麼藥丸；她甚至還聽到了唐大夫的聲音，她想要醒過來，但是眼睛卻重得要命，根本就睜不開來。

阿秀原本不想喝酒的，她也知道明日的重要性，但是誰叫自家阿爹實在胡鬧，使勁地勸自己喝酒。

他們喝的是酒老爹自己釀的一種果酒，喝的時候甜甜的，但是後勁卻十分的足。阿秀心中止不住地後悔，如果上天再給她一次機會，她肯定不再相信自家阿爹的話了。

「妳說阿秀等一下要是解不了酒怎麼辦？」王川兒有些擔憂地問道。

芍藥心裡自然也是有同樣的擔憂，但是她不能讓王川兒察覺到。

「不會的，唐大夫醫術好得很，再等半個時辰，她肯定會醒的。」話雖然這麼說，但是芍藥自己也不確定，現在只能往好處去想。

這顧夫人雖然對阿秀極好，但是婆媳畢竟不同於母女，而且這件事情若是被顧家人知道了，他們心裡多少會有些膈應。知道的曉得是酒老爹不著調，不知道的，還以為是阿秀不重視這門親事。

芍藥想著，心裡又忍不住埋怨了酒老爹好一番。

不過一刻鐘的工夫，床上就傳來阿秀有些痛苦的呻吟聲。

芍藥看了一眼王川兒，便急急忙忙地進去了。

只見阿秀躺在床上，臉色發白，冷汗不停地冒出來，兩個人都忍不住有些慌了。

不是只是醉酒嗎，怎麼現在的情況一下子變成了這樣？難不成是那個解酒藥有什麼問題嗎？可是這唐大夫的醫術是有目共睹的，芍藥實在不大願意往那邊想。

但是現在看阿秀這副模樣，芍藥也沒了主意，便囑咐王川兒。「妳去將唐大夫請過來，不要驚動了旁人。」

還好唐大夫住得偏僻，周圍也沒有別的人。

王川兒點點頭，一下子就跑遠了。

王川兒第一次看到阿秀這麼脆弱的模樣，一下子也有些被嚇壞了。在她心目中，阿秀是比男人還要強大的存在，她好像無所不能；現在她發現，原來阿秀也是會有病痛的。

「阿秀，阿秀？」芍藥輕輕推了一下阿秀，見她緊閉著眼睛，也不好用力，便拿了帕子給她擦汗。

「芍藥。」大約又過了半炷香的工夫，阿秀慢慢轉醒了，只是她臉上的表情還是很難看。

「我在呢。」芍藥見阿秀出聲，連忙又往前湊了一步。

阿秀湊到芍藥耳邊，小聲地說了兩句。

芍藥面色一怔，好一會兒才反應過來，只不過臉上的擔憂去了大半。

等芍藥出去以後，阿秀有些艱難地半坐起來，神色較之前，稍微好了一些。

「阿秀，妳怎麼了？」正出神間，阿秀就看到唐大夫急急忙忙地跑了過來，衣服都沒有扣上，一看就是因為走得太急。

「我沒事。」阿秀衝著唐大夫有些虛弱地笑笑。

唐大夫看到阿秀的臉色，頓時就心疼了，心裡將那個逆子又上下罵了好幾遍。

「我給妳把把脈。」他看阿秀現在的模樣，明兒的婚禮不知道該怎麼辦呢！

阿秀原本放在外頭的手微微一僵，往被窩裡面縮了縮。

唐大夫自然是將她的動作看在眼裡，心中更急，他以為阿秀是故意瞞著他，只是不想讓他擔心。

「其實真的不是什麼大問題。」阿秀努力向唐大夫表示，自己真的沒有什麼問題，只是她那蒼白的跟紙一般的臉色，實在是沒有什麼說服力。

「那妳躲什麼！」唐大夫沒有好氣地說道。難得粗魯了一番，直接將阿秀的手拽了過去，只是一把脈，他一向嚴肅的老臉，默默地紅了一些。

他倒是忘記了，阿秀現在已經十五歲了，她沒有娘親，他和那個逆子又不是個細心的，所以完全沒有料到，她會這個時候來癸水，大約是剛剛喝了酒，所以她的反應才這麼激烈。

也難怪她剛剛一直強調不是什麼大問題，自己也的確是魯莽了。

「我給妳熬個紅糖水去。」唐大夫神色有些尷尬地說道。也不等阿秀說什麼，便有些倉皇地走了，他是男子，總不能由他來教阿秀某些事情。

唐大夫便琢磨著，找個年紀大的嬤嬤，來和阿秀具體講一下。

他心裡止不住的心酸，阿秀也是大姑娘了，若不是唐家沒了，她何至於這樣。

其實他真的是想太多了，阿秀在前世的時候，大姨媽至少跟隨了她有十幾年，所以面對大姨媽甚至是痛經，她都很淡定。

剛剛拒絕唐大夫把脈，也是怕老人家不好意思，事實證明，她想的是正確的。

等唐大夫走了以後，芍藥便回來了，手裡拿的是乾淨的棉布以及一碗熱湯。

芍藥比阿秀要大上一、兩歲，癸水更是十三歲的時候就來了，這方面自然都是知曉的。

阿秀因為小時候營養跟不上，本來就長得比旁的同齡人小些，虧得最近兩年身子補得好，不然可能還要再遲上一些。只是這出嫁前來癸水，也不知道是好還是不好。

「先換個衣服吧。」芍藥讓王川兒去拿了乾淨的褻衣，服侍阿秀換上，再一碗熱呼呼的甜湯水下去，阿秀覺得整個人都舒暢了，剛剛那些疼痛都好似夢境一般。

「您還是再休息一下吧，不用一個時辰，梳頭嬤嬤就該過來了。」芍藥的眼中帶著一絲擔憂，就剛剛阿秀那麼痛苦的模樣，不知道會不會影響到明兒的婚禮。

「好，那妳去廚房找一下唐大夫，就說紅糖水不要了，讓他早點去歇下吧。」阿秀想起唐大夫，便和芍藥說道，免得等一下他做好了，她卻睡下了。

「是。」芍藥點點頭，臉上帶著一絲抱歉。剛剛她讓王川兒叫的唐大夫，偏偏阿秀只是來了癸水，讓男子知道她這樣的事情，多少是有些尷尬的，即使對方是長輩。

服侍了阿秀睡下，芍藥讓王川兒守著，自己則去廚房找唐大夫。

唐大夫正灰頭土臉地在廚房生火，看到芍藥過來，還以為是阿秀來問紅糖水好了沒有，連忙說道：「快好了、快好了，妳讓阿秀再等一會兒。」

芍藥忍不住笑出了聲，她原本覺得這個老人凶得嚇人，現在她倒是覺得他可愛得緊。

「阿秀已經睡下了，我剛剛服侍她喝了甜湯了，您老就先去睡吧，免得耽誤了明天的吉時。」阿秀這邊，唐大夫和酒老爹就是她的娘家人，其實細細說來，還頗有些心酸。

但是真的要講究的話，太后娘娘也是她的娘家人，也沒有人敢真的瞧不起她。

唐大夫聽到芍藥這麼說，將手中的柴火放下了。「那便好，若是又有什麼問題，妳只管來找我。」

芍藥笑著點點頭，這個唐大夫倒是比酒老爺要靠譜得多。

等芍藥回了阿秀那兒，就瞧見王川兒正撐著腦袋在發呆。

王川兒瞧見芍藥過來，便忍不住問道：「芍藥姊姊，這女子來癸水，都是這麼痛的嗎？」她想到阿秀剛剛的模樣，忍不住有些後怕。以前她吃的苦不少，但是這幾年因為阿秀的關係，倒是活得滋潤，對疼痛，自然也是懼怕起來了。

「沒有的事，妳不要多想。」

芍藥想到王川兒也沒有人和她說這些，也是怪可憐的，便坐到一邊，將這件事情和她細細講了一番。

「那阿秀現在來癸水是好事呢！」王川兒突然語出驚人。

「妳為什麼這麼說啊？」芍藥問道，她倒是沒覺得。

「妳說女子只有來了癸水才能圓房，那這不就意味著阿秀成親以後馬上就可以圓房了嗎？圓房了就能生胖娃娃了。」王川兒語氣有些小激動。

對於王川兒這樣的說法，芍藥還真是無法反駁。不過她說的也沒有錯，顧將軍年紀不小了，對子嗣肯定比較注重，阿秀如今來了癸水，想必很快就能懷上了，這樣在顧家也算是真正站穩了腳。

芍藥雖然知道，阿秀和一般的女子不大一樣，但是她還是覺得，女子只有有了子嗣，那才是真正有了地位。

「好了，咱們也不要說話了，免得打擾了阿秀睡覺，得看著點時辰，在梳頭嬤嬤來之前，就要把阿秀叫醒。」芍藥說道。

王川兒連連點頭，她雖然平日做事不大牢靠，但是在這麼大的事情面前，她肯定能認真完成任務的。

一個時辰過得很快，阿秀只覺得自己才閉上眼睛，就聽到芍藥輕喚自己的聲音，她有些艱難地睜開眼睛，果然芍藥和王川兒都在了。

「時辰到了嗎？」大約是失血過多，阿秀覺得自己渾身都發虛。

「差不多了，我先給您披上衣服。」芍藥說，那邊已經隱隱有了動靜，想必是梳頭嬤嬤要過來了。

阿秀點點頭，用手將身子撐起來，她只希望今天的步驟不要太繁瑣，不然她實在很擔心，那麼薄薄的一條棉布，能不能承受得住她這次來的癸水。

她可不想成為第一個因為成親來大姨媽，然後成名的人，那也未免太囧了些。

第一百二十四章　阿翎送藥

「哎喲，我的新娘子喲，您這是怎麼了？」梳頭嬤嬤進來的時候，看到阿秀慘白著一張臉，頓時就誇張地喊道。

這挑選的梳頭嬤嬤是有講究的，最好是和新娘子有些親屬關係的婚姻幸福的老人。但是阿秀明顯沒有這樣的人選，顧家的話，老夫人中年喪夫，稱不上婚姻美滿，所以顧夫人就從顧家的旁支中尋了一位老太太，姓冒。

這冒嬤嬤今年七十多了，在這時代已經算相當長壽了，而且很是難得的，她的男人也還在，顧夫人這才挑的她。

「她是……」芍藥湊到她身邊小聲將阿秀來癸水的事情說了。

「這是好事啊，只是這樣子……」

「我沒事，休息一下就好了。」阿秀捂著肚子說道。

如今已經十月分了，這京城的冬天來得又分外的早，雖然外頭還沒有下雪，但是天氣已經很冷了。

「唉，這要休息也得等進了洞房。」冒嬤嬤皺著眉頭，然後說道：「要不妳派個丫鬟去我家拿一下東西，我年輕的時候來癸水也疼得緊，如今我曾孫女也是如此，我便做了一些小果子放在家裡，只是不知道您瞧不瞧得上。」

她知道阿秀是個大夫，還是個醫術高明的大夫，再加上她如今又是郡主的身分，自然不能貿然地把東西推薦給她，只是也不能讓她抱著肚子去拜堂！

「我去吧。」王川兒自告奮勇道。她力氣大，走路走快點，來回不用花太多時間。

芍藥想著如今王川兒也懂事了不少，便點頭答應了。

冒嬤嬤將位置給了王川兒，又讓芍藥給阿秀準備了一個暖爐，這才給她梳起頭來。

因為冒嬤嬤這邊也帶了不少的人過來，芍藥又是沒嫁人的，有些東西根本不懂，一下子她倒是閒了下來，而且屋子又不算大，她便慢慢被擠到了一旁。

芍藥嘆了口氣，就找了個角落，自己默默站著，等需要她了再上去，只是她抬眼間，就看到一張臉出現在窗戶後面。

芍藥驚了一下，等平復了心情以後才意識到，來人竟然是顧靖翎。

這婚前可是有說法的，新郎、新娘三日不得見面，如今顧靖翎出現在這裡，要是被別人看到，那可不好。

「姑爺，您怎麼在這裡？」芍藥連忙偷偷跑了出去。

「我聽說阿秀身子不大好，所以來看看。」顧靖翎也沒有想到，自己竟然會被芍藥看到。

「她身子沒事，您快點回去吧。」芍藥平日裡其實還是有些害怕顧靖翎的，畢竟他是武將，又帶兵打仗，殺過無數敵人，身上有一種讓人下意識就害怕的感覺。但是如今這個時候也顧不上那麼多了，當務之急就是將人給勸走。

「我知道，妳把這個給阿秀拿過去，這個藥丸我娘以前也吃的，想必效果應該不錯。」顧靖翎將一個小瓷瓶塞到芍藥手裡，不等她反應過來，幾個閃身，人就不見了。

芍藥拿著小瓷瓶，一時之間有些反應不過來。

雖然剛剛天色極暗，但是她若是沒有看錯的話，顧將軍這是紅了臉？芍藥搖搖腦袋，肯定是自己想多了、眼花了。

「芍藥姊姊，妳怎麼在這裡？」王川兒正好拿了東西過來，看到芍藥站在外面，頓時有些感動。「妳是特地在這裡等我嗎？」這麼冷的天，芍藥還特地等著自己，真是對她太好了。

芍藥的臉色微微一僵，然後才笑得有些艱難。「是啊，我這不是怕妳動作慢嘛，東西呢？」

王川兒立馬將東西遞了過去，是一個很普通的小匣子。

芍藥認得這個匣子，京城有不少賣蜜餞的地方，但凡好一些的果子，用的都是這樣的小匣子；想必是他們吃完了裡面的蜜餞，又覺著這小匣子丟了可惜，便放了別的東西。

她是聽說，這冒嬤嬤家雖說是顧家的親戚，但是過得並不算好，若不是看中她年紀大，身體好，婚姻又幸福，顧夫人是萬萬不會找上她的。

「妳快進去吧，不要凍著了。」芍藥讓王川兒先進去，自己則將兩個東西換了一下。

不知道為什麼，芍藥她心裡就是知道，這顧將軍特地來送的，就是用來治阿秀現在那個毛病的東西。

這麼一來，她也差不多確定了，原來自己剛剛是真的沒有眼花，阿秀嫁給這樣一個人，以後肯定會很幸福的。

將藥拿進去後，阿秀的臉色較之前好了不少，只是還是蒼白得很，芍藥直接拿了藥丸伺候她服下。

冒嬤嬤因為在給阿秀梳頭，倒是沒有注意到不對，那匣子就是她家的，裡面的東西自然也不會有錯。

「這個是顧將軍剛剛送過來的。」芍藥在阿秀耳邊小聲說道。

阿秀原本還捂著肚子難受著，聽到芍藥這話，臉一下子就紅了起來。

「冒嬤嬤妳這東西可真靈，妳瞧阿秀一吃下去，臉色就好了呢！」王川兒很是激動地喊道。

冒嬤嬤特意看了一眼，這氣色一下子竟變得白裡透紅了呢！

阿秀自然是不能解釋其中的緣故。

芍藥將王川兒拉到一邊。「妳就不要添亂了。」

王川兒吐吐舌頭，想到自己也的確沒有什麼能做的，就乖乖跟著芍藥站到一邊去了。

「妳剛剛出門的時候，有沒有遇到什麼人啊？」芍藥忍不住問道。若不是王川兒說的，她實在是想不出來，顧靖翎怎麼會知道這件事情的。

畢竟如今知道這件事情的也不過她們幾人以及唐大夫，她可不覺得唐大夫會和旁人說這件事情。

「欸，芍藥姊姊妳怎麼知道？」王川兒很是詫異，不過她也知道這個時候不好大聲說話，將聲音又壓了壓，才繼續說道：「我路上碰到了顧將軍呢。」

難怪！芍藥覺得這下事情都能解釋了。只是顧將軍在這麼短的時間內問顧夫人要了藥丸，也是滿拚的，而且是在這個時辰。她心中更加堅定了，阿秀果然是沒有嫁錯人。

不知道是不是藥丸的作用，阿秀覺得自己的肚子一下子變得好過了些，只是想到顧靖翎竟然知道她痛經的事情，臉上止不住的發燙。

「這身子好似暖了不少。」芍藥用手摸摸阿秀，雖然隔著褻衣，不過也能感覺到她比之前暖了不少。

「看樣子我那小玩意兒還是有效果的。」冒嬤嬤笑著道，語氣中隱隱帶著一絲驕傲。

阿秀和芍藥自然知道，有效的是顧靖翎送過來的藥丸，只是冒嬤嬤的心也是極好的，阿秀便朝芍藥使了一個眼色。

芍藥心領神會，從一旁的首飾盒子裡頭挑了一對赤金雕花大鐲子。

這對鐲子，阿秀都不記得是誰送的了，而且它模樣過於粗獷，阿秀平日又要手術又要給人瞧病的，哪裡有機會戴。若是給路嬤嬤、顧夫人，她根本就拿不出手，人家也瞧不上；給下面的丫鬟，阿秀身邊親近的只有芍藥和王川兒，她們倆身上的好東西可不少，又是年輕姑娘，自然是瞧不上的，現在正好賞給了冒嬤嬤。

「冒嬤嬤，多虧了您的果子了，這對赤金鐲子正好適合您戴。」芍藥說著直接一個轉手，將手鐲套進了冒嬤嬤的手裡。

果然這種赤金手鐲就適合年紀大的人戴，也不知道那送禮的人，當時是在想什麼！

「這可怎麼使得。」冒嬤嬤覺得自己能來給阿秀梳頭已經是萬分的榮幸了，哪裡敢收東西，而且那果子，也不值什麼錢。

「這話可不能這麼講，若不是您及時想出了法子，等一下婚禮，那可不好熬。」芍藥說道：「您要是不拿，這不是存心讓我們心裡過意不去嘛！」

冒嬤嬤想了一下，還是不大敢拿，自己來之前，老伴可是說了的，能認識一下郡主就是極大的福氣了。

「冒嬤嬤，您就收著吧，我待人一向賞罰分明，這是您應當得的。」阿秀聲音還是有些虛，但是語氣卻是很堅定的。

既然阿秀都這麼說了，冒嬤嬤也就不再拒絕，道了謝便收下了。

這對赤金鐲子雖然小姑娘不喜歡，但是她這個年紀，還是覺得極好看的，而且就這個重量，那可不輕呢！再看上面的雕花，一看就是出自於京城最大的萬寶樓。

見冒嬤嬤收下了，芍藥的臉上也多了一絲笑意。

緊接著就是一天的忙碌。

好不容易被送進了新房，阿秀只覺得整個人都沒有什麼力氣了。

「我剛剛去廚房拿了些甜湯，您先喝一些吧。」芍藥拿了一個小碗遞給阿秀。

「嗯。」阿秀的聲音從紅蓋頭下面傳來。

她原本身子就不舒服，偏偏這裡成親的步驟繁瑣得很，一直跪下，起來，起來，跪下，還好顧靖翎一直在身邊不著痕跡地扶她，阿秀都怕自己中途會出醜。

喝了甜湯，又休息了一會兒，阿秀覺得自己身上的力氣慢慢回來了。

「妳們也都去一邊休息吧，顧靖翎在前頭想必也不會太早回來。」這大喜的日子，應該有不少的人要灌他的酒。

芍藥將空碗接過，拉著王川兒候在了一旁。

一般出嫁的話，陪嫁丫鬟這個時候多是和新娘子說說話，免得新娘子太緊張；不過阿秀情況比較特殊，現在還是讓她養精蓄銳比較好，免得到時候新郎官揭開紅蓋頭，看到一個面色慘白的妻子，想必這衝擊應該是很大的吧！

「將軍過來了。」一個喜娘驚呼一聲，連忙衝著阿秀她們示意道。

一般新郎官是要在前面陪客人喝上幾輪才會被放回來，誰知道這顧將軍的速度怎麼這麼快。

主要是這同齡人，多少有些畏懼顧靖翎，不敢太過分地灌酒；而長輩，也拉不下這個臉面，若真的有那麼幾個，也被酒老爹直接解決了。

他喝了那麼多年的酒，這個時候終於派上了用場，那邊倒了一大片，只有他一個人屹立不搖，相比較顧靖翎，他那架勢，倒更加像是新郎官。

看到自家岳父這麼賣力為自己擋酒，顧靖翎感激地衝他點點頭，便脫身來到了新房。

幾個喜娘將吉利的話都說了個遍，拿了賞錢便退下了。

等所有人都退下了，顧靖翎這才慢慢揭開紅蓋頭，細細端詳著自己的小妻子。

相比較平常，她的打扮成熟了不少，臉上抹了不少的胭脂，眼睛亮亮的，看向他的眼神深處透著一抹淡淡的羞澀。

這抹羞澀，讓他心中忍不住一陣悸動。

「恭喜夫人了。」顧靖翎說道。

阿秀有些茫然地看著顧靖翎。

今天穿著大紅喜服的顧靖翎相比較平日，也多了幾分豔色，他本身就長得極為英俊，穿上紅色，即使多了一些柔和，但是也絲毫不顯娘氣。

只是他這個恭喜，是個什麼說法？

「恭喜夫人終於長大了。」顧靖翎笑著說道。他這話若是對普通姑娘講，那絕對是赤裸裸的調戲，但是阿秀是他的妻子，這頂多算是夫妻之間的小情趣。

只是他平日為人很是正經嚴肅，如今一下子竟說出這樣的話來。

阿秀反應過來以後，一臉呆滯地看著他，臉色酡紅。

這顧靖翎是怎麼了？耍流氓嗎？

見阿秀如此反應，顧靖翎的眼中難得的多了一絲得意。

「夫人，該喝交杯酒了。」顧靖翎拿起兩個酒杯，遞給阿秀一個。

阿秀想到自己現在的情況，再看看手裡的酒杯，心裡忍不住有些忐忑。

據說這交杯酒裡頭都會放一些催情的玩意兒，自己現在這情況，要是顧靖翎真有了衝動，那是打算血染大地嗎？

有些戰戰兢兢地抿了一小口酒，阿秀才詫異地發現，那竟然是果酒，就是平常女孩子之間偶爾會喝到的那種果酒，基本上沒有酒精含量。

顧靖翎察覺到阿秀的疑惑，淡淡地說道：「我之前叫人換了。」

阿秀覺得自己的臉上燙燙的，這果酒其實也不是完全沒酒精含量吧……

「妳身子不好，我們就早點歇下吧。」顧靖翎見阿秀有些無措的模樣，心情大好，很是溫柔地說道。

以後她，就是自己的妻子了。

想到他們的未來就這麼繫在了一起，顧靖翎就覺得胸口熱熱的。

「哦。」阿秀點點頭，人站起來，打算幫顧靖翎脫衣服。

這些還都是她嫁人前太后給她惡補的，她說女子未必人人都要賢慧，但是有些方面是一定要做好的，比如幫自己的夫君脫衣服，不然妳不脫，還多得是人給他脫呢。而且這也是小夫妻之間的一些情調，有利於後代的繁衍。

阿秀越想太后的話，越覺得耳朵發熱。

「那就麻煩夫人了。」顧靖翎看到阿秀連脖子都泛著淡淡的粉紅，心中一動，下腹微微一熱，自己的小妻子還真是誘人呢！只可惜，現在只能看，不能吃。

阿秀以前雖然脫過男人的衣服，但是多是需要治療的時候，那個時候誰還在意那些細節，直接用刀一劃，剝了了事。

這麼正正經經地一個一個紐扣解下來，這還是第一回。

而且因為是喜服，那設計更是比平常衣服要繁瑣不少，阿秀頓時不知道如何下手。

「要不，你先給我做個示範？」阿秀小聲地說道，還不忘瞄了顧靖翎一眼。

「先解這個，然後順著這個方向下去就好。」顧靖翎笑著說道，心情明顯很好。

阿秀「哦」了一聲，乖乖開始解扣子。

顧靖翎原本還覺得讓小嬌妻幫忙脫衣服該是一種極大的享受，但是阿秀才不過解了兩顆，顧靖翎就後悔了。

先不說阿秀身上若隱若現的香味一直往他鼻子裡鑽，再說他一低頭就能看到那張精心裝扮過的小臉，還有她很是纖長的十根手指，每一樣都好似在誘惑著他。

作為一個這麼多年都沒有什麼經驗的男人來講，這無疑是相當考驗自己的意志力的。

「我想我還是自己來吧。」顧靖翎輕咳了一聲說道：「夫人妳今日身子不佳，還是早早歇下吧。」

阿秀的手微微一頓，她本來就不是一個喜歡伺候人的，但是她腦袋裡又馬上回想起了太后的那番話，覺得這只是在幫自己的丈夫脫衣服，也不算什麼難為人的事情。顧靖翎能有這樣為她著想的心是極好的，但是她這都脫了一半了，半途而廢不是她的風格。

「不用了，我已經學會了。」阿秀頭也不抬地說道，然後繼續殷殷勤勤地解扣子。

顧靖翎臉上的表情一僵，頗有一種搬起石頭砸自己的腳的感覺。

早知道，他應該一開始就拒絕的，甜蜜的煩惱不是什麼時候都可以享受的啊！

阿秀看到顧靖翎的喜服，忍不住問道：「這女子的嫁衣要自己繡，那男子的呢？」他上面繡的圖案，可不比自己的簡單。

「自然由繡娘完成。」

顧靖翎的答案不出阿秀所料，她心中忍不住感慨，果然男女不平等，在好多事情上面都可以體現啊！她那麼不擅長刺繡，怎麼著也貢獻了一個小角落。

「裡面那件要脫嗎？」脫完了外袍，阿秀有些躍躍欲試地看著顧靖翎內裡穿的衣服，如今天氣寒冷，自然不可能只穿一、兩件衣服；而且阿秀覺得自己解扣子已經解出了一些心得，更是有些迫不及待。

顧靖翎自然不能體會到阿秀內心的想法，有些糾結地皺了一下眉頭，最後還是決定拒絕，他可不能在新婚夜晚，給阿秀留下不好的印象。

阿秀頓時有些失落，她難得在解扣子的過程中發現了一點小樂趣。

「妳若是真的這麼想脫，不如等到妳身子完全好了吧。」顧靖翎有些不明白阿秀的失落是從何而來。

阿秀一開始還沒有反應過來，等她意識到「身子完全好了」是什麼意思的時候，剛剛有些退溫下去的臉一下子又回溫了，以前她怎麼就沒有發現顧靖翎還有這樣的潛質？

看到阿秀紅著臉落荒而逃了，顧靖翎的臉也慢慢升起了一絲紅暈。

等顧靖翎掀開被子躺進去，阿秀老早已經在裡面縮成了一個球。

「娘是不是知道我身體不適的事情了啊？」阿秀小聲問道。她剛剛甚至都沒有發現，床上應該要放的那塊布，如果知道自己來癸水，那自然是沒有放的必要了。

「嗯，妳若是肚子還不舒服，記得明兒再吃一顆藥丸，這個藥丸是當年宮中的老御醫調配的，據說治療這方面特別好。」

顧靖翎想起之前的事情，臉上也有些不自然，特別是自家娘親還那麼不客氣地調侃自己，但他就是見不得阿秀痛苦。

「那藥是你從娘那邊拿的啊！」阿秀一下子就可以聯想到當時的情景，天都還沒有亮，他就這麼跑到顧夫人那邊去拿這種藥丸，阿秀覺得自己的臉都要沒有了。

她本來就還在奇怪，顧靖翎是從哪裡得來的藥，只是因為實在難受，便沒有細想，如今被他這麼一說，倒是合情合理。

只是這麼一來，阿秀覺得明天一早的請安，自己不知道應該用什麼樣的表情面對顧夫人了。

顧靖翎見阿秀的腦袋都要埋進枕頭裡去了，便用手摸摸她的頭髮，安撫道：「妳不用覺得不好意思的。」他可不想新婚第一夜，自己的小妻子就這麼被自己悶死在枕頭裡。

「你不懂！」阿秀有些羞惱地衝著他嚷嚷了一句，直接背過身去，不搭理他了。

顧靖翎摸摸自己的鼻子，他的確是不懂。

第一百二十五章　奇怪藥丸

第二日兩人去請安，顧夫人自然是對著阿秀一陣噓寒問暖，之後便讓他們回去了，相比較別的婆母，顧夫人要和善不少。

對於阿秀來講，其實出嫁和不出嫁差別並不大，除了別人對她的稱呼變了。

顧靖翎一回來，第一件事情就是將自己的小妻子往懷裡一摟，聞到她身上還有一些淡淡的血腥味，便問道：「今天有喝紅棗燕窩湯嗎？」

阿秀有些無語，自打她來了癸水，顧靖翎就每日讓廚房送來一大碗紅棗燕窩湯。

真真是一大湯碗啊，阿秀在第一天的時候，想著是來自於他的體貼，咬著牙喝下去了；但是第二天、第三天，阿秀只覺得顧靖翎純粹是想要撐死她吧。

「不如你來喝一碗？」阿秀說道。她倒是想看看，顧靖翎怎麼把它喝下去，這愛心湯也不能這麼不限量吧。

「我不用喝那玩意兒！」顧靖翎直接拒絕道，他又不是女子。

「我也不用。」阿秀說道。燕窩那黏糊糊的口感，她實在喜歡不起來，而且雖然現在有錢了，她內心喜歡的還是肉啊！

「妳怎麼不用。」顧靖翎立馬瞪圓了眼睛，她難不成忘記了，自己成親那日，臉色煞白煞白的。

阿秀看他這麼一本正經的模樣，一下子就笑出了聲，其實顧靖翎有時候還是挺可愛的嘛！

「妳笑什麼？」顧靖翎看著阿秀笑得歡快，眉頭微微皺起。

「沒什麼，你餓了嗎，我讓他們上菜吧。」阿秀將笑容斂了斂，她可不想告訴顧靖翎自己剛剛的想法，想必沒有一個男人喜歡被別人說可愛吧。

「那便上菜吧。」顧靖翎道。只是神色並沒有完全放鬆，他心裡很想知道，阿秀剛剛到底在笑什麼。

顧家的規矩很少，阿秀他們也算是成家了，平日除非必要，都是在自己這邊吃就好。

「今兒薛行衣來過了。」阿秀突然說道。

她自己也是有些意外，她以為他近幾年是不會回京了的，畢竟遊歷這種事情，時間原本就不會太短；特別是薛行衣又是抱著去增長見識和能力去的，那就更加不會在短時間內回來了。

只是今兒一大早，芍藥就和她說，薛行衣過來了；不過他並沒有說太多的話，閒聊了幾句以後，便留下一個木匣子就匆匆地走了。

相比較以前，他身上的氣質更加硬朗了些。阿秀覺得，等下一次再見到他，他肯定又是另外一番面貌了，他必然會帶著驕傲回來的！

「這是他說給你的。」阿秀將木匣子遞給顧靖翎，她倒是不知道他們倆之間竟然還有這樣的交情，若是按常理的話，這禮物也應該是給自己才對啊。

「這個是什麼？」顧靖翎直接打開，只看到裡面放著幾顆藥丸。

他和薛行衣的交情一般，再加上他心裡一直認定薛行衣對阿秀的感情不一般，這樣一個人送給自己的無名藥丸，他就是膽子再大，也不敢隨便吃。

阿秀隨手拿了一枚藥丸，稍微聞了一下，就臉色大紅，這個薛行衣，怎地這麼不正經！

「這個就是增強體質的藥丸，不過你身體那麼好，應該用不上吧。」阿秀不動聲色地將木匣子往自己這邊移了點過來，要是早知道裡頭是這個玩意兒，她根本就不打算給顧靖翎看。

那薛行衣明明是一個挺老實的人，怎麼竟想到要送人催情助興的藥了？難不成在外不過大半年的工夫，人一下子就學壞了？

其實她還真的是錯怪了薛行衣，他對男女之事完全沒有興趣，哪裡會特意準備這些。

這個藥方是他幫助了一個村落的人以後人家送給他的，說是男人都需要的，他便製成了藥丸送了過來，而且其中還附上了藥方，想讓她也看看。不過阿秀只是匆匆看了一眼，並沒有發現這個。

顧靖翎雖然是個男人，但是並不代表他不細心，他有時候甚至比一般的女子還要洞燭入微。他可以察覺到阿秀現在的表情神色都不大自然，但是作為一個體貼的夫君，卻沒有特意追問。

阿秀見顧靖翎似乎完全沒有在意的模樣，心中暗暗鬆了一口氣。

這麼重口味的玩意兒，實在不大適合她這麼小清新的人，但是她又不能把這個送給自己的夫君，然後讓他把藥效用在別人身上，到時候膈應的可還是自己，所以上上之策就是將這個東西收起來。

若不是怕扔了反而會被顧靖翎追問，阿秀都想直接扔了，免得到時候發生什麼意外。

事實上，這個不祥的猜想在三天後就被驗證了，還是驗證在了阿秀自己身上。

阿秀癸水剛剛過去，就想著自己是不是該和顧靖翎發生某些少兒不宜的事情了，作為兩世在這方面都是白紙、毫無經驗的阿秀，她自然會有些抗拒，有些忐忑。

正好她早上起床的時候有些著涼，連連打了好幾個噴嚏，她心中免不了一陣竊喜，這是不是意味著又可以再拖延幾天，畢竟自己現在這個身子，也實在稚嫩得很。

顧靖翎自然是心疼的，在阿秀生病的情況下，他自然不願意再讓她勞累。

只是，人算不如天算。

王川兒想著前幾日阿秀收起的那個木匣子，裡頭裝的據說就是增強體質的藥，也沒有細想，就拿了一顆過來。

她對薛行衣那是打心眼兒裡的敬佩，他做出來的藥丸，那肯定是不會有問題的。

顧靖翎一個門外漢，自然是發現不了這個藥丸和別的藥丸有什麼區別；而阿秀，因為鼻塞，根本沒有聞出氣味來，就這麼就著溫水吃了下去。

等到藥丸下了肚子，阿秀就覺得好像哪裡有些不對勁，她最近似乎沒有做這樣的藥丸啊，那王川兒這個藥丸是從哪裡來的呢？

「妳先好好睡一會兒吧。」顧靖翎摸摸阿秀的腦袋，還好沒有發燒。

阿秀點點頭，她以前完全不會想到，顧靖翎成親以後竟然會是暖男型的。

她剛想說她不大想吃晚飯，只是剛一開口，就是輕「呀」了一聲。

「怎麼了？」顧靖翎柔聲問道：「可是哪裡不舒服？」

阿秀紅著臉，不說話。她終於意識到哪裡不對勁了，那個坑爹的王川兒，拿的是薛行衣送給他們的那個藥丸，早知道她應該藏得更加深一點的。

但是現在說這些話也來不及了，阿秀現在應該擔心的是，該怎麼開這個口。

薛行衣的手藝一向不錯，這個藥丸也是，不過一會兒的工夫，阿秀就覺得小腹處熱熱的，這種熱量還持續地往全身發展開去。

「阿秀？」顧靖翎見阿秀不說話，臉色又紅得奇怪，便再次用手摸摸她的額頭，相比較剛剛，這額頭燙了不少。「我去叫唐大夫。」

顧靖翎還以為阿秀的病情一下子嚴重了，他就是想像力再豐富，想必也想不到那裡去……

阿秀自然不能讓顧靖翎去叫唐大夫，這種事情要是被長輩知道了，那她以後還怎麼見他們？

「你讓他們都出去吧。」阿秀輕聲說道。她就怕自己聲音大了，會讓人聽出什麼不對勁來。

只是對於阿秀這樣的舉動，顧靖翎雖然有些不懂，但還是依著她。

等人都走了，阿秀這才衝著顧靖翎的耳邊小聲說了一番。在她看來，等藥效出來了，自己變成那副模樣，還是先和他說清楚比較好，不然顧靖翎還以為她是個大色魔呢！

對於阿秀說的，顧靖翎明顯很是意外，他沒有想到，那薛行衣竟然是這麼有眼力勁的人……不對，薛行衣是從哪裡看出，他們倆需要那個玩意兒？

但是不得不說，顧靖翎對於這樣的現況，心裡是有些暗喜的。

之前阿秀來癸水，顧靖翎每天晚上抱著她，偏偏什麼都不能做，心中焦慮又躁動的，若不是他自認武功高強，說不定什麼時候就破功了。

好不容易等阿秀癸水走了，誰知道她竟然生病了。他又不是禽獸，自然更加不能在這個時候淨想那些事情，而且他心裡也擔心阿秀會有些抗拒。

哪裡知道，如今就有這樣一個契機放在了他面前。

「既然娘子如此主動，那為夫就卻之不恭了。」顧靖翎微微一挑眉，原本俊朗的容貌竟顯得有些邪氣。

見阿秀如今全身紅彤彤的模樣，他心中一動，直接在她臉上輕咬了一口。

若是平日，這個動作也不算特別親昵，但是阿秀現在正是特殊時期，不過這麼輕輕一咬，她就忍不住發出一聲呻吟。

她覺得自己整個人都要燒起來了，這樣的情況實在是太羞恥了！

「娘子，為夫給妳寬衣可好？」顧靖翎雖然嘴上這麼問著，但是手上的動作卻是十分的迅速。

他雖然是第一次解女子的衣衫，但是卻是無師自通，手腳很是麻利，沒一會兒，阿秀就被脫得只剩下一件大紅色肚兜。
阿秀的身材並不是很傲人，但是皮膚又白又嫩，配上那大紅色肚兜，更是萬分誘人。
顧靖翎覺得眼前一熱，還沒等阿秀害羞，直接吻住了她的小嘴。
等阿秀醒來的時候，天色已經大亮，她其間迷迷糊糊有聽到下人來回走動的聲音，只是她實在是太累，就是眼皮子都沒有力氣掀起來。
不得不說，顧靖翎不愧是武將，那體力絕對是棒棒的。
阿秀只覺得自己好像從山頂往山下滾了一遍，全身骨頭都差點散架。
「醒了？」顧靖翎的手摟緊了阿秀的腰。
阿秀忍不住一個哆嗦，整個人都僵住了，這大清早的，難不成他還要再來一發？臣妾做不到啊！
「放鬆。」顧靖翎拍拍阿秀的肩膀，只是當手碰觸到那一片光滑的肌膚時，他的眼眸忍不住一陣暗沈。
這個放鬆，好似也沒有說錯。
阿秀自然不可能真的放鬆，小身板抖了抖，小聲說道：「我還是個病人。」
原本她還有些著涼，經過那麼一個火熱的夜晚以後，已經完全好了，但是阿秀怕某人再來一個餓狼撲食，只好做出一副可憐兮兮的模樣。
顧靖翎雖然是久旱逢甘霖，但是他還是有自制能力的，用手給阿秀捏捏肩膀，又捏捏腰，這才讓下人抬了熱水進來。

芍藥進來的時候，笑得一臉的矜持和調侃，看向阿秀的眼中更是充滿了深意，她自小在薛家，有些東西自然比王川兒懂得多。昨晚王川兒還想給阿秀送晚飯，還好及時被她拉住了，這不是耽誤他們小夫妻傳宗接代嘛！

「少夫人，可要準備點花瓣？」芍藥問道。自打阿秀成親，她們也就改了稱呼。

「不用了，妳們都先下去吧。」阿秀想到自己身上的某些痕跡，實在無顏面對別人。

芍藥笑盈盈地點點頭，只不過出去前還相當貼心地給他們燃上了熏香。

「芍藥姊姊，今天阿秀怎麼這麼奇怪啊？」王川兒覺得阿秀自從嫁人以後，有好些地方好像都變得不大一樣了。

芍藥白了王川兒一眼。「以後要叫少夫人，不能再阿秀、阿秀地叫了。」

「哦。」王川兒有些委屈地點點頭，可是她還是沒有回答自己的那個問題啊？

芍藥再怎麼說也是個未婚姑娘，有些事情她雖然曉得，但是這並不代表她好意思和王川兒說。

顧靖翎在阿秀屋子裡，連晚膳都沒有用，這件事情顧夫人晚上的時候就聽人說了，她心中一陣欣喜，自己抱孫子有望了。

等到顧靖翎和阿秀過來和她請安，顧夫人看著阿秀很是疲倦的模樣，忍不住在心裡為顧靖翎讚許連連，自己的兒子，果然是好樣的。

「若是累的話，以後便不用來請安了，反正咱們家也不是那麼講究的。」顧夫人笑咪咪地看著阿秀，不過短短一炷香的工夫，她已經打了三個哈欠了。

阿秀正在揉眼睛的手微微一僵，為什麼她覺得顧夫人這句話很有深意呢？

「多謝娘。」顧靖翎在旁邊直接說道。心想以後若是和昨天一般，那第二日阿秀就可以好好休息了。

「對了，今兒我讓廚房燉了十全大補湯，你們倆都留下來，喝上兩碗再走。」顧夫人很有深意地將他們掃視了一番。

阿秀的身材雖然比之前要長了不少，但是還是略微有些偏瘦，作為一個有追求、想要抱孫的婆婆，自然要給她多補補。

顧夫人當年的那些姊妹，老早就做了祖母，平常大家聚在一塊兒，要不就是聊孩子的婚事，要不就是又新增了幾個孫兒。

偏偏只有她，前一、兩年的時候，婚事、孫兒一個都沒有著落，還好她還有一個小寶兒給她撐場面。

自從阿秀來了，這顧家的日子就相當的順利，阿容嫁給了自己歡喜的人，阿翎也娶了自己喜歡的人；至於孫子，想必也不會讓她等太久。

顧夫人越想，心裡越覺得美，阿秀真是他們顧家的福星。

「我還要上朝去。」顧靖翎聽到顧夫人那「十全大補湯」臉色就微變，先不說那口感，他很清晰地記得，上次喝完以後，他足足流了一杯子的鼻血，那麼補的湯，也不是什麼時候都能喝的。

「上什麼朝，你剛剛成親，皇上可是准了你半月的假的。」顧夫人沒有好氣地說道。他這是什麼表情，難不成以為她會害他嗎？她這不是為了他們小倆口的將來嘛！如今多補補，耕耘得再勤快也就不怕精力不濟了。

「娘，您那大補湯，我上回喝了，流了不少的鼻血，您就不要再禍害阿秀了。」顧靖翎忍不住將實話說了出來。

顧家這麼多年來，放在庫房的老參，或是別的珍貴的藥材很是不少。而顧夫人的這個十全大補湯就是選藥性不相沖的十種大補藥，和專門飼養的珍珠雞一起燉上半天，別說一般人，就是常年吃補藥的人也駕馭不了。

顧夫人一聽這話，頓時就笑得曖昧地道：「現在和當初怎麼一樣！」

顧靖翎一下子醒悟了顧夫人笑容中的深意，忍不住看了阿秀一眼，還好她沒有察覺出來。

「夫人，湯好了。」顧夫人身邊的一個丫鬟輕聲說道。

這可是顧夫人昨兒晚上就吩咐燉上的，足足燉了一個晚上，就等著今天他們來喝。

「這個方子可是當年的御廚留下來的，一般人可是喝不到的。」顧夫人看到黑漆漆的一鍋湯，忍不住賣力地給它推銷起來。

「娘，您這次是不是又加量了？」顧靖翎看到那湯的色澤，忍不住一陣發顫。

他皮糙肉厚喝了也就罷了，阿秀這麼嬌滴滴的一個姑娘，怎麼能喝？要是一不小心壞了肚子，那可如何是好！

顧靖翎老早忘記了，自己最初見到阿秀的時候，根本沒有將她當女子看過。

「我這不是想著這次有兩個人喝嘛，就多放了些。」顧夫人掃了一眼那湯，也覺得好像不大適合讓人喝下去。

阿秀原本還昏昏沈沈的，完全不在狀態內，聞到這個味道，突然精神大振。

「這個是不是『黃氏大補湯』？」阿秀問道。

「我拿到的方子上，寫的是『黃氏十全大補湯』，想必應該就是妳說的那個吧。」顧夫人說道，又忍不住問了一句。「妳以前喝過？」

「我以前在一本醫書上看過。」阿秀笑著說道。

這個方子是病患身體受損過度，用來快速補身體的。只是這裡面的東西，光是百年以上的老參一株，就不是一般人家可以消費得起的，所以這個方子，阿秀只聽說過，還真的沒有見人用過。沒有想到，今日竟然有幸在顧夫人這邊看到。

「這個方子是用來滋補的吧？」顧夫人問道。阿秀是大夫，肯定知道它是好東西。

「的確是用來滋補的。」阿秀笑道。只是這個滋補，可不是一般人能夠承受得起的滋補啊。

顧夫人一聽，頓時得意地看了一眼顧靖翎，她說的沒錯吧！

「只是這方子，女子不大適合喝。」阿秀笑著補充道，眼睛微微掃了一眼顧靖翎。

其實這不過是阿秀隨口一說，她怕顧夫人到時候拉著她喝，如果補得太過分，那就不好了。

顧靖翎和她不一樣，他從小出身就好，吃得自然也比她好，如今喝點補湯，再糟也不過流點鼻血，算不得什麼大事。

「這樣啊。」顧夫人聽到阿秀這麼說，頓時有些失望，她這次主要就是為了給阿秀補身子的，就指望她能快點給她添個孫兒。

「既然如此，那阿翎，你便將這個湯喝了吧。」顧夫人嘆了一口氣，很是殷切地勸說道：「這裡面有好多補藥，你可不要浪費了，而且這可是我特地叫人燉了好久的。」

阿秀雖然覺得這裡面的東西過於滋補了，但是那麼多貴重的藥材，她也捨不得就這麼丟了，她就下意識地站在了顧夫人那邊，殷切地看著顧靖翎。

顧靖翎原本還想拒絕，但是看到阿秀也這麼期待地看著自己，頓時到了嘴邊的話就不知道怎麼說出口了。

她難得用這樣的眼神看自己，他實在捨不得讓她失望，但是在她面前流鼻血的話，顧靖翎也覺得實在丟臉得很。

「不如，我將你爹爹也叫來。」顧夫人見顧靖翎一臉猶豫的模樣，以為他一個人喝太寂寞，就想給他找個伴，鎮國將軍雖然老當益壯，但是畢竟不如年輕小夥子。

「今兒阿容正好要回來，不如將這個補湯也留一碗給小侯爺？」阿秀想了一下提議道。

這一鍋湯要是都讓顧靖翎喝了，那也實在是有些難為人，而且畢竟是自己的丈夫，阿秀還是要稍微考慮一下將來的。抱著死道友不死貧僧的想法，阿秀又不愧疚地將小侯爺拖下了水。

顧夫人一想，這阿秀說的也有道理，點點頭，讓人將這個補湯端到廚房繼續燉上，等人都到了，再一塊兒喝。

而顧靖翎，看著自家娘親和他的新婚小妻子興高采烈地討論著怎麼瓜分那個湯，他心裡有種很微妙的感覺。

第一百二十六章　阿秀懷孕

這麼一鍋大補湯，兩個男人都喝得異樣的難過，偏偏這是長輩對他們的愛，也不好拒絕；特別是小侯爺，岳母大人送的補湯，他怎麼能拒絕。

那湯味道雖然不好，但是效果確實是相當好的。

顧靖翎喝了以後，至少之後的那三天，阿秀都沒能起得了床。

這讓她心中大悔，早知道最後承受的是自己，那當時死活也得攔著顧靖翎不讓他喝。

而顧靖翎則覺得，其實偶爾喝喝這樣的補湯，其實也是不錯的。

當然，這件事情以後帶來的另一個影響是，阿秀懷孕了。

就連阿秀自己都沒有預料到，自己竟然會這麼快就懷上。

鎮國將軍府迎來第一個第四代，更是萬分的慎重，但凡是阿秀想要的，都會送到她面前，若是她看得不順眼的，立刻撤掉，離開她的視線。

阿秀自認為平時也不算是個矯情的人，但是自打懷孕，人一下子變得無比矯情。

矯情完以後，自己又覺得渾身不對勁，但是要是不矯情，那就是整天不對勁，總而言之，就是天天折騰別人，也折騰自己。

偏偏顧靖翎每天被阿秀埋怨還甘之如飴，他以前從來沒有想過，自己也會有這樣的一天。

因為懷了孩子，阿秀就差不多不出門了，一個是長輩不放心，還有一個就是阿秀自己也是覺得小心為上。

還好平日裡裴胭和顧瑾容都會來和她說說話，偶爾羅黎兒她們也會過來，阿秀的日子也不算太無聊。

「阿秀，妳猜猜，今兒還有誰過來？」羅黎兒過來的時候，心情明顯很好。

阿秀看了一眼外面，因為羅黎兒今天是故意要賣這個關子，她自然是看不到別人的身影。

「是誰啊？」阿秀想了一下，便有些不確定地問道：「難不成是妳大嫂？」因為她認識，羅黎兒也認識的人不過那麼幾個，別的幾個人都不足以讓她花這樣的精力，她能夠想到的就只有她的大嫂，之前讓她看過病的羅少夫人。

不過自她成親以後，她也只給羅少夫人看過一次診。

「妳還真神了。」羅黎兒笑著說道：「當年我懷孕的時候，人可蠢笨得要命，偏偏妳還是一如既往的聰慧，真是羨慕死人。」羅黎兒說著，讓下人將羅少夫人扶進來。

不過剛一進門，阿秀就發現她的身子好像有些沈了。

阿秀一喜。「恭喜姊姊了。」不用問也知道，羅少夫人肯定是有了，難怪她之後就沒有再來過。

「就黎兒花樣多，我說騙不了妳的吧。」羅少夫人捂著嘴笑。

「我聽說妳懷孕了，就想著來瞧瞧妳，可是正好我也有了身子，妳也曉得，我之前沒了一個，心裡慌得很，這等過了四個月，才敢出門。」話雖然這麼說，但是羅少夫人的眼裡滿滿的都是幸福，之前那個胎兒對她的傷害，已經慢慢消失了。

阿秀也是打心眼兒裡為她感到高興。

「阿秀妳都不曉得，我那大哥如今多寵著大嫂，若不是今兒是到妳這邊來，而且有我陪著，我大哥可是不願意放行的。」羅黎兒調侃道。她一直都不知道，自家大哥還有這樣柔情的一面。

「如今天氣冷得很，妳身子又重，能不出門儘量不要出門，若是要動動的話，只要在屋子裡繞著走幾圈就好，免得動了胎氣。」阿秀笑著和羅少夫人說道。

兩個人雖然同是孕婦，但是年齡相差將近十歲，照理說羅少夫人年長，這話應該是由她來講，偏偏阿秀又是她的大夫，小小的年紀，說起這些話來，倒是一點兒都不含糊。

羅少夫人自然是相信阿秀的，她說什麼，自己都點頭應是。

如果沒有阿秀，她這輩子都未必有做母親的可能。

她還沒懷孕以前，就想著給自己的夫君生一個嫡長子，可以傳宗接代；但是等真的懷上了，她卻覺得，只要是她的孩子，不管男女，都是好的，她都會給他們最好的關愛。

「我之前閒來無事，做了不少的小鞋子，我想著妳這裡也不缺別的，這個是我自己的一點小心意。」羅少夫人拿出一個小包袱，阿秀一打開，裡面分別是兩雙精緻的小鞋子，一件小掛子，還有好幾條肚兜。

「姊姊手好巧。」阿秀拿著這些小東西愛不釋手。她自己手笨，縫人皮的時候，手腳倒是索利，但是一旦是用來刺繡，那針就跟長了眼睛一般，次次都扎到自己的手。

「我也只能做做這些小玩意兒，和阿秀妳可不能比。」羅少夫人笑著說道。若是說這女子中，她最佩服的是誰，那阿秀必然是被放在第一位的。

「妳可別這麼說，術業有專攻，這行醫和妳們刺繡一樣，不過是我更加擅長前者而已。」阿秀擺擺手，每個人對於自己所不擅長的事物，都是抱著一種敬畏的心情的。只不過因為在這裡，大部分女子都會刺繡，但是醫術卻只有少數女子會，所以她才會比別人更加受重視些。

羅少夫人只覺得阿秀是在謙虛，心中對阿秀的好感又多了幾分。

「若是妳以後生了孩子，這顧家，可還允許妳行醫？」羅少夫人放輕了聲音問道，若是她不行醫了，那著實是可惜了。

「自然是允許的。」阿秀說道。若是嫁人以後連自己喜歡的事情都做不了，那她還嫁人作甚？

羅少夫人一聽，眼中頓時閃過一絲豔羨。

她的婚姻已經算是以前的那群小姊妹中比較幸福的了，雖然之前沒有孩子，但是至少丈夫對她尊重，家裡有妾室，卻也不敢翻上天；如今又有了孩子，生活已經算相當美滿了。可是和阿秀比起來，自己的婚姻卻顯得那麼的失敗，有時候就不該有對比。

「妳婆母在妳身子不方便的時候，有沒有往顧將軍屋子裡塞人？」羅少夫人又忍不住問道。

「怎麼會。」阿秀笑道。鎮國將軍就是沒有妾室的，顧夫人自然也不會慫恿自己的兒子收妾，平時顧靖翎更是一有空就陪在她身邊，哪有別的心思去幹這個。

羅少夫人的眼中快速閃過一絲苦澀，人人都說羅大少爺對她好，時時刻刻關心著她，但是自打她懷孕，他卻又提了兩個通房。

她以前一直都覺得別說是通房了，就是妾室對她也構不成任何的威脅，但是如今，她看到阿秀，卻是止不住地打心眼兒裡地羨慕。她知道自己現在的心態不好，不該這樣對比她和阿秀之間的差別，只是她懷孕以來，就是忍不住胡思亂想。

「好姊姊，妳這是怎麼了？」阿秀抬頭間，就看到羅少夫人紅了眼睛，剛剛不是好好的嗎？

「沒什麼，就是一時間情緒上來了。」羅少夫人用手絹擦擦眼睛。「妹妹別見怪。」那些話，她自然是說不出口的。

「心情不好的話，不如陪我一起吃點小糕點吧。」阿秀笑著說道。她不知道剛剛到底是提到了什麼，讓羅少夫人的情緒不對了。

這孕婦的情感本身就豐富，阿秀也只能努力轉移話題。

羅少夫人收拾好了自己的情緒，微微笑著說道：「好，聽說這鎮國將軍府上有好幾位好手，我今兒有幸能嚐嚐。」

羅黎兒默默地看了自家大嫂一眼，心中微微嘆了一口氣，並沒有說話。有些事情，阿秀沒有看出來，但是並不代表她也沒有看出來。

自從阿秀懷孕，太后不光賞了不少的東西下來，還賞了兩個御廚過來，特地給阿秀做好吃的。

還好阿秀的體質不大容易胖，不然每天吃這麼多，那體重還了得，饒是這樣，這麼幾個月工夫，她已經胖了有一圈了。

等吃了點糕點，羅黎兒便和羅少夫人相攜告辭了，阿秀還不忘送了她們一些小禮物。

「大嫂。」回去的路上，羅黎兒開口道：「人和人之間是不同的。」

羅少夫人一愣，不過馬上她就意識到了，羅黎兒說這話的涵義。

「我知道。」她的確知道，只是心裡多少有些羨慕罷了。

「這天下多少的女子，能出幾個阿秀，她這樣的女子是獨一無二的，她自然是配得上這獨一無二的婚姻和生活。」羅黎兒說這話的時候，眼中隱隱帶著一絲驕傲。

阿秀是她的朋友，她為有這樣的朋友感到自豪！

羅少夫人有些怔愣，雙眸中閃著一絲晶瑩的亮光，低聲喃喃道：「妳說的是。」

她不過是萬千女子中極為普通的一人，相比較別人，她的生活已經算是相當不錯，她不該貪心，想那些注定不會屬於自己的生活……

日子還是悠閒地過著，阿秀每日都覺得無聊得緊，正好這日，顧夫人帶了一個人進來。

顧夫人將一個年紀約四十歲左右，打扮很是貴氣的中年婦人帶進來，給阿秀介紹道：「這位是劉尚書家的夫人。」

自阿秀懷孕過了頭三個月，家裡人對她的約束就少了些，平時也能在園子裡走走。不過才剛剛過了年，外頭的氣候可是一點兒都不溫柔，阿秀自然也就懶得出去了，反倒是登門拜訪的人一下子多了不少。

阿秀剛開始以為是太后的關係，畢竟自她懷孕，太后來顧家的頻率比以往高了許多。

如果人不來，補品打賞也是隔三差五地送進來，顧家為此還特地收拾出了一幢獨立的小樓，就只放這些東西。不過長此以往的話，估計這一幢樓也是不夠的。

「劉夫人好。」阿秀微微撐了一下腰，她的肚子並不是很大，不過她還是習慣性地時不時撐一下腰。

「郡主如今幾個月了啊？」劉夫人看著阿秀的肚子，眼睛裡滿滿的都是熱切。

她之前聽說，那十年沒有下蛋的羅家大少夫人，竟然懷上了，如今已經五個月了。前些日子她剛聽說的時候，就想來拜訪一下當初為羅家少夫人診治的阿秀，可惜阿秀那個時候正在懷孕初期，除了平日裡交好的人，旁人都進不來將軍府，她只好捺著性子等著。

好不容易等阿秀可以會客了，她隨便找了一個理由就過來了。

「差不多有四個月了。」阿秀摸摸肚子，神色中帶著一絲溫柔，這是她的第一個孩子，即使來得那麼突然，但是阿秀還是很愛他。

「都四個月了啊。」劉夫人好似有些詫異。「我記得這成親也不過五個月不到吧。」

顧夫人聽到這話，頓時有些不大高興了，她這話是什麼意思？想要說他們婚前私相授受嗎？

劉夫人想必也意識到了自己的語氣不大對，連忙道歉道：「我的老姊姊喲，我這不是驚訝嘛，這一成親就懷上，妳可真真是好福氣啊，不像我。」劉夫人說著還不忘重重地嘆了一口氣。

顧夫人雖然心裡還有些疙瘩，但是劉夫人都自己拋出痛處來了，她也不好意思不順著問：「妳下面不是有好幾個孫兒了嗎？」

「那都是庶子的，我那嫡子的……唉。」劉夫人又是一口長嘆，眼睛偷偷瞄了一眼阿秀。

顧夫人下面沒有庶子，但是也能理解這別人生的孩子和自己生的孩子還是有很大的區別的。

「我記得妳那兒子不是剛成親沒有多久嗎？這種生孩子的事情，急不得的。」顧夫人勸道。雖然之前阿秀剛嫁過來的時候，她就恨不得一舉得孫，但是現在孩子都懷上了，她自然是有心思說風涼話了。

「我那成親的是小兒子，我還有一個大兒子，這成親都快兩年了，兒媳婦兒的肚子一點動靜都沒有。」這也就算了，之前那些通房也都沒有懷上孩子，這要把生不出孩子的責任推到兒媳婦兒那邊去，的確是有些牽強了；而且她也不是惡婆婆，兩家又是交好的，所以才特意來找阿秀。

「這兩年也不算久，會不會是時間沒有找好？」顧夫人問道。她說的這個時間，自然是小夫妻行房的時間。

他們雖然不曉得什麼是排卵期，什麼是安全期，但是多少是有些清楚什麼時候行房，有利於懷孕的。有些女兒在出嫁前，這方面的知識，做娘的都會提前一一說明給她聽。

「這個可能性不大，我瞧著這郡主一下子就懷上了，是不是有什麼秘方啊？」劉夫人問道。她自然不能說懷疑自己的兒子身體方面有什麼問題，現在她就希望，阿秀這邊有什麼秘方藥，能讓她兒媳婦兒快點懷上。

「這個……」顧夫人看了一眼阿秀，一時也接不上話。

「娘，您還記得之前您熬的『十全大補湯』嗎？」阿秀突然開口道。

這劉夫人想要的特效藥，她自然是沒有的，若是真的有，那她老早就被人供起來了。

不過她這話倒是提醒了她之前那件事情，顧靖翎喝了那個大補湯，戰鬥力大增，她估計這個孩子就是在那個時候懷上的。未免劉夫人太失望，不如將那個方子交與她，至於靈不靈，那就要看個人福氣了。

「什麼大補湯？」劉夫人一聽，眼睛頓時大亮，難道是真的有特效藥嗎？

「這個不過是我以前得到的一個方子，就是不知道有沒有效果，妳若是不介意的話，倒是可以拿去試試。」顧夫人說道。她之前根本沒有想到那個十全大補湯，而且那湯味道實在有些不堪，這讓她覺得有些拿不出手。

偏偏劉夫人看她一臉的糾結，還以為她是捨不得，連連說道：「姊姊妳放心，我肯定不會隨便和旁人說的。」

顧夫人只覺得點頭也不是，搖頭也不是。

這廂劉夫人歡歡喜喜地拿著方子走了，顧夫人才問道：「妳剛剛怎麼想到讓我給她這個方子啊？」

如果說這個補湯能讓人懷孕，顧夫人是不相信的，要有這樣的奇效，以前的人怎麼可能沒有發現！

「我看劉夫人的模樣，若是不給她一個方子，她只當我們是故意藏私呢。」阿秀笑著說道，雖然聲音低了些，再繼續說道：「而且我懷疑她大兒子生不出孩子來，是他本身有問題。」

顧夫人微微一驚，卻也覺得阿秀說的在理。

「妳說的也是，若不是她自己的兒子有問題，她何必親自上門呢！」

如果是兒媳婦兒的問題，多是兒媳婦兒自己私下求醫，就好比羅少夫人，當婆婆的能不在旁邊說風涼話，已經算是極好了。只有是自己的孩子身子有問題，她這個做娘的才會親自登門拜訪，而且話語間又帶著一絲隱晦。

若是劉家少爺有隱疾這樣的事情傳出去，那到哪兒都是抬不起頭來的。

「而且病人又不在，我怎麼好隨便開藥，這要是出了什麼事情，那責任可都在我們身上了。」阿秀摸著肚子說道。她本來就不是那麼隨意的人，再加上如今有了孩子，那就更加要慎重了。

「妳說的在理。」顧夫人點點頭。「以後若是有人因為這種事找上門，咱們就不見了。」

「這個倒也不必，娘您只管將那個大補湯的方子給他們，這個是補湯，喝不壞人，而且上面的東西，一般人可湊不齊，這方子我們已經給了，湊不齊就是他們自己沒本事了，可怪不到我們身上來。」阿秀說道。何況這個大補湯本身就是有滋陰壯陽的功效的，也不算完全不對症。

顧夫人一聽，頓時就樂了，輕輕拍了一下阿秀的手。「妳個小滑頭。」這樣做倒是好，不得罪人。顧家雖然位高權重，如今皇上又極為器重，但是也不能隨便得罪了人，雖說都是一些後宅婦人，但是這枕頭風才是最最了不得的。

「若是那劉夫人願意讓她的大兒子過來讓我診一下脈，我未必沒有法子，但是她如今更加看中面子，那我自然也不會強求。」阿秀衝著顧夫人「嘿嘿」一笑。

「不是我拘著妳，只是妳之後身子越來越沈，若是有人上門來求診，妳不如都交給唐大夫，妳知道，他的醫術也是極好的。」顧夫人說道。

這件事情她之前就考慮了不短的時間，和顧靖翎也商量過，偏偏她那兒子在這件事情上面完全站在了阿秀那邊；他的意思是說，只要阿秀自己願意，不管什麼時候都可以行醫。

顧夫人自然是知道顧靖翎這麼說的原因，但是他是男人，不知道女人懷孕的時候要注意的事情有多少，要是有個萬一，到時候哭都來不及。

她懷第一胎的時候因為是有兩個，吃的苦頭可不少，從懷孕到生產，就沒有停過。生小寶的時候，她年紀也不小了，有好幾個姊姊這個年紀都做祖母了，而且小寶當時太大，生的時候也是費了好一番力氣。

她是心疼阿秀，怕阿秀和當初的自己一般，所以才處處注意。

「娘，我都聽您的。」阿秀握住顧夫人的手，自然曉得她是為了自己好；若不是真心為了自己，她何必要這般說，直接讓人拒了別人的請柬便好。

「好孩子，等妳出了月子，身子調養好了，娘就都隨妳。」顧夫人原本以為阿秀會有些排斥，沒有想到她竟然這麼輕易就答應了，這讓她有些意外，卻也有些欣慰。

她一直都知道，阿秀有多麼熱愛自己從事的行業，如今她為了孩子能夠做到這一步，已經相當不容易了。

阿秀其實想的很簡單，她是大夫沒錯，但是她現在也是一個妻子，一個未出世的孩子的娘，以及還有更多的身分。

在給別人更加好的生活以前，她得先過好自己的日子。

所以在行醫和孩子面前，她幾乎毫不猶豫就選擇了孩子，選擇了她自己的生活。

她只是一個醫者，並不是聖人。

第一百二十七章　阿秀哭了

顧靖翎進屋的時候，正好看到阿秀扶著八個月大的肚子，在繞著桌子走。

「你回來了啊。」阿秀聽到聲音便停下了腳步，抱著肚子有些艱難地轉過身來，她如今已經八個月了，再一個月多些就該臨盆了。

外頭的天氣熱得厲害，她只能在屋子裡稍微走動一下；但是自肚子大了起來，她就越發的怕熱，稍微動一下，汗就忍不住冒出來了。

「稍微休息一下吧。」顧靖翎幫她擦擦額頭上的汗。

這阿秀懷孕都這麼久了，身上卻沒有長太多的肉，特別是到了懷孕後期，吃下去的東西好似都被她的肚子吸收了，肚子跟吹了氣一般，一天一個模樣，但是她的身子還是那樣小胳膊、小腿的。

如今每日看她小小的個子還要扶著那麼大的肚子，他看著十分心疼。

「不行，今兒才走了半炷香的工夫，我還得再走一下。」阿秀搖搖頭，現在偷懶的話，痛苦的是生孩子的時候。

「那我扶著妳些。」顧靖翎說道，用手輕輕托住阿秀的肚子。

阿秀臉色微微紅了些，輕睨了他一眼，卻也沒有反對。

自從成親以來，兩個人之間的關係親密了不少。阿秀以前對顧靖翎的評價最多就是故作高冷的傲嬌男人，但是成親以後才發現，他是關心體貼人的好相公。

「妳可有想好孩子的名字？」顧靖翎柔聲問道，眼睛落到凸起的那處。有了孩子以後，她那邊倒是長了不少，可惜，只可遠觀……作為一個剛剛開了葷的年輕男子，這無疑是一種極大的煎熬。

「取名字，不該由長輩來辦嗎？」阿秀反問道。這顧家是大戶，想必也是有排行和輩分的，取名字怎麼說也輪不到她這個小媳婦兒。

「妳難道沒有想過？」顧靖翎的眼睛快速瞇了一下，他以為，阿秀已經想過很多了。

阿秀倒是沒有注意到他情緒上面的變化，老實道：「我想著大名就讓爹娘來取，我倒是想了幾個小名。」

顧靖翎原本看到阿秀毫不猶豫地搖頭，面色忍不住難看了些，但是聽到後面的話，臉上一下子就有了笑容。

「那妳說說，都是些什麼名。」

「若是女孩兒，就叫糖姊兒，若是男孩兒，就叫唐哥兒。」

「這不是同一個名嗎，妳倒是省事。」顧靖翎笑著說道。

「雖然叫起來一樣，但是名字可不一樣。」阿秀抓住顧靖翎的手，在上面寫起字來。

「一個是糖果的糖，另一個是唐突的唐。」

阿秀的手指輕輕滑過顧靖翎的手心，他只覺得從心到身都是癢癢的。

顧靖翎忍不住一把抓住阿秀的手，將人直接摟在懷裡，還不等阿秀反應過來，他便重重地吻了下去。

阿秀懷孕四個月以後，兩個人偶爾還是會行房，只不過次數比較少，畢竟要顧忌孩子，倒是七個月以後，阿秀就再也不願意顧靖翎碰她了。

顧靖翎知道阿秀心裡的擔憂，自然也不敢做出什麼過火的動作來，偏偏阿秀今日這個無意識的動作，一下子勾得顧靖翎心中一片火熱，小腹下更是堅挺。

阿秀自然曉得他現在想要做什麼，但是如今她這麼大的肚子，就怕傷了孩子。

「阿翎，阿翎你放開我。」阿秀沒有懷孕的時候，力氣就完全沒有顧靖翎的大，更不用說現在還懷著孩子。

顧靖翎雖然知道現在不能衝動，但是阿秀的身子香噴噴的，唇畔軟乎乎的，讓他捨不得放手。

「夫君，夫君你顧著些孩子。」阿秀見自己叫顧靖翎的名字，他好似完全沒有聽在耳裡，只好換了一種稱呼。

她哪裡曉得，這樣的稱呼，對顧靖翎的刺激更加大，特別是她的聲音軟綿中帶著一絲驚慌，更是讓顧靖翎恨不得獸性大發！

「呀。」阿秀還沒有反應過來，就感覺到自己身下一空，整個人就被顧靖翎抱了起來，她連忙抱住顧靖翎的脖子，眼睜睜看著他將自己往床榻那邊帶。

「顧靖翎，你快點放開我。」見顧靖翎的身子已經完全覆了上來，阿秀有些慌了，她知道他已經不少時日沒有抒解過，正因為這樣，她的心中才感到特別的恐懼。

「傻姑娘。」顧靖翎看到阿秀一臉的驚恐，心中一疼，原本的那些邪念，一下子就沒了，他輕輕吻了一下阿秀的額頭，神色中帶著一絲抱歉。「把妳嚇到了。」

阿秀見顧靖翎的眉眼中雖然還殘留著一絲慾念，但是目光已經恢復正常，忍不住鬆了一口氣。

「你快點起來！」見他正常了，阿秀的膽子也大了，說話都響了。

顧靖翎苦笑一聲，抓起阿秀的手往下探去。

阿秀只感覺到自己摸到一個燙呼呼的東西，連忙將手縮了回來，這人不是恢復正常了嗎？

「夫人，幫一下為夫可好？」顧靖翎可憐兮兮地看著阿秀。

他以往臉上的表情都是帶著一絲與生俱來的驕傲，這樣示弱，又軟綿綿的顧靖翎，阿秀也是極少見到，她忍不住就軟了心。

只是他說的又過於羞恥，阿秀微微將頭撇向一邊，不作聲了。

「夫人妳真好！」顧靖翎只當阿秀這樣是默許了，臉上的笑容大了不少，他在阿秀臉上輕輕啄了一下。

阿秀根本就不知道應該用什麼樣的表情和心情去面對現在的狀況。

她只覺得自己的衣衫被慢慢解開，因為懷孕，胸前較之前豐滿得多，在薄薄的肚兜下，露出大片的春光。

阿秀不明白，自己如今這副模樣，他怎麼還會有「性」趣呢？

顧靖翎只覺得自己目光所及的都是世上最為美好的事物，自己深愛的女子，以及孕育在她肚子裡的，自己的孩子。

因為是夏天，阿秀本來就穿得極少，沒有一會兒，就被顧靖翎剝個精光。

阿秀只覺得這青天白日的，實在是挑戰了她的尺度，她索性將眼睛一閉，他想怎麼著就怎麼著吧，反正她相信，顧靖翎是絕對不會傷害她和孩子的。

顧靖翎看到阿秀已經緊閉了眼睛，牙齒更是下意識地咬著嘴唇，心中一陣憐惜。

先是細細地將她的唇從裡到外都親吻了一遍，又吻了她的眼皮，這才慢慢往下吻去。

阿秀只覺得被他吻過的地方都帶著一絲熱量，一路蜿蜒向下。

「夫人，幫我……」伴隨著顧靖翎的這句話，阿秀只覺得自己的手裡多了某一樣東西，只是還沒有等她丟開，那人便不知廉恥地自己動了起來……

隨著最後一聲低吼，阿秀只覺得自己的手裡多了某些黏糊糊的東西，緊接著就聽到某人的輕笑聲。

「夫人怎麼一直這麼害羞？」

阿秀睜開眼睛，就看到某張現在在她看來很是欠揍的俊臉，她也不知道哪裡來的勇氣，腦袋一熱，直接將手上的東西往他臉上一抹。

這下子，顧靖翎自己也驚呆了。

不過他明顯比阿秀的臉皮要厚多了，雙手抓住阿秀的胳膊，然後將臉湊過去，在阿秀的唇上掃了一遍。

阿秀現在只覺得自作孽不可活，癟了一下嘴巴，直接哭了出來。

顧靖翎神色一頓，他萬萬沒有想到，阿秀竟然會直接哭了。

他連忙抓起一旁的衣服就幫阿秀將臉都細細地擦了一遍，然後雙手摟著她，開始輕輕地哄。「乖，不要哭了，都是我不好，下次我再也不敢了好不好。」

偏偏如今阿秀是孕婦，這孕婦哭起來，哪裡是說停就能停的，顧靖翎足足勸了快一刻鐘，阿秀才慢慢收起了眼淚。

「妳看妳現在，都變成大花貓了。」顧靖翎輕輕捏了一下阿秀的鼻子，卻也不敢做什麼過火的動作了。

他以前一直沒有見阿秀哭過，沒有想到，她哭起來這麼的厲害。

「你自己說的，以後萬萬不能再這般對我。」

顧靖翎其實很想反駁，這不是她自己先動的手嘛！但是如今孕婦最大，而且顧靖翎也實在捨不得再讓阿秀掉眼淚了，連連點頭保證，絕不再犯。

阿秀這才露出一絲得意的笑容。

「少夫人，夫人讓我來問問，裡面是出什麼事情了嗎？」

門外傳來一道聲音，阿秀一聽，那是顧夫人身邊的嬤嬤的聲音，她臉色頓時一紅，難不成她剛剛哭的事情就這樣傳出去了？

「沒有什麼事情，就是和阿翎鬧著玩呢。」阿秀連忙說道。

門外的嬤嬤卻不是那麼好糊弄的，夫人說了，少夫人哭得那麼傷心，必然是有原因的，一定要問清楚。

「嬤嬤和娘說一聲，不是什麼大事，我等一下就過去陪她說話。」阿秀連忙又補了一句，再回頭，就看到顧靖翎笑呵呵地看著她。

明明他才是罪魁禍首，偏偏要她來找理由，阿秀越想越不爽快，直接在他大腿內側狠狠地擰了一把。

那邊的嫩肉最是不抗痛，就是顧靖翎，也差點疼得叫出了聲。

只是看向阿秀的目光中，卻是帶著一絲淡淡的笑意，她高興了便好！

因為這次的事情，再加上阿秀的肚子又大了幾分，顧靖翎算是徹底安分了，平日裡頂多這邊親一下，那邊揉一下，卻也不敢再有什麼大動作。

顧夫人看著阿秀的肚子，每日必然要說那麼一句——「快了、快了。」相比較阿秀，她倒是更加緊張幾分。

太后這幾日，在宮裡也是坐立不安，但是她畢竟是太后，不能隨意出宮，就算出宮也不能逗留太久，她只好將路嬤嬤派過去照顧著。

只是阿秀肚子裡的孩子，好似知道大家都在緊張著，偏偏就不出來，之前預測的生產日子都過了，但是阿秀的肚子卻沒有什麼動靜。

這三、五個產婆都一直在顧家候著，平日更是哪兒都不敢去。

「我找一下顧家少夫人。」看守的門房遠遠地就看到一個老人騎著馬往這邊過來。

他們連忙將人攔住，這人先不說打扮，他衣服上還沾了不少血跡，這樣的人，他們可不敢隨便放進去。

「你是誰？」其中一個門房問道。

「你只要和她說，陳老有急事找她。」那個騎馬而來的狼狽老人竟然就是跟著沈東籬住在京城的陳老。

之前阿秀成親，他和沈東籬有來參加婚禮；只是之後他隨沈東籬被派到外地，誰知那邊山賊橫行，沈東籬回來的時候，腿骨都碎了。

陳老的醫術極好，但是這樣的外傷卻不是他擅長的，所以才會急急忙忙來找阿秀。

顧家的下人教養都是極好的，聽到陳老這麼說，便有人去通傳了。

那人見陳老也不像是個壞人，便好心說道：「這位老人家，我看您還是回去吧，我們家少夫人都快臨盆了，就算您有什麼急事，她也出不了門。」看他的樣子那麼著急，如果是想找大夫，那還是去找別人比較好；別說少夫人已經不看病了，就是看病，那也不是什麼人都看的啊，她怎麼說也是皇上親封的郡主呢！

「阿秀懷孕了？」陳老心中一驚，心下卻有了幾分絕望。他和沈東籬參加完阿秀的婚禮，便直接出了京，如今不過一年不到的工夫，她竟然就快生產了。若是只是懷孕也就罷了，聽這門房講，竟是臨近生產，陳老忍不住面色灰白。

那門房也是奇怪，這人和少夫人的關係他還真摸不透，若是關係不親近的話，他偏偏知曉少夫人的閨名，若說親近，卻連少夫人懷孕的事情也不知道，這實在是說不通啊！

「既然她快臨盆了，那我便不打擾了。」陳老說道，眼睛微微泛紅。

沈東籬的腿，若是處理得不好，那這輩子就毀了，身體有殘缺的人，就算再有才華，那仕途都是走不遠的。

「是陳老嗎？少夫人請您進去。」之前去請示的那個門房跑了出來，對陳老的態度親切了不少，剛剛看少夫人的表情，這來人好似和她的關係很是不錯。

陳老的腳步微微一頓，最終還是往裡面走了進去。

「陳老，什麼風把您給吹來了啊？」阿秀挺著大肚子坐在椅子上，腰後墊了一個厚厚的墊子，一旁芍藥和王川兒正在給她剝葡萄吃，身後還有一個小丫鬟在給她打扇子。

如今已經九月了，但是秋老虎還厲害得緊，阿秀又是個怕熱的，所以顧夫人特地找了個乖巧的小丫鬟給阿秀打扇子，就怕熱到了她。

「陳老不是和沈大人去了京外嗎？」路嬤嬤端著一小碗的奶果子進來，對於阿秀身邊的人，路嬤嬤自然是清楚的。

沈東籬當年是被太后看中備選為未來女婿的人選，他身邊的人，路嬤嬤就更加不可能不清楚了。

而陳老只知道這位老嬤嬤是太后身邊的紅人。

「本來是有件事想要麻煩妳，但是聽說妳快要生了，我就想著看看妳便好。」陳老也沒有拐彎抹角的心思了，直接將話亮堂堂地說了出來。

「小菊花出事了？」阿秀第一個想法便是這個，如果不是沈東籬出了事，陳老的神色不會這樣；再看他身上，衣襬處還沾著血跡，沈東籬到底是出了什麼事情?!

「東籬被山賊擄了去，之前好不容易跑了回來，但是腿骨卻摔碎了。」陳老臉色很是沈重。

這骨折和骨碎可不是一個意思，骨碎要麻煩很多。而且因為有很多碎骨，他年紀大了，眼睛也不大行了，就怕自己一個不小心，反而傷到了血管。

「什麼！」阿秀一驚，人一下子站了起來，芍藥急急忙忙地上前扶住她的身子，就怕她碰到磕到。

在阿秀心目中，沈東籬一直是一個有些害羞、有些古板，有些脆弱的男子，如今他卻在承受這樣的傷痛。這腿傷要是處理得不好，這樣的天氣下，一旦開始化膿，結果可能是要截肢，以如今的醫療設施來說，截肢並不代表就能保住性命。

「我隨您去瞧瞧。」阿秀抱著肚子，就要走，還好路嬤嬤眼疾手快，一下子將人拉住了。

「我的好郡主，妳這是作甚，妳也不想想，自己現在可是兩個人的身子，就不要管這件事情了；我進宮找一下太后娘娘，請她多派幾位御醫下來，沈大人是因公負傷，皇上肯定也是支持的。」路嬤嬤勸說道。若是平日也就算了，現在可是特殊時期，阿秀就是待在家裡，只是吃吃東西，她們還得防著孩子會不會突然出來呢！

陳老在看到阿秀那麼大的肚子的時候，原本想說的那些話全都嚥了回去，他不能因為自己的事情，拖累了阿秀。

「那便麻煩嬤嬤了。」陳老衝著路嬤嬤行了一個禮。

其實就算叫了御醫，也未必會有法子，陳老自認為自己的醫術並不比太醫院那些御醫差，但是在現在的情況下，他也只能這麼說。

「嬤嬤，您也曉得我和小菊花交情不一般，他傷得那麼厲害，我怎麼放心得下，那要不您去叫上唐大夫，我就跟著過去看看，絕對不動手。」阿秀舉著手保證道。

主要是她很瞭解陳老的性子，若非必要，這個老人絕對不會求到自己這邊來，他既然來了，那她就不能讓他失望地回去。

見阿秀的態度很是堅決，路嬤嬤沒法子，只好依著她，讓芍藥去請了唐大夫來。

待阿秀見到沈東籬的時候，他已經完全沒有了意識，就那麼躺在床上，阿秀坐下的時候，他甚至連睫毛都沒有動一下。

不過大半年的工夫，他人又瘦了不止一圈，尖尖的下巴，讓人看著很是心疼。

阿秀看到唐大夫把好了脈，急忙問道：「小菊花的身體怎麼樣了？」

這是阿秀的朋友，所以唐大夫在把脈的時候更是慎重，只是，他的病情著實有些嚴重，他不光有他們肉眼能看到的腿上的傷，內裡也有不少的問題。

「我先給他處理一下傷口。」唐大夫沒有正面回答阿秀的問題。

阿秀的心忍不住地下沈。

沈東籬身上的衣服已經脫了，上身換了乾淨的褻衣，但是下半身，因為腿上的傷，所以並沒有動。

阿秀不過是看了一眼他的傷口，心裡就止不住的難過。不知道是因為懷孕，開始容易多愁善感，抑或是太久沒有接觸病人，人一下子就脆弱了。

沈東籬小腿的脛骨有一部分已經在外面，白森森的腿骨讓人看著很是疼痛。

而且因為中間還經歷了一番波折，傷口已經開始化膿，整個傷口讓人看著噁心、可怕，卻也讓人止不住的難過。

這樣的傷口，配上他那樣美貌的容顏，更是顯得心酸。

唐大夫當年在戰場上幫助過無數的將領治療過外傷，但是面對沈東籬如今的的傷勢，也是覺得相當的棘手。

「唐大夫，先在這裡劃一刀。」阿秀遞過去一把已經消過毒的手術刀，自她經濟寬裕起來，便特地為自己打造了好幾套完整的手術器具。

唐大夫看了一眼阿秀，眉頭微微皺起，卻還是接過刀，依照她說的劃了下去。

「這邊有碎骨，用鑷子挾出來。」阿秀抱著肚子，在一旁繼續說道，順便將需要的東西一一遞過去。

對於阿秀這樣有些指手畫腳的行為，唐大夫自然不會太介意，畢竟對方是自己最為重視的孫女，阿秀也正是因為想到這點，才敢這樣直接說。

唐大夫現在比較擔心的是阿秀的身子。

路嬤嬤在一旁看著也是直著急，阿秀現在的肚子那麼大，就是站著不幹別的事情，不過半炷香的工夫，她就支撐不住了，偏偏她現在還想插手治療；但是在見過沈東籬那樣的傷勢以後，路嬤嬤又說不出太冷酷的話來。

「嬤嬤不要擔心，我自己有數的。」好似知道路嬤嬤在擔心些什麼，阿秀轉頭輕聲說道。她如果覺得自己撐不住了，肯定會提出來的，她不是會逞強的人，而且對於這個孩子，她比任何人都要重視。

路嬤嬤除了緊緊地盯著阿秀，已經不知道該如何是好了。

「唐大夫，縫針吧。」阿秀將穿好線的針遞給唐大夫，自己終於支撐不住，一屁股坐到了椅子上。

第一百二十八章　順利產子

阿秀在沈東籬府上休息了好一會兒，見他還沒有清醒過來，只好先回去了。

顧靖翎一下朝就發現阿秀人不在，嚇得他恨不得馬上追出來，還好被顧夫人攔住了，在家裡坐立不安了好一番以後，阿秀終於回來了。

「沈大人那邊可好？」顧靖翎努力讓自己的聲音顯得自然。

沈東籬如今重傷，他若是吃醋的話，未免太小家子氣了；但是看著自己的妻子懷著近十個月的孩子，這樣大腹便便地去看另外一個男子，他心裡多少有些不痛快，男人都是小心眼的。

「不好。」阿秀搖搖頭。「雖然做了治療，但是如今人還沒有清醒過來。」

顧靖翎聽到阿秀這麼說，眼中多了一絲惋惜。

其實這件事情，最初的時候是交給他辦的，他是武將，面對這樣的事情，應變自然會容易些；只是當時他剛剛新婚，太后娘娘憐惜他，便和皇上提了這件事情，皇上一向尊重太后，便換了人選。

那真州窮山惡水，刁民滿地的，一般人都不願意接這個任務，最後是沈東籬自己站出來表示願意接下，誰知道，竟然是這樣一個結果。

這讓顧靖翎心中多了一絲愧疚，若不是擔了他的任務……

「如今陳老正在照顧他，希望他能逢凶化吉。」阿秀重重地嘆了一口氣。

「肯定會沒事的，如今皇上很重視這件事情，想必一定會查個水落石出，不會讓他白受傷的。」顧靖翎安慰道。

阿秀點點頭。

「妳也不要多想了，好好休息，咱們的孩子不知道什麼時候就出來了呢！」顧靖翎輕輕摟住阿秀，很是溫柔地摸摸阿秀的肚子。

阿秀聽到他這話，神色有些怪異。

「妳怎麼了？」顧靖翎關切地問道：「是哪裡不舒服嗎？」

阿秀搖搖頭，然後又點點頭道：「我覺得孩子好像要出來了。」

顧靖翎先是一愣，然後直接將阿秀抱起來，急急忙忙地跑到屋外。

芍藥正好端著飯菜過來，冷不防看到顧靖翎這樣，也急了，隨手將盤子一放。

「我去找產婆！」不用顧靖翎說，芍藥之前就特地就一些生產上的問題問過那些產婆，再看阿秀裙子上的水跡，哪裡還有不明白的。

「把我娘也請來。」

芍藥有些慌亂地點點頭，人直接跑了。

之前在阿秀的強烈要求下，顧家有特地準備一間乾淨的空屋子，就是給她用來生產用的。

顧靖翎幾下便將人抱到那個屋子，然後小心地放到了床上。

「阿秀。」顧夫人注意到阿秀那邊動靜很大，自然也能猜到，急急忙忙就跑了過來，正好和芍藥碰上。

「娘。」正好之前的陣痛過去了，阿秀剛剛緩過來一些。

「現在想要吃什麼，我讓廚房去做，趁著還有些力氣，多吃些；下人呢，快點把大少爺帶出去！」顧夫人見顧靖翎還在，頓時更急了，現在是他該堅持的時候嗎，女人生孩子，男人都到外面去。

「娘，我想陪著阿秀。」顧靖翎的手緊緊地握住阿秀的手，想要幫她承擔一些痛楚。

「陪什麼陪，你在這兒，讓產婆等一下怎麼下手！」平日裡最是溫婉的顧夫人如今變得極為強勢，衝著門外喊道：「川兒，還不將妳家姑爺拉走！」

王川兒見一個想留、一個想讓他走，頓時陷入了兩難，一個是自家姑爺，一個是阿秀的婆母，好像哪一個都不能隨便得罪！她下意識地看向阿秀。

阿秀心裡自然是希望顧靖翎陪著自己的，但是她也知道這裡的人思想比較封建，便衝著王川兒點點頭。

王川兒得到了阿秀的首肯，發揮了她大力的長處，直接將顧靖翎拽了出去。

如果顧靖翎堅持要反抗的話，也不是反抗不過，只是他知道，王川兒是看阿秀的眼色行事的，既然是阿秀讓他出去的，那他便出去吧。

見顧靖翎出去了，顧夫人鬆了一口氣，將自己貼身帶的參片先往阿秀嘴裡塞了些。「這個只是普通的，妳先嚼著吃下去，等一下開始生了，再用老參。」

顧夫人口中的老參，是之前太后特意送過來的，超過三百年的老山參，這個參不要說是百姓家中，就是皇宮裡，也尋不出多少根來。

阿秀有些艱難地點點頭。「娘，我覺得，孩子，好像要出來了……」阿秀喘著氣，說話都有些接不上。

顧夫人原本還在淡定地指揮旁邊的人去廚房拿吃的，誰知道聽到阿秀這麼說，手一抖，拿在手裡放參片的小瓷瓶就直直地掉了下去。

「我的小祖宗喲，妳可得挺住些。」顧夫人連忙站了起來，也顧不上地上的碎片，衝著下人喊道：「還不快去催催，那些產婆呢！」平日裡好吃好喝地供著，這一到緊要關頭，怎麼都不見人了？

正說著，幾個婆子就急急忙忙地跑了進來，她們都是京城排得上名號的好產婆，其中還有一個是宮裡派過來的。

「顧夫人，阿秀身子怎麼樣了？」路嬤嬤正在廚房給阿秀燉著補湯，就聽到一陣兵荒馬亂的聲音，也顧不得燙，將湯水往碗裡一倒，便匆忙端著補湯過來，她是過來人，自然知道這個時候，補充體力是最重要的。

「嬤嬤，您來得正好，快給阿秀餵些湯水，免得等一下沒有力氣。」顧夫人看到路嬤嬤端著補湯過來，頓時鬆了一口氣。

路嬤嬤走到阿秀身邊，用嘴吹了一下湯，才慢慢餵給她。

阿秀雖然感覺孩子快出來了，但是一個湯水下去，孩子好像又往回縮了一些。她稍微鬆了一口氣，也不管補湯是不是還有些燙，幾口就將它喝完了。

「拿參的人呢？」顧夫人又忍不住喊道。她們之前都安排得好好的，偏偏如今真的要生產了，這人好像一下子都不在了。

主要也是阿秀的反應來得過分的快了。

一般人從有反應到生產，中間最起碼要間隔一段時間，但是阿秀那孩子之前一直不緊不慢的，不願意出來，可是今日，好似來不及，就想馬上出來了。

「哎呀，我看到孩子的頭了！」那產婆驚叫一聲。

倒不是她見識少，實在是她活了那麼大把的歲數，接生過那麼多的孩子，也沒有一個孩子，出來得這麼快的！

「啊！」阿秀開始了自己的第一聲尖叫。

站在門外的顧靖翎心中一刺，想要進去，偏偏門口芍藥和王川兒守得牢牢的，他根本就進不去，他轉個身，往外走去。

「將軍您去哪兒呢？」王川兒忍不住問道。這阿秀還在裡頭生孩子呢，難不成他現在就要走？那也太沒有擔當了。

顧靖翎並沒有回答她，自顧自地走了。

事實上，在現在這樣的情況下，他眼裡、心裡、耳朵裡，除了阿秀，再也容不下任何一絲別的。

王川兒和他說的話，顧靖翎根本就沒有聽進去，自然就更加不可能回答了。

看他人走得飛快，王川兒心中更是憤懣，還虧得她一向尊敬他，心中羨慕阿秀找了這麼一個心疼她的男人，原來都是假的！

芍藥見王川兒如此氣憤，忍不住拉拉她的手，指了指一個方向。

王川兒隨著她指的方向看去，就發現原本應該空無一人的後窗處，多了一個身影，那個窗戶正對著阿秀如今躺著的床。

他離開門口，不過是為了離阿秀更加近些……

王川兒頓時一陣羞愧，自己誤會他了，可他剛剛幹麼不直接說嘛！

阿秀只覺得有什麼東西在從自己的下面出來，伴隨著一陣陣的撕裂疼痛，她想要尖叫，想要吶喊，但是偏偏除了第一聲，之後她卻喊不出來了。

顧夫人見阿秀一直悶著猛流汗，心中也是著急。

「阿秀，妳喊出來，妳只管喊出來！」喊出來的話，還能稍微舒服些。

阿秀眼淚「啪嗒啪嗒」往下掉，卻喊不出聲音來，她覺得自己的喉嚨處一陣灼熱，只能發出一些哽咽的哭泣聲。

好疼，真的好疼！

阿秀仰著脖子，腦袋微微往後仰，朦朧間，她好像看到窗戶外面站了一個人，而這個人的身影像極了顧靖翎。

她使勁眨了一下眼睛，眼中的淚珠紛紛落了下去，面前的事物也清楚了不少，窗戶外頭真的站了人，也真的是顧靖翎。

阿秀心中一熱，終於，一聲尖叫衝出了喉嚨。

伴隨著阿秀這一聲尖叫，是孩子落地的呱呱聲。

產婆手腳麻利地剪了臍帶，衝著顧夫人恭喜道：「恭喜顧夫人，顧家喜得長子。」

阿秀生的是一個大胖小子，雖然才出生，但全身白胖白胖的，煞是可愛，讓人愛不釋手。

迷迷糊糊間，阿秀便看到產婆的手裡抱著一個胖乎乎的肉球，還隱隱聽到好像是男孩兒，她喃喃地叫了一聲「唐哥兒」，嘴角露出一絲欣慰的笑容，便陷入了昏睡。

她今日去了沈東籬那邊，本就是累極，又經歷了剛剛那一場大戰，整個人完全的虛脫了；若不是之前路嬤嬤給她灌下了那一大碗的補湯，她未必能堅持到現在。

日子過得極快，一眨眼的工夫，一個月就過去了，天氣也直接進了秋。

京城的秋天很是短暫，唐哥兒出生在九月初，那個時候天氣還有些熱，但是現在不過十月初，天就一下子變得凍人。

等唐哥兒滿月那天，因為要抱出去見人，顧夫人怕他凍著了，將他直接裹成了一個大圓球，阿秀看到的時候，差點都沒敢認。

還好老太君是個理智的，在她們倆的聯合勸說下，顧夫人這才叫人將唐哥兒身上的襁褓脫掉了一層。

阿秀年紀小，身上並沒有多少奶水，唐哥兒從出生之後，喝的幾乎都是奶娘的奶水。

為了保證他的口糧有著落，顧夫人特地找了四位身體健康，家世清白，模樣俊俏，都還識字的奶娘。在他們看來，這奶娘若是太醜、太愚笨，影響了孩子那可了不得。

唐哥兒的胃口也是極大，一個奶娘的奶水根本就不夠他吃。

不過他是個認人的，雖然喝奶的時候不計較是誰的奶，但是喝完了奶，必然是要找阿秀的，不然會堅持睜著那雙黑葡萄大眼睛，轉過來看過去，不哭不鬧，但是也不睡覺。

這次滿月酒，來的人相當得多。

一方面是顧家為人十分厚道，另一方面也是阿秀以往積的善緣。

顧家這次足足擺了百八十桌，那些收到請柬的，差不多都來了，坐得滿滿當當的。

羅少夫人這次也來了，她比阿秀早生了三個月，她底子不算太好，當時有些早產，但是相差時日不算大，也算是有驚無險。

那個時候阿秀還特地叫人送去了一些自己調製好的藥。

羅少夫人坐了足足一個半月才出的月子，不過因為調養得好，又有兒子在懷，氣色比之前反而好了不少，她瞧見阿秀，自然是萬分歡喜。

要不是她生產前一個月，阿秀給了她一個方子，她每天堅持吃，再加上每日走路半個時辰，那孩子還沒有那麼容易生下來，阿秀絕對是自己的大福星。

「哎喲，唐哥兒長得可真俊俏。」羅少夫人一看到阿秀抱在懷裡的唐哥兒，頓時就喜歡得不得了，從身上摘下一個小玉墜子，放在他手裡，讓他玩耍，她之前老早就備了禮，這個不過是自己的一點小心意。

「這個是我之前在廟裡求的，讓大師開了光，我們家秋哥兒一個，妳家唐哥兒一個，保平安。」羅少夫人笑著說道。

她的秋哥兒雖然不是足月生，卻不比別的孩子虛弱，這都是阿秀的功勞。阿秀在她心目中，和再生父母相差無幾。

「多謝姊姊了。」阿秀笑咪咪地把這個小墜子掛到唐哥兒的脖子上。

唐哥兒原本還拿在手裡摸來摸去，明顯對這個小小的玩意兒很感興趣，但是阿秀一下子將它掛在脖子上，他胳膊又粗又短，跟白白嫩嫩的藕節一般，這要再去抓，就顯得有些艱難了，好不容易抓到了，偏偏弄疼了脖子，就窩在阿秀的懷裡「哼唧哼唧」起來。

說來也奇怪，除了出生那天他哭了幾聲，之後他幾乎沒有再哭過，最多也就是乾號，將人的注意力吸引過來以後，又乖乖的沒了聲響。

就是老太君，都忍不住誇這個孩子聰明。

顧靖翎小時候可沒有這麼機靈，老太君還順便說了不少顧靖翎小時候做的蠢事，讓阿秀有了可以嘲笑他的資本。

「唐哥兒真乖呢。」羅少夫人忍不住驚奇地說道。她覺得自家秋哥兒也是難得的乖巧了，平時哭的時間極少，家中的長輩都說他以後是個有本事的。

但是現在看這唐哥兒，眼睛黑黝黝的，一看就是機靈的，不過一個月的大小，小小的臉上，已經有自己的情緒了。

「這話倒是，我也沒有見過像他這般的。」阿秀捂著嘴輕笑，雖然顧家那麼多人，完全不用她親力親為，但是孩子懂事些，總是好的。

「皇上駕到，太后娘娘駕到！」這邊正寒暄著，門口就傳來一陣尖細的聲音，一聽就是宮人的。

在場的人都下意識地看了一眼顧夫人和阿秀，沒有想到，他們竟然有這樣的福氣。讓大家都免了禮，太后和小皇帝這才坐到了主位上。

太后瞧見阿秀抱著孩子，頓時有些迫不及待地說道：「快把孩子抱過來，讓哀家瞧瞧。」

阿秀將孩子遞給路嬤嬤，太后親自將孩子抱了過去，她之前就有來過，只是剛出生的孩子，一天一個變化，不過幾日不見，這孩子又長了一圈。

「真是個討喜的。」太后越看越歡喜，這白白嫩嫩的小臉，真是讓人恨不得使勁親上兩口，偏偏現在這裡這麼多人，她也就只能想想。

「我瞧著這孩子的眼睛，倒是像極了太后您呢！」路嬤嬤在一旁說道。太后小的時候，眼睛也是這樣的，黑黝黝的，跟黑珍珠一般。

太后一聽，頓時心中更是歡喜，自己的孫兒，自然是像自己的。

「我瞧著也是極像的。」太后摸摸唐哥兒的小臉，真是恨不得將世上所有美好的東西都拿到他面前來。

小皇帝湊過來看了一眼，正好對上唐哥兒毫無雜質的眸子，他第一次覺得，其實小孩子好像也挺可愛的。

「母后，我也想抱一下。」

太后正在逗唐哥兒玩，聽到小皇帝這麼一說，微微猶豫了一下，才將孩子遞了過去。

「你要小心點，唐哥兒現在正脆弱著，托住這邊的身子。」

太后見小皇帝聽得專心致志，臉上露出了一絲欣慰的笑容。

有時候，血緣就是這麼神奇的存在。

底下的人看太后、皇上對這個小娃娃都如此喜愛，心中都有了計較。

之後吃飯的時候，各種讚美的話層出不窮。

阿秀聽了，都要以為自己生的不是孩子，是仙童了。

之後因為唐哥兒睏了，阿秀就借著由頭直接退下了。

第一百二十九章　女大王呀

「剛剛辛苦妳了。」

阿秀才剛剛哄睡了唐哥兒，自己打算稍微休息一下，就看到顧靖翎也進來了，也不知道他又是找的什麼理由。

「沒事，也不過是一天的事情。」畢竟是喜慶的日子，又是因為自己的孩子，阿秀自然不會覺得太累。

「我前些日子去瞧了沈大人。」顧靖翎突然說到了沈東籬，剛剛他還看到沈家特地派了人過來。

「他人怎麼樣了？」因為她一直在坐月子，外面的事情，她根本就不知道，不過既然沒有收到關於他的壞消息，那應該就是好消息了。

「他如今已經能夠下地了，只是腿腳還不是很便利。」顧靖翎和阿秀說道。他之前去沈家，看到沈東籬正在慢慢行走，身形較之前憔悴了很多。顧靖翎本身就是個重情義的，他心裡又覺得沈東籬這次罪過是替得自己，心下更是愧疚。

反倒是沈東籬，言行很是豁達，他老早就不是當年那個脆弱的少年了，這些年，不是只有阿秀在成長，他也在不斷地成長中。

「那就好，等再過些時日，我便去瞧瞧他。」阿秀神色有些愉悅，他沒事就好。

「只是……」顧靖翎看了一眼阿秀，欲言又止。

「怎麼了？」顧靖翎臉上的表情過於奇怪，這讓阿秀有了一種不大好的預感。

「真州有一座山，山上有一個寨子，名『千機』，這千機寨裡頭有好幾千名山賊，是真州最大的惡勢力，當初沈大人就是被擄到了那裡。」顧靖翎向阿秀一一解釋了一番。

「是其中發生了什麼事情嗎？」阿秀問道。若是沒有事情，顧靖翎不會特地和她講起這個山寨。

「這千機寨已經存在好幾百年了，經歷了兩朝，如今當家的是一個十六歲的女子，她來信給皇上，說千機寨願意投誠，除了朝廷要幫她安排好下面的兄弟，還有另外一個要求，就是要沈東籬娶她為妻，以及今生除她，不得有別的女子。」

若是娶的是自己歡喜的女子，那不納妾，在顧靖翎看來，是沒什麼大不了的；但是娶的若不是自己心愛的人，再這樣，便有些為難人了。

那千機寨是長久的隱患，一直沒有人能真的解決，如今那邊自己送來了方案，這接還是不接，就是一個很大的問題。

沈東籬之前差點沒了性命，皇上本來就對他有些愧疚，如今若是再不顧他的意願，將人塞過去，這未免讓人覺得冷酷了。

所以朝上因為這件事情，已經爭得不可開交。

文官都說，接受得好，這樣不花費一兵一卒；武官卻覺得這樣太窩囊，還不如直接帶兵去打，不過幾千人，他們那麼多兵力，還怕他們不成。

偏偏當事人如今還在家中休養，別人吵得再厲害，也沒有任何意義。

阿秀聽顧靖翎這麼講完，忍不住眨了眨眼睛。

這話的意思是，小菊花被女大王看上了……

阿秀忍不住想到沈東籬有些纖細的身材，再自己腦補了一番那女大王虎背熊腰的模樣，忍不住哆嗦了一下。

因為心裡記掛著沈東籬的身子，外加特別好奇那件事情的發展，滿月酒結束以後沒過幾天，她便帶著芍藥和王川兒，坐上馬車去了沈家。

唐哥兒雖然不滿自家娘親就這麼拋下了自己，但是也只是稍微哼唧了幾聲，窩進顧夫人的懷裡。

對於唐哥兒這麼難得的投懷送抱，顧夫人自然是受寵若驚，抱著唐哥兒不願意放手。

阿秀剛一進門，就瞧見一個身著大紅色裙裝、身材嬌小的女子，正要用手去扶沈東籬，只是沈東籬好似有些排斥她，並不大樂意讓她觸碰。

「沈大人。」阿秀故作正經地輕咳了一聲，因為有外人在，她也就不張口閉口「小菊花」地喊了，在女孩子面前，還是要給他留點面子的。

沈東籬看到阿秀竟然這樣出現在自己面前，臉色頓時一紅。

「妳快點走！」沈東籬衝著那個紅衣女子低吼了一聲，看到她，他全身都不自在了。

阿秀難得看到沈東籬情緒波動如此大的時候，特別是最近一年，覺得很是新奇，再看那個女子，倒是一臉的坦然，和沈東籬有些彆扭的模樣相比，她反而更加像大老爺兒們。

在阿秀打量她的時候，那紅衣女子也在打量著阿秀。

她覺得阿秀長得很是好看，特別是皮膚白白的，打扮雖然稱不上精緻，但是身上的衣物不用細看，就知道不是俗物，最讓人羨慕嫉妒恨的是她胸前鼓鼓的那兩團。

阿秀因為剛剛生了孩子，雖然奶水不足，但是胸前還是豐滿了不少。

「妳是誰！」女子不等阿秀開口，率先問道，語氣中顯露出了一絲不容忽視的霸道。

阿秀一愣，然後一喜，上前抓住那女子的手，道：「妳便是那『千機寨』的女大王吧，久仰久仰！」

那女子一愣，面上難得多了一絲尷尬。「我是千機寨的寨主，不是女大王。」

「沒事沒事，同一個意思。」阿秀明顯對人家很感興趣，赤裸裸地將人家上上下下打量了好幾番。她剛開始還以為對方會是一個虎背熊腰的女漢子，如今這麼看，還是個小美人兒呢！站在沈東籬旁邊，倒也般配。

「妳又是誰？」那女寨主將阿秀又打量了一番，視線長時間停留在阿秀的胸前，好久才轉移了開來，對於這麼大剌剌出現在沈東籬身邊的女子，她都抱有極大的戒心。

「我是沈大人的好友，夫家就是不遠處的顧家。」阿秀自然知道她在意的是什麼，一句話就將危機解除了。「我叫阿秀，妳叫什麼啊？」

「我叫紅席。」知道阿秀是嫁了人的，她就放心了，對阿秀的態度也親切了不少。

「原來是紅大王啊。」阿秀笑著打招呼，女大王的形象實在是太根深蒂固了。

紅席面色微僵地道：「妳叫我紅席就好。」

這次阿秀笑咪咪地應下了。

「我聽說沈大人的腿傷就是在你們寨子裡落下的，紅席妳這次來，是特地來探望沈大人的嗎？」阿秀故意裝作不知道那件事情。

「那只是意外，我沒有想到他會逃跑。」紅席的聲音越來越輕，眼中有愧疚，卻也有難過，她沒有想到，沈東籬會趁著他們不注意的時候，就這麼跑了。

她到底哪裡不好？讓他這麼不情願，寧願冒著生命危險逃跑，也不願意和自己成親。寨子裡的那些叔叔、伯伯明明都說她長得很好看啊，而且又識字，是難得的好媳婦兒人選。

「還好之前治療得非常及時，不然廢的可能就不是一條腿了。」阿秀直直地看向紅席，她雖然是寨主，心思卻有些單純，阿秀可以很明顯地感覺出來，她對沈東籬的愛慕之情。

「那阿籬的腿還能好嗎？」聽到阿秀這麼說，紅席立馬就急了，難怪她剛剛看到沈東籬，人比之前消瘦了許多，她還是低估了他受的傷。

「好是能好，但是得養好長一段時間，而且還不能保證一定能養好。」阿秀狀似可惜地搖搖頭。

「那可怎麼辦？」小姑娘明顯就急了。

「還能怎麼辦，只能瘸著腿上朝了啊，他這腿是為了朝廷瘸的，皇上想必是不會因為外貌緣故，故意冷落了他的。」阿秀搖晃著腦袋說道。

紅席聞言，咬咬嘴唇，卻沒有說話。

「阿秀。」沈東籬看著阿秀越說越來勁，忍不住開了口，她這是完全忘記了他這個病人也還在嗎？

「欸，怎麼了？」阿秀笑咪咪地看著沈東籬。

沈東籬嘆了一口氣。「沒什麼，只是想問妳要不要進去坐坐，陳老最近在研究藥膳。」

他自然是知道阿秀的弱點在哪裡。

果然阿秀一聽，眼睛頓時就亮了，她之前坐月子，大多數東西都不能吃，嘴巴自然是饞得要命。

阿秀直接拉住紅席的手，歡快地衝著沈東籬說道：「那我們去找陳老啦！」也不等沈東籬表示支持還是反對，人直接給跑沒影了。

沈東籬看著自己的腿，眼中閃過一絲憂鬱。

「妳和阿籬很熟嗎？」紅席沒有忍住，問道。雖然剛剛她叫沈東籬的稱呼很生疏，但是他們之間的關係明顯很親近，讓自己有點嫉妒。

「妳看我叫他沈大人，妳叫他阿籬，明顯是你們的關係更加熟啊。」阿秀狀似無意地說道。

紅席聽到這話，臉微微泛紅，「阿籬」這個稱呼，只不過是她自己的堅持。

「你們的關係肯定很好吧？」紅席有些失落地說道。她從第一眼看到沈東籬，心中就喜歡得很，好不容易將人搶到了寨子裡，但是偏偏他就是不喜歡自己；後來寨子裡的叔叔、伯伯就給她想了這個法子，讓皇上賜婚，可是卻好像也不是那麼管用。

「妳為什麼這麼覺得呢？」阿秀轉過身去，目光灼灼地看向紅席。

「他看妳的眼神和看我的不一樣。」紅席有些挫敗地看著阿秀，剛剛她看到沈東籬看阿秀的眼神，明顯帶著溫柔和縱容。

「那是因為妳的方式不對！」阿秀看著面前這個原本應該驕傲、神采飛揚的紅衣少女，忍不住提醒道：「男人都不喜歡被逼迫的。」

紅席微微一愣。「那妳的意思是，我不該向皇上請求賜婚嗎？」

阿秀故作深沈地擺擺手。「不，不，不。」

紅席頓時就不懂了，忙問道：「那應該怎麼辦？」

阿秀笑著說道：「既然妳都邁出這一步了，那就不要再往後面退，否則之前的行為不就白費了嗎？」

紅席覺得面前這個女子說話比山寨裡的軍師都要來得深奧，不然的話，怎麼會軍師的話她能聽懂一半，而阿秀的話，她連一半都聽不懂呢！

「妳能不能說得簡單點啊？」紅席小心翼翼地看了一眼阿秀，她不會覺得自己笨吧？

紅席覺得有些沮喪，自從下了山，覺得外面的人，腦袋好像都比自己要來得聰明，她唯一拿得出手的，好像也只有那一身功夫了，偏偏她喜歡的人還一點兒都不欣賞。

「我問妳，若是妳向皇上請求賜婚，皇上卻體諒沈大人拒絕了妳，妳該如何下臺？」阿秀看著紅席的眼睛問道。

小皇帝如今年紀還小，很多事情還要看下面大臣的意見，畢竟心高氣傲的大臣，也不是沒有；而且紅席的要求還提得如此直白，讓那些習慣了三妻四妾的男人就更加不能容忍了，說得嚴重些，她這是在挑戰那些自大男人的權威。

紅席被問住了，其實她並沒有考慮過這個可能，軍師說了，如果皇上有腦子的話，肯定會選擇答應的。

阿秀的意思，難不成是在和她說，皇上可能是個沒腦子的？

「女孩子，有時候就要稍微懂得迂迴，我問妳，妳不想和人共事一夫，但若是妳不會生育那該如何是好？」

「我不知道。」紅席明顯沒有被問過這樣的問題，一臉糾結的模樣。

「如果妳真的認定了，沈東籬是妳要陪伴一輩子的人，那麼，妳該對他有所期待，從一而終的事情，其實應該由他來做，而不是由妳來說。」阿秀淺笑著說道。

紅席有些愣愣地看著阿秀的側臉，有一種她好像比軍師還要可怕的感覺。

第一百三十章　回顧往昔（大結局）

阿秀知道，紅席這個姑娘，雖然性子單純了些，人卻是不笨的，所以當她收到她和沈東籬的婚帖的時候，她並不覺得意外。

只是中間歷時了將近兩年，紅席也算是有耐心，真真算是守得雲開見月明了。

而這個時候，阿秀已經生下了和顧靖翎的第二個孩子，是個女兒，小名喚妙姊兒。

她和顧靖翎之間，好似從來沒有經歷過什麼轟轟烈烈的事情，但是兩個人的感情卻是越來越深厚，有時候對方一個眼神，就知道是在想什麼了。

她想起自己以前看到的一句話——

「在遇到你以前，我從來沒有想過結婚，遇到你以後，我從來沒有想過和別人結婚」。

阿秀當時只覺得這句話美好得不那麼現實，但是遇到了顧靖翎，她覺得自己大概也是這樣的狀態。也許一開始的時候對他並沒有太多的好感，可是偏偏他就這樣紮在了自己的心裡，誰也挪不走。

阿秀直到婚後，才開始願意慢慢正視自己對顧靖翎的感情。

如果不是真的動了感情，依她的性子，想必是不會那麼積極地去濱州，她最是怕冷，若當時出事情的不是顧靖翎，她未必肯用這個心。

而且皇上的賜婚，她有五分的意外，卻也有五分的心安，還好是他。

其實感情，真的是在她自己都沒有察覺的時候，就悄悄來臨了。

阿秀很難得地想起了自己剛剛穿越過來的那些場景，火光，血色，一片慘叫聲。

那段慘烈記憶一直都被她選擇性地埋藏在最深處，她剛剛清醒的那段時間，一直處於惶恐中。

只可惜，自家阿爹是個缺心眼兒的。可能那個時候，他自己也需要一個獨立的空間，去舔舐傷口，相比較她，他承受的傷痛更加重。

所以阿秀一直都沒有怪他，即使他的疏忽，讓她餓了無數次的肚子，出了無數次大大小小的意外。

在那個村子裡，阿秀度過了自己最初的那十年，那平淡的生活，讓她以為自己的人生就會終結在那一塊小小的土地上。

那個時候的她，每天只為吃什麼而煩惱，一頓肉就能讓她高興好久。

只是，有時候命運就是那麼的奇怪，顧靖翎在這個時候卻出現了。

阿秀十三歲認識了顧靖翎，十五歲卻嫁給了他，原本以為應該只是擦肩而過的人，最後卻成了自己最為親密的枕邊人。

現在回想起來，阿秀還能很清晰地想起顧靖翎最初那個不屑的眼神，說相看兩相厭，那都是輕的。

原本這樣一個小插曲，就該這麼過去了，但是，命運卻不甘心讓他們倆就這麼錯過。

緊接著便是軍營的再次相見。

阿秀平日是個極好說話的人，偏偏顧靖翎總是能讓她心中不快，她便故意用三兩銀子的診金來侮辱顧靖翎，還讓他心中不忿，卻不能隨意發洩出來。

阿秀本來就不是一個會吃虧的人，兩個人的仇怨便這麼結下了。

若一直這麼發展下去，兩個人不互捅刀子就已經是極好的了，誰知道顧靖翎之後一下子改變了態度。

這讓阿秀在經歷了一番無所適從以後，也對他微微變了態度。

之後遊歷，他緊跟而來，只是當時的她還遲鈍得很，完全相信了他只是為了公事而來的說法，根本就沒有察覺出什麼不對。

她當時的心神，大半放在了醫術上面，而剩下的，那為數不多的精力，則都放在了自己的親人上。

她發現了唐大夫和自己的連繫，發現了自己那狗血的身世。偏偏這麼多的大秘密，她只能一個人默默藏在心底，誰也說不得；即使她和顧靖翎成親以後，一起生活了好些年，那些秘密還是照樣埋在她心底。

有些事情，不說出來會更加好。

他的出現，帶著自己離開了那塊平靜的地方，卻也讓自己慢慢有了自己的追求。

「妙姊兒吵著妳了？」顧靖翎進屋，就看到阿秀面前攤著一本醫書，而妙姊兒則枕著她的腿，睡得極香。

唐哥兒和妙姊兒都喜歡親近阿秀，學會走路後，更是阿秀走到哪兒就要跟到哪兒，就是阿秀出診，他們都要哭著鬧著跟上。

偏偏家中的長輩溺愛得很，兩個小傢伙就跟兩尊小祖宗一般，打不得、罵不得，原本家中最為受寵的小寶，一下子就被冷落了。

還好他很有做叔叔的覺悟，馬上調整好了心態，帶著兩個小傢伙到處玩鬧。

這將軍府原本就人少，平時更是冷清，自有了孩子，倒是熱鬧了不少。

「沒有，她最近乖得很，剛剛給她唸了一段醫案，人便睡著了。」阿秀微微一笑，給妙姊兒稍微攏了攏頭髮。

這個女兒長得像極了太后，雖然不過三歲，卻已經是一個小美人兒了。

鎮國將軍對她喜歡得緊，一回府必然是要抱著妙姊兒玩一會兒的，若是有別人家的少爺來家中玩，他必然是要好好叮囑一番。

這顧家的妙姊兒是不能隨便覬覦的，不然是要吃板子的。

偏偏現在的小孩子也都是視覺動物，管你吃不吃板子，看到妙姊兒，都忍不住湊上去；但妙姊兒誰也不喜歡，就喜歡跟著她的小寶叔叔。

「妳每次懷孕，總是不忘看醫書，以後家裡就可以直接開個醫館了。」顧靖翎笑著說道，伸手摸摸阿秀的肚子。

如今她的肚子裡，正懷著他們的第三個孩子。

這唐哥兒和妙姊兒雖然年紀還不大，但是都可以看出，是極其喜歡醫術的；特別是唐哥兒，如今不過五歲，卻已經開始跟著唐大夫認識藥材了。

妙姊兒剛剛識字，卻能將幾首中藥歌謠背下來。

孩子聰慧自然是極好的，但是他們的爹還是有些遺憾，顧家是將門，卻沒有人能繼承衣缽了嗎？

「開個醫館也是極好的。」阿秀捂著嘴笑，她倒是順其自然，孩子願意做什麼便做什麼，她不強求。人不過活那麼幾十年，在道德束縛以及社會壓力之下，能儘量快活地活著，才是最好的。

「妳歡喜便好。」顧靖翎看著阿秀笑顏如花，眼神一下子就溫柔了下來。

他從來沒有想過，自己會喜歡這樣一個女子。

年少的時候，他覺得自己以後會變成一個比父親還要厲害的大英雄，所以他的妻子，必然是比自己的母親還要美麗溫柔的女子。

但是在他見過太后以後，他覺得，這世上應該不會有女子比太后更加美麗，所以他就覺得，自己的妻子應該是一個極其聰慧的人。

在第一次看到阿秀的時候，他根本就沒有想到，自己最後竟然會愛上這樣一個在當時看來粗俗到極致的女子。

他活到十八歲，從來沒有見過一個女子為了幾兩銀子那麼斤斤計較的，只是他心中雖然鄙夷，但是因為她算是踏浪的救命恩人，才給她幾分面子。

偏偏踏浪那個沒有出息的，竟然瞧中了人家的母驢，讓他分外沒有面子。

自己的愛馬，若是配一頭驢子，那要是被那些人曉得了，還不被笑死。

當他以為兩個人應該沒有牽扯的時候，這個被自己鄙夷過的女子，第二次卻是以自己的救命恩人的姿態出現的。

她說話粗俗，行事隨便，為人又愛計較，不管從哪一方面看，都是入不了他的眼的。

可是她就是那麼入了他的眼，進了他的心，讓他恨得牙癢癢的。

從來沒有一個人和他說過，若是一個人在他心目中留下了特殊的痕跡，也許就是某些感情的開始。

之後的那些事情，即使他現在回想起來，還是覺得跟作夢一般。

他不知道一個女子，會有這樣大的勇氣，用一根針，去縫合人身上的傷口，鮮血之下，她的目光卻是那麼的冷靜。

不過那麼一段時日，軍中的將士都對她讚不絕口，他這才意識到，也許除了那些，她還是有優點的。

因為太皇太后的病情，他將她帶到了京城。其實他知道自己這件事情做得是有些不厚道的，不過，如今，他覺得這是自己做過的最為英明的一個決定，不然他的人生可能就那麼平淡地過去了。

他也許會在父母長輩的壓力下成親，娶一個他們覺得好的女子，然後相敬如賓地過這麼一生；絕對不會像現在這樣，每天不管是睜開眼睛醒來，還是閉上眼睛睡覺，心中滿滿的都是滿足。

和自己心愛的人一起生活，兩個人心意相通，這世上，想必沒有比這個更加讓人覺得欣喜的事情了吧。

顧靖翎望著阿秀看書的側影，喃喃說道：「能遇到妳，真的很好……」

「咦，你在和我說話嗎？」阿秀放下書，轉頭看向顧靖翎，她剛剛隱隱聽到他在說些什麼。

「沒有，妳臉上有東西，我幫妳拿掉。」

阿秀聞言，乖乖往他那邊湊過去了些。

顧靖翎用手輕輕一點她的嘴角，然後迅速吻了下去。

我只願，生生世世有妳的相伴。

不是貪心，只是不能想像，若身邊的人，不是妳，我該如何安置我的心。

阿秀一愣，然後默默閉上了眼睛，臉上多了一絲淡笑。

有你在身邊，真好……

——全書完

番外一　小菊花和女大王

紅席自出生，就生活在一座山上面，那裡有最疼她的老爹，最愛念叨她的娘親，以及老是笑得和狐狸一般的軍師，和成千上萬的兄弟。

她從小的觀念就是要劫富濟貧，在她的心目中，這就是正義。

老爹甚至還一直和她講，等她長大了，若是歡喜上了哪家的公子，也只管搶回來，拳頭硬才是真本事。

可是她的爹爹，卻在她十歲的時候得病去世了。

那個時候，寨子裡的兄弟幾乎將真州所有的大夫都擄了一遍到山上，可是還是沒能留住老爹的命。

她只記得自己哭了好久好久，甚至發誓，要去學醫，以後身邊的人再生病，那就不會什麼都做不了了。

可是事實上，那個時候的她，連一本《三字經》都認不全，只是寨子裡的兄弟一直誇她，讓她甚至都沒有意識到，自己原來蠢得要命。

再然後，她的娘親因為接受不了老爹去世的打擊，沒有多久也過世了，在短短半年內，她失去了最重要的兩個親人。

以前軍師和她說過，娘是大戶人家的小姐，有一次回祖宅祭祖，在路上碰到了老爹，老爹對娘親一見鍾情，便放過了別的人，也沒有搶走一分銀錢，獨獨搶走了娘親。當時自己那個沒有見過面的外公還特地來談判，只可惜自家老爹一向死心眼，認準了就不肯放，自家娘親也不是沒鬧過自殺，只可惜都被攔下來了。

這樣磕磕絆絆過了那麼多年，娘親對老爹的態度一直都稱不上好，大家背地裡也都在說，娘親對老爹是有怨恨的。

但是在老爹去世之後的那段時間，紅席眼睜睜地看著娘親一點點虛弱下去，她是自己不願意活了。

紅席相信，娘親的心裡，對老爹是有真感情的，不然怎麼會願意跟著他一塊兒走了，只留下她一個人。

紅席並沒有兄弟姊妹，寨子裡除了老爹這個大當家，也沒有別的可以作主的人。她不過十歲，就被推上寨主之位，其實很多事情她都不懂，還好，身邊一直有軍師幫著她。

直到，那次下山，她遇到了那個讓人一見，心就控制不住撲通撲通跳得厲害的人。

軍師說，她這是犯了花癡。

她不懂什麼叫花癡，她只覺得，這輩子如果能天天看到那個人，讓她少活幾十年，她都是願意的。

只是她心裡雖然有著各種想法，但是那人對自己，明顯是沒有任何想法的。

紅席也不明白，這寨子裡的兄弟都誇自己長得好看得緊，為什麼他都不願意多看自己一眼。

後來她聽那些兄弟們聊天，才慢慢意識到，他可能是嫌棄自己胸前不夠豐滿。

可是如今她才不過十五歲，軍師說了，自己還是有發展的空間的，只是不知道為什麼，軍師在說這話的時候，那張皺得厲害的老臉怎麼就抖得那麼厲害。

果然軍師也老了嗎？

紅席想到這兒就忍不住的傷感，如果軍師也走了，那她該怎麼辦呢？

寨子裡大大小小幾千號人，而紅席她的夢想，只是做那人的娘子。

軍師大概也察覺到了這點，所以這次朝廷招安的時候，他並沒有直接拒絕。

她偷偷找了他隔壁的房子住下，知道了他叫沈東籬，她在心裡偷偷地叫他阿籬，她的阿籬。

但是他只知道，他的隔壁住了一個愛穿紅色衣裙的姑娘，即使遇見了，他也只會喊她一聲「紅姑娘」。

紅席並不喜歡這個稱呼，她覺得這個稱呼充滿了生疏和距離。

她努力學著做飯，然後給他送過去，可是她讀書不行，做飯也不行，他不過吃了自己送過去的一塊糕點，就拉肚子了。

紅席覺得心裡特別難受，偏偏他還笑著安慰自己，說世上還有人做菜比她更加笨。

她覺得自己都已經笨到家了，怎麼可能還會有人做菜比自己更加難吃。

她只覺得這樣笑著安慰自己的阿籬，真是跟仙人一般美好。

以前老爹就說過，如果真的喜歡，那就要盡快占為己有，就好比他當年一眼瞧中了娘親，便直接搶回了山寨。那個時候娘親是打算祭祖回去後便訂親的，老爹的手腳要是再慢一點的話，娘親就是別人家的娘親了。

紅席覺得自家老爹說的話，那必然是有道理的，所以在一個月黑風高的夜晚，她就將人擄到了山寨。

只是到了山寨以後，她才知道，這個看起來美貌無雙，手無縛雞之力的人，竟然就是之前來招安的沈大人。

軍師說她捅了馬蜂窩，紅席搖頭，她覺得自己捅的是蜜蜂窩，雖然也扎人，但是裡頭有蜂蜜，甜甜的。

不過三日，紅席就後悔了。

以前她偷偷做他的鄰居的時候，他見到自己的時候還會衝著自己點點頭，但是如今，他只是冷著一張臉，就是看都不願意看自己一眼。

紅席覺得原本被填得滿滿的心，一下子就被狠狠地扎了一下，裡面的東西都嘩啦啦地漏了出來。

寨子裡的兄弟都給她出主意，都說生米煮成熟飯的話，那他就會認了。

可是她不懂，這和煮飯有什麼關係？

娘親以前說過，要想抓住一個男人的心，就要先抓住一個男人的胃。但是她連抓住男人胃的技能都沒有，她只會提刀弄斧，她的拳頭夠大也夠硬，但是她還是覺得自己很沒用。

「阿籬，你為什麼不看我呢？」紅席不止一次蹲在沈東籬面前問他。

可是現在這個時候，他卻一句話都不願意和自己講。

「是因為你是官，我是土匪嗎？」紅席忍不住問道。

以前戲文裡都是這麼唱的，那阿籬不喜歡自己，是因為自己是土匪嗎？如果自己不是了，那他是不是就會喜歡自己呢？

紅席想起了軍師說的招安。

「阿籬，如果我願意招安，你是不是就願意理我了呢？」紅席繼續問道。

可是沈東籬還是沒有說話。

在沈東籬心裡，他更加不能接受的是，原本住在自己隔壁的天真小姑娘，一下子變成了寨子裡的女大王，這讓他忍不住懷疑她接近自己的目的。

沈家當年被滅門，很大一部分原因，就是親近之人的出賣，所以他最恨的便是欺騙和隱瞞。

紅席誤中了這點。

「阿籬，你要吃山楂糕嗎，山上的山楂都熟了，我給你打下來做糕點可好？」這是沈東籬被關的第十日。

當年在阿秀的調教下，沈東籬早就學會了能屈能伸，只是有些事情，他卻不願意勉強自己。

「阿籬阿籬，我今天捉了兩隻山雞呢，我就用了一顆石子，我是不是很厲害？」紅席忍不住小小地誇了一下自己。

只是她知道，沈東籬欣賞的，其實不是這樣的女子，可是，她能拿得出手的，也只有這些了。

她從小在山寨裡長大，從她出生，就注定了，她就是個女土匪。她的爹是土匪，叔叔、伯伯都是土匪，她除了做土匪，別人根本沒有教過她還可以做別的。

她也想做一名懸壺濟世的大夫，這樣她的爹爹和娘親就不會這樣去了；可是她能有什麼辦法，她腦子笨，字都認不全，她只會用拳頭說話。

她的生存環境就是這樣的，她也想改變自己，可是從來就沒有機會。

紅席覺得自己那麼那麼喜歡她的阿籬，可是他卻不願意和自己說一句話，她忍不住蹲在他的腳邊哭了起來。

為什麼，為什麼，老爹和她說的明明就不是這樣的。

她把阿籬搶回了山寨，那阿籬不是應該就是她的壓寨夫君了嗎？

只可惜紅老爹這個時候已經去世五、六年了，紅席即使有再多的疑惑，他也回答不了了。

如果他還在世的話，他必然會跟他這寶貝女兒說：「傻孩子，用點腦子啊！」

紅席遺傳了她娘的美貌，她爹的武功，獨獨沒有遺傳到腦子。

沈東籬看著紅席哭得難過，心裡忍不住嘆了一口氣，如果真的要哭的話，那也該是他才對啊！

他一個朝廷命官，受命來到這裡，誰知道事情還沒有辦完，就被擄到了山寨裡。如果是一般的劫持也就罷了，這山寨上的人，分明是想留他下來做壓寨夫君的，這對於他來講，是一種極大的侮辱。

他記得以前阿秀就說過他太弱了，這麼些年過去了，他也沒有多少長進，不然也不會到現在，都沒有逃脫的法子。

如果是阿秀的話……

沈東籬忍不住想到了遠在京城的阿秀，如果是她的話，現在必然不會像他這般，手足無措，她一向法子多。

紅席號了一陣以後，發現沒有任何的動靜，抬頭一看，沈東籬明顯一副神遊太虛的模樣，她心中一陣委屈，哭得就更加厲害了！

她都哭了，為什麼他還在想別的事情，難道她的聲音還不夠大嗎？

沈東籬覺得自己應該是死了，不然的話，他怎麼會聽到阿秀的聲音呢？

阿秀應該是在京城啊，而且她嫁人了，變成顧家少夫人了……

他只記得自己偷偷逃了出來。

真的好奇怪，那千機寨平日守備很是森嚴，為何獨獨那天守門的人都喝醉了？

只是他自己不爭氣，趁黑逃下山的時候，一不小心滾下了山坡，他想到以前阿秀對自己的嘲笑，果然百無一用是書生啊！

自己要是就這麼死了的話，那阿秀會不會在自己的墓碑上寫上「天下第一蠢蛋」，這樣倒是挺符合她的風格的。

沈東籬有些苦中作樂地想著。

「喂，小菊花，你爭氣點啊！」隱隱約約，他聽到有人在和他說話。

這個熟悉而又獨特的稱呼，她真的來了。

沈東籬一下就放心了，既然她來了，那自己這條小命，想必還能再留上幾年。

果然沒有幾日，他就慢慢清醒了過來，一睜眼，就看到了憔悴了好幾歲的陳老。

「陳老……」他看著眼前熟悉的擺設，有些恍如隔世的感覺。

他竟然回到了京城的沈宅。

「東籬啊，你終於醒了。」陳老看到沈東籬醒過來，神色已經比較正常了，便長長地鬆了一口氣，他這麼大把的年紀，實在是承受不住白髮人送黑髮人的痛了。

「讓您老擔心了。」沈東籬面露羞愧，帶著陳老，是想讓他安享晚年的，偏偏卻總是讓他擔心。

「喵……」一隻滾圓的虎斑貓慢悠悠地從沈東籬床前走過，然後停在陳老腳邊，躺了下來。

這是當年被他帶回家的阿喵。

「之前，是阿秀來過了吧？」沈東籬有些不確定地問道。

「是啊。」陳老有些感慨地說道：「她前幾日生下了一個大胖小子。」

沈東籬微微一愣。「我昏迷幾天了？」

陳老的話，是什麼意思……

「你斷斷續續已經昏迷了好幾個月了，從真州到京城；阿秀來過以後，你還昏迷了三天，之前一直在發燒，今天才退了。」陳老說道。

這幾個月，看著沈東籬的身體情況一直好好壞壞的，陳老也是心力交瘁。

「那她……」沈東籬原本就不是愚笨的人，聽到陳老這麼說，再前後一連繫，差不多就得出了結論。

「她來看了你，回去就生了，她是個重情義的人。」陳老眼中帶著欣慰，他果然沒有看錯那個孩子。

若是一般人的話，自己即將生產，多半是不會過來的，畢竟她當時還請了唐大夫過來，也算是仁至義盡了；但是她沒有，她甚至還在旁邊指導，直到手術結束，她的兩鬢都染了汗水。

「能認識這樣的朋友，是我的榮幸。」沈東籬道。

他記得自己最初認識阿秀的時候，還嫌棄她粗俗，但是隨著相處的時間越久，他也越來越發現，阿秀是一個很有自己原則的人，她比很多人都清楚地知道，自己想要什麼。

沈東籬曾經有那麼一瞬間的動心，但是他更加清楚地知道，阿秀這樣的女子，不是他有資格擁有的。她想要的那些自由，和她的理想，也不是他能夠給的，所以，做朋友，已經是最好的選擇了。

「的確。」陳老點點頭，能有這樣一個願意在危難時候伸出援手的朋友，的確是人生的一大幸運。

沈東籬在家裡養了半月的傷，只能偶爾下床一下，便是行走都是極其困難。

皇上宅心仁厚，免了他的朝拜，讓他傷好了再上朝。

只是，又過了幾日，他就聽說，千機寨的人進京了，他們選擇了招安。

當年他去談招安的事情的時候，只見到了那個像狐狸一般的中年男人，只是他想要的，比他能給的，要多得多。

所以並沒有談攏。

後來又遇到了那個情緒多變的女大王。

想起那些經歷，沈東籬都忍不住苦笑。

紅席住在自己隔壁的時候，他只知道有這麼一個姑娘。

他自認為是一個正人君子，沒事自然不會老注意隔壁的姑娘家；但是偏偏，她老是在自己面前晃悠，有一次甚至還送來了氣味奇怪的東西。

這讓他忍不住想到了當年的阿秀。

他當年被阿秀救下，吃了不少時日她做的菜，他活到那麼大，第一次吃到那麼難吃的東西，偏偏阿秀還教育他「吃得苦中苦，方為人上人」，讓他無從反駁。

而紅席做的，雖然有些難入口，但是比阿秀做的還是要好上一些的，只是效果，更加慘烈，那天，他上了五趟茅房。

相比較之下，反而是阿秀的廚藝更加好些。

再之後，他就聽來探望他的同僚，說了起來，這千機寨的女大王除了那些基本的要求以外，只提了一個請求——那就是嫁給他，做他唯一的妻子。

沈東籬實在不知道，自己是何時入了她的心，他甚至，都沒有和她說過幾句話。

當然這些都不是重點，他相信皇上，絕對不會同意這個荒謬的提議。

只是那些同僚，帶著一絲同情、一絲幸災樂禍的神色，讓他很是惱火，他索性就閉門謝客。

偏偏別人不來了，那個惱人的紅席卻又出現了。

沈家的大門根本就擋不住她的人，幾個彈跳，她就直接衝了進來。

她如今也算是皇上的貴客，他自然不能拿她怎麼樣，只好寒著臉，不和她說話，希望她自己識趣，覺得沒勁了就會離開了。

「沈大人。」沈東籬聽到一個熟悉的聲音，再抬頭，就看到阿秀正笑意盈盈地看著他；而他，正在被紅席糾纏。

在那麼一瞬間，他覺得有種說不上來的尷尬，好似被阿秀看到了什麼不該看的。

他最落魄的時候就是和阿秀在一起，其實也沒有什麼可以覺得尷尬的了。

相比較上次見面，阿秀的身材明顯豐腴了些，可能是剛剛生了孩子，月子做得很好，她的面色也很紅潤。

這讓沈東籬鬆了一口氣。

其實阿秀的年紀比他還要小上一些，但是有時候，他卻下意識地將她當作姊姊。

「妳快點走！」沈東籬想著，顧靖翎也是朝廷命官，想必是知道了那件事情，這讓他一下子又變得窘迫。

可惜這紅席的臉皮厚那也不是一天、兩天的事情了，她完全當作沒有聽到這話，反倒是細細地將阿秀打量了一番。

「妳是誰？」紅席有些敵意地看著阿秀。這個女子容貌長得不錯，皮膚也白，最最重要的是，胸前還鼓鼓的，這讓她一下子有了危機感。

而且雖然她喊的是「沈大人」，但是就女性的直覺來講，她和阿籬的關係絕對不一般！

這讓紅席一下子有了警惕心。她既然來了京城，就沒打算空著手回去，沈東籬，是她認定的人，誰也不能把他搶走！

「妳就是千機寨的女大王吧，久仰久仰！」紅席還沒有反應過來，那個女子一下子就抓住了她的手，而且她的眼神，讓她覺得，自己好像正在被崇拜著。

這真是一種陌生，而又美好的感覺，紅席難得覺得有些不大好意思了。她知道，山賊在別人看來，都是很壞的，她從來沒有想過，還會有人用這樣的眼神看她。

紅席覺得，這個女人雖然胸大得有些討厭，但是總括來講，還算是個不錯的人。

紅席馬上就知道了這個大胸女人叫阿秀，已經嫁人了，這讓自己鬆了一口氣，對她也親近了不少。

後來她和阿秀又說了不少的話，她才發現，原來阿秀的腦子比自己好用得太多了，難怪阿秀能和阿籬成為朋友。

阿秀告訴自己，男人都是要尊嚴的，自己這麼大刺刺地去求親，還那麼強硬地要求他只能娶自己一個，已經嚴重損害了沈東籬作為男人的尊嚴。
這讓她很是惶恐，難怪阿籬對她的態度那麼冷淡。
不過阿秀真是一個奇怪的人，她每次指出自己哪裡不對的時候，卻還要讓自己堅持那一點。
就好比，她說這天下的男人啊，都是喜歡三妻四妾的，讓他們只能娶一個，他們心裡多少會不痛快；但是當自己願意退一步的時候，她又罵自己蠢。
有這個能力讓自己的男人只有自己一個妻子，為什麼還要和別人分享呢！
阿秀這話說的也很對啊，可是她這不是前後矛盾了嗎？
偏偏阿秀什麼話都不說得太明白，自己腦子又笨，因為不懂只好把問題帶回去，問軍師。
她還記得當時軍師的表情，有種說不上來的複雜。「若是天下的女子，都有她這樣的腦子，那天下的男人，估計都只能守著一個過了。」
她還是不大懂，再問軍師的時候，他看著自己的神色中帶著一絲遺憾，說道：「妳注定是到不了這種境界的，少問一點，免得到時候腦袋打結。」
好吧，她是蠢了一點，但是軍師這話，也未免太打擊人了！
而且，她雖然讀書少，但是也知道，這腦袋是打不了結的，軍師就知道忽悠自己！
「阿籬阿籬，你晚上想要喝乳鴿湯呢還是母雞湯？」紅席雙眼亮晶晶地看著沈東籬，一臉的期待。

「我不想喝。」沈東籬看著自己已經「浮腫」了一圈的手臂，有些恨恨地說道。

他想起前些日子，阿秀來看自己，露出的那個詫異眼神，之前甚至都沒有發現，自己竟然圓潤了那麼多。

若是別人看到，知道的人都曉得他是在養病，不知道的，還以為他在養肉呢！

「為什麼為什麼，是我哪裡做得不好嗎？」紅席可憐兮兮地問道。

這是阿秀教她的，沈東籬的性子很溫柔，但是他又是男子，是男子，就會有自己的傲氣，絕對不能太逼著了。

她和阿秀交談了以後，便去找了軍師。

第二日軍師便去和皇上說了條件，不是強制性要求沈東籬只娶她一個，只是要求給他們幾年的工夫相處相處，培養感情。

若是之後沈東籬願意娶她，那便只能娶她一個，不願意的話，她便不折騰了。

這樣的事情若是放在一般人身上，他們定會覺得那女子如此不知廉恥，但是人家本來就是女大王出身，自然不能用一般常理來要求她。

這樣的退步，不管是對皇上，還是沈東籬，都是極好的。

這麼一來，原本堅持要動用武力的那批官員也消停了。

這讓小皇帝鬆了一大口氣，都是我朝的子民，這樣以暴制暴，傷的還是國本啊！若是外邦趁此機會來犯的話，那就更是大傷了。

因為紅席的讓步，沈東籬雖然對她態度還有些冷淡，但是至少沒有以前那般直接眼不見、心不煩的。

紅席感受到這樣的轉變，更加認定了阿秀能幫到自己。

而且她又知道了阿秀是個大夫，還是天下有名的女大夫，對阿秀的崇拜之情更是如滔滔江水，綿延不絕。

而軍師那邊，除了這些，更加看重的，當然還有阿秀郡主的身分。

皇上年幼，沒有兄弟姊妹，阿秀這個郡主，如今還是很矜貴的，而且她對紅席沒有惡意，軍師自然也是鼓勵她們多多交往。

紅席每次上門，都會帶上不少真州特有的藥材或是小吃，這兩樣都是阿秀歡喜的。阿秀也不是吝嗇的人，自然都有回禮，這麼一來一往，兩個人的感情倒是深厚了不少。

再加上沈東籬如今腿傷未癒，阿秀就索性將一些復健的知識教給紅席，她心中歡喜沈東籬，相比較旁人的話，自然會多幾分真心。

紅席雖然讀書識字不行，但是有些實際操作卻是一學就會。

阿秀索性將西醫一些方面的操作也教了她一番，結果很讓人欣喜。

紅席見阿秀真心教她醫術，心中更是對她感激，這輩子，除了爹娘和軍師，都沒有人這麼對她。

她到了京城，那些貴家小姐，根本就不屑於和她說話，當然她也瞧不上她們，但是不得不說，她心裡還是有些寂寞的。

當年一起生活的弟兄們，被分派到了軍隊，或是別的行業，可能這輩子都見不到了，原本熱熱鬧鬧的環境一下子變得冷清。

紅席本來就是一個極其外向的人，這樣的生活，多少是有些不適應的，特別是她從來都是被寵著的；但是到了京城，好似誰都可以說她的閒話。

軍師雖然聰明，但是他畢竟是男人，又是年齡大的男人，自然是不懂一個十五歲少女這種敏感的心思。

還好這個時候有阿秀在她身邊，讓她知道了，管你什麼出身，你有能力，就沒有人敢瞧不起你！

阿秀也是有些意外，因為王川兒走了，她身邊一下子沒了人，正好紅席過來，便有意想要培養她，很多時候去給人看病，都是帶上她的。

時間一久，那些夫人們竟也慢慢接受了紅席。

有時候有什麼宴席，也會往紅席那邊送請柬，雖然她一次都沒有去過。

而且紅席還有一點比阿秀好了不少，阿秀的廚藝，再努力也不過在正常水準以下，但是紅席真用了心的話，那做出來的菜，雖然不能和大廚相比，但是味道還是相當不錯的，所以沈東籬的肉才會長得這麼的快。

「以後妳不必額外再燉湯了，府裡的廚師會做好的。」沈東籬慢慢移了一下目光。

他自然是知道這段時間以來，紅席的變化，正是因為這樣，有些狠心的話，他才說不出來。

原本他以為陳老知道了紅席就是那個罪魁禍首以後，會對她橫眉以對，哪裡曉得他竟然還是笑呵呵的。
這還是那個處處以他為重的陳老嗎？
沈東籬自然不會曉得，阿秀早就帶著紅席去拜訪過陳老。
紅席雖然性子有些不夠穩重，但是心卻是極好的，待人也真誠，這樣的人要在一般的大家族裡面找到，那是不大可能的。
陳老年紀大了，自然是知曉娶一個門當戶對的，不如娶一個真心待自己的，再加上紅席和阿秀又交好，他自然是樂見其成。
「可是……」紅席咬咬嘴唇，有些不大情願。
「妳不用多說了。」沈東籬撇過臉去。
他的腿傷已經好得差不多了，再過幾日便該復職了，他若是再胖下去，都不知道如何去面對別人。
「哦。」紅席有些可憐兮兮地點點頭。
心中卻下定決心，一定要去問問阿秀，沈東籬這又是什麼意思呢？
不過兩日，紅席便又帶了煲湯，見沈東籬又要變臉，連忙說道：「這個是藥膳，不會胖人的。」
沈東籬聞言，面色一僵，他已經表現得這麼明顯了嗎？連紅席都發現了？
紅席心中其實有些遺憾，沈東籬胖一點的話，在她心目中還是一樣的美好，但是這樣的話，可是能少了不少別的女子看他的目光，只可惜，自己的最終目的沒有達成。

大約就是阿秀，也不會猜到，紅席心中竟然還曾經有過這樣的想法。因為有皇上的旨意在其中，紅席才能如此頻繁地出入沈府。

只是她雖然和沈東籬的關係已經極為不錯了，他卻從來沒有說過要娶自己的話。

紅席畢竟是女孩子，她願意這樣追著沈東籬跑，已經是極為丟臉面的事情了，但是因為有喜歡在裡面，所以才那麼義無反顧。

但是她越是接觸外界，時間越是過得久，她的心慢慢涼了下來。

她羨慕顧靖翎對阿秀的貼心，羨慕顧一對裴胭的好，可是沈東籬對她，永遠都帶著一種生疏，這讓她心裡很是難過。

阿秀自然是能察覺到紅席心境上面的變化，但是這分感情，剛開始的時候她可以幫忙出謀劃策，但是到了現在，只能看紅席自己的意願了。

她不過是個外人，感情的事情還是要看當事人的。

沈東籬覺得紅席這段時間很奇怪，來的次數沒有以前頻繁了，就是來了也不大說話，這讓他有些不適應，心想她可能是有心事。

「妳最近在忙什麼嗎？」沈東籬問道。

紅席聞言，眼睛一亮，他是一直在關注自己嗎？

「妳若是事情很多的話，不來也沒有關係，我的腿傷老早就好了。」

紅席眼中的亮光，因為這句話，慢慢暗淡下去，直至完全消失。

對啊，他的腿傷老早好了，都好了一年了。

他這是嫌棄自己了嗎，他覺得自己礙眼了？紅席覺得鼻子酸酸的，視線慢慢變得模糊。

「你個大蠢蛋！」她明明說得那麼明白了，她喜歡他，可是為什麼他一點回應都不給自己呢！

京城的人都在笑話自己，可是他卻永遠都是這樣，紅席覺得自己的心好累，她想要回家！

她，想爹娘了。

沈東籬眼睜睜地看著紅席的眼淚一顆一顆掉下來，他愣愣地看著她，竟不知道該有什麼反應。

他忘記了，原來，紅席也是會哭的。

「我以後再也不來了！」紅席看沈東籬靜靜地看著她，她只覺得自己的心被扎了一個大洞，吼完這一句，便直接跑了。

沈東籬一怔，連忙起身追人，但是女大王畢竟是女大王，就算下了山，那也是和一般女子有區別的。

沈東籬一個男子，竟然還追不上她的腳步，這讓他對未來的生活，忍不住嘆了一聲。

軍師正在清點東西，看到紅席哭著回來，便問道：「丫頭啊，妳哭什麼啊，沈大人和妳說了提親的事情了？」

軍師這話是什麼意思？

紅席看著院子裡滿滿當當的箱子，再看看拿著本子在記錄的軍師，有些不知所措。

見紅席一臉的傻呆樣，軍師便繼續說道：「如果不是因為這件事情，那妳哭什麼？」他以為紅席是喜極而泣呢！

紅席有些難以置信，小心翼翼地問道：「軍師，你說誰提親啊？」

「自然是沈大人啊，以後妳就不要去沈府了，好好待在家裡，這嫁衣妳娘多年前已經給妳準備好了，但是別的，妳還得自己來，我都給妳找好了嬤嬤，讓她平時給妳上上課，這當家主母要做的事情，可不少呢！」軍師在一旁開始念叨。

紅席的臉一下子脹得通紅，沈東籬剛剛說那句話，難道是這個意思嗎？

那自己剛剛還衝他發脾氣……

紅席這輩子，從來沒有覺得自己這麼丟臉過，她該如何面對沈東籬啊！

——本篇完

番外二　薛家天才

薛行衣自有記憶以來，他能看到的，能聞到的，都是和醫藥有關係的。

他曾經聽娘親說過，自己抓週的時候，抓了一本《藥王經》，兩歲的時候，他便能識別出藥材氣味的不同；然後，他便離了父母的身邊。

時間再久一點，他便完全沒有了印象，能記住的也就這麼一件事情了。

「行衣，你說說，剛剛瞧見的那個是什麼？」薛老太爺隨口問道，他身邊的是已經三歲了的薛行衣。

「那個是半夏，又名三葉半夏，半月蓮，三步跳，地八豆，守田，水玉，羊眼，全株有毒……」小小的個子，卻有著不符合他年齡的老成。

「很好。」薛老太爺很是讚賞地點點頭。

薛家的下一輩在醫學上面的天賦都很一般，還好出了一個行衣，不然怎麼和唐家比。

唐家剛剛添了一個女娃娃，不過……

薛老太爺的臉上露出一抹得意的笑容，她必然不會超越他們薛家的行衣的，而且，女娃娃又能有什麼大的作為呢！

「行衣，你要記得，咱們薛家勢必會超越唐家。」薛老太爺看向某處，神色中帶著明顯的期盼，他會讓全天下的人都知道，薛家才是醫藥第一家！

至於別的高家、容家，他們已經慢慢往別的行業發展，就稱不上是對手了。

只有唐家，薛家和唐家的爭鬥，必然會一代一代延續下去！

「是。」薛行衣點點頭。

只是他腦袋裡剛剛有了這樣一個概念，唐家就因為一場火，滅門了。

他小小的心裡面，出現了一種別樣的感覺，好像自己要超越的目標一下子不見了。不過這樣的情緒並沒有困擾他多久，畢竟他年紀還小，而且要學的東西也還很多。

隨著年紀再增長，京城，甚至更加遠的地方的人，都已經知道，薛家出了一個天才。

薛行衣自然知道別人對自己的評價，只是他從來都是不屑一顧的。

天才嗎？如果沒有從小每日每日的積累，哪裡來的天才。

也許他是比別人多了幾分天賦，但是他卻比別人多付出了幾倍的努力和專注。別人的世界裡，有他人，有親情，有喜怒哀樂，而他的生命裡，從來都只有醫術。

也許別人會覺得他可憐，那麼小的年紀就如此刻苦，但是他一點兒都不覺得，他覺得這樣的生活很充實，充滿了挑戰。

薛行衣覺得，自己這輩子都會和醫術在一起。

等他十五歲的時候，宮中的貴人也知道了他的名字，便邀請他進宮給太皇太后診治。

那個時候先帝剛剛駕崩……

然後，他遇到了這輩子對他影響最大的一個女子。

最開始的時候，他只是聽說了她的事蹟。

他從來不覺得女子就應該不如男人，所以對於一個女子有如此厲害的醫術，只覺得想要見識一番，而不覺得難以置信。

當他看到那個女子年紀比他還小一點的時候，他的心裡，難得多了一絲惺惺相惜。說實話，那些自稱神醫的人，他大半都是瞧不上眼的。

薛行衣看到面前那個身穿素黃色衣裙的少女，衝她微微拱手道：「小師姑。」不過幾個月的時間，那個讓他一直好奇的少女，就這樣成了他的小師姑。

薛家多少的人，都在等著看他的反應，畢竟這樣一個少女，年紀比他還小上幾歲，卻要讓他叫她小師姑，但是他心裡其實是有所期待的。

她成了他的小師姑，那是不是意味著，他們可以一起探討醫術了？

薛行衣一直都知道，薛家的「九針之術」是不傳外人的。阿秀對外稱是祖父的關門弟子，但是薛行衣知道，阿秀就是連一般的弟子都不如，祖父防備著她。不過，家規在他眼裡都是如浮雲一般，他基本上沒有猶豫，便拿這個跟阿秀換了「縫合之術」。

在薛行衣看來，反而是他賺了；畢竟「九針之術」不過是在針灸的基礎上面改良的，而「縫合之術」卻是他從來沒有接觸過的。

他以為這已經是阿秀的立身之本了，沒有想到，阿秀懂的比他想像的要多得多。

那次遊歷，是他人生經歷的第一個大的挫折。

他走了很遠的路，見識了很多自己以前在京城沒有見過的事物，他到了一個很荒涼的地方，那邊的人推崇的是他完全沒有見過的一種治療手法，而他所引以為傲的醫術卻被人嫌惡，這是他從來沒有遇到過的事情。

薛行衣第一次意識到，原來自己也會落荒而逃。

他逃走了，但是並沒有回到京城，他反而順著阿秀的路線找到了她，不知道為什麼，他覺得自己所困惑的，能在她那裡得到解釋。

阿秀果然沒有讓他失望，只是越是這樣，他反而越是惶恐，他以為自己懂的已經夠多了，原來他也不過是坐井觀天，跟在阿秀身邊的時間越久，他就想得越多。

也許阿秀自己沒有覺得，但是薛行衣有那麼幾個瞬間，真的將她看作了自己的師長一般。

薛行衣以為，這樣的關係，會一直維持到很久很久以後。

但是，進京以後，阿秀拒絕了進宮治療太皇太后，這讓他失望的同時又覺得有種被欺騙的氣憤。

他覺得，阿秀不該是這樣的，可是，事實上她卻這樣做了，偏偏在他對她失望的時候，她又一下子讓他轉了觀念。

薛行衣覺得，阿秀該是這天下最難懂的人了。

後來很多很多年過去以後，薛行衣再回想這個時候發生的事情，他只不過淺淺一笑。

原來，阿秀從來都比他要成熟，她一直都知道自己想要的是什麼；而他，只是一直在追尋著，直到自己再也跑不動……

「行衣，老太爺的身子最近差了很多，你回來吧。」

薛行衣將家書看完，然後慢慢摺好，再放回信封裡。

因為太皇太后的薨逝，薛家的處境很是尷尬。

對此，他並沒有太多的感覺，他只是意識到了自身很多的不足，他覺得自己還需要進一步的學習。

他記得很久以前，阿秀就和他說過，醫術，都是靠慢慢積累的，走的路越多，學到的就越多。這個道理，其實他也懂，只是他不懂，阿秀明明知道這個道理，為什麼卻選擇被拘在那一個小小的京城？

天大地大，要走的地方還有很多！

當時阿秀只是笑著說道：「每個人的追求不同。」

薛行衣他追求的是沒有止境的醫術，而阿秀，她追求的不過是一份安穩的生活，只有在安穩的生活這個基礎上，她才會儘量追求在醫術上面的突破。

所以等到他們都過世以後，薛行衣被人稱作為「醫仙」，而阿秀，則是「醫聖」。

也許都是被人民擁戴，但是其中卻還是有區別，「醫仙」顯得更加飄渺不定。

就好比薛行衣，終生沒有安定下來。

「薛師父，薛師父。」

薛行衣微微睜開眼睛，天已經大亮，只是他之前採藥傷了腿，所以還不能動彈，不過還好，不是什麼大傷，休息兩天便好了。

只是面前這個人，薛行衣難得地覺得詫異了，她怎麼會在這裡？

「薛師父，您怎麼了？」王川兒看到薛行衣發愣，手忍不住伸在他面前晃了晃。

她當初和阿秀表明了心跡追尋而來，是用了今生最大的勇氣，只是如今看到薛行衣，那些表白的話，卻完全說不出口了。

「妳怎麼在這裡？」薛行衣忍不住問道。

「您忘記了嗎，您是我揹回來的啊？」王川兒說到這，面色微微有些泛紅。沒有想到，她剛剛到這兒，就有一個這麼好的機會，讓她和薛行衣如此近距離的相處。

「是嗎？」薛行衣慢慢回想，他當時撞到了頭，所以意識並不算清楚，只記得是有那麼一個聲音。

別人都叫他「薛大夫」，也就只有王川兒，因為在他那邊學了幾日的醫術，便張口閉口地叫他「薛師父」。

「薛師父，我已經和阿秀說過了，以後就跟著您混了，這是她給您的信！」王川兒將一封信遞給薛行衣。

如果她自己就這麼大剌剌地過來了，多半是會被他送回去的。

但是，有了阿秀的信就不一樣了。

阿秀一直都知道，薛行衣最在乎的是什麼，便用一個少見的治療手法，交換讓王川兒留在他的身邊，直至她自己願意離開。

薛行衣一向守信，只要是他點頭的，便一定會做到。

「那妳以後，便跟著我吧。」

薛行衣將信收好，微微點了點頭。

在他看來，王川兒也不過是一時興起，堅持不了多久的，等到她年紀再大點，要嫁人了，自然就會離開了。

只是他沒有想到，這個拖油瓶，跟了他一輩子。

中間他不是沒有讓她離開過，只是每次說起這個話題，她便拿出阿秀的那封信，讓他停止了話題。

她跟著他，一生走過無數的山山水水，救過他更是無數次。

她這輩子，跟他一般，沒有成親。

「薛師父，下輩子，下輩子記得留個位置給我，心裡不要只想著醫術了。」王川兒臨終前只留下那麼一句話。

這麼幾十年，她中間不是沒有打過退堂鼓，但是她仔細想了，若是嫁給一個陌生的男子，那她寧可就這樣跟著自己歡喜了那麼多年的男子。

這麼想著，這幾十年竟然也就這麼過來了。

「好。」薛行衣微微一愣，緩慢而又鄭重地點點頭。

王川兒這才安心地去了。

又過了兩年，薛行衣也不行了，只是臨終前，囑咐了自己的弟子，將自己埋在王川兒的墓旁邊。

他一向守信，下輩子，必然會給她留個位置。

——本篇完

番外三　路家有女初長成

路清晚是路家第三個孩子，她不是最大的，也不是最小的，更不是唯一的那個女兒，但是她卻是家裡最受寵的。

她一出生，家中的牡丹一下子全部開了。

給她接生的產婆更是說，這路家三小姐，以後必然能長成傾城之色，她接生過那麼多的孩子，從來沒有一個，一出生便有如此的容貌。

但凡見過她的人，都覺得此女將來不會簡單，更有人斷言，她這絕對是進宮做娘娘的容貌。

路清晚那個時候年紀還小，只覺得進宮做娘娘好似是一件很快活的事情，後來真的進了宮，只覺得生不如死。

等她長到十三歲的時候，家裡的門檻都要被踩爛了，都是上門求親的人，可是她只覺得那些人都無趣得很。都沒有見過人，只聽說她長得美，便這樣貿然地來提親，也未免太草率了，成親，可是一輩子的事呢！

而她娘，總是對著她嘆氣。

她不懂，為什麼爹爹看著自己都是歡歡喜喜的，而娘親，卻總是嘆氣。

她曾經問過娘親，為什麼要嘆氣呢，她長得越來越美，不是一件好事嗎？哪個女人不希望自己美一點呢？

「傻孩子，有時候平平安安才是福氣。」

那個時候，她心高氣傲，自然是不懂這話的真諦。

因為家裡的長輩都縱著她，即使上門求親的人那麼多，但是她一個都沒有瞧上，家中的長輩也由著她，也許他們也是覺得，那般的凡夫俗子配不上她吧。

當她以為，她的命定之人會騎著白馬從天而降的時候，她這輩子最在乎的男人，就這樣一路從山上滾到了她面前。

她一時驚詫扭傷了腳，這個從山上一路滾下來的人卻一點兒傷都沒有，隨便將衣服一拍，又是一副翩翩公子的模樣。

「這位小姐，妳可還好？」那人衝她作了一個揖。

若不是她之前看到了那好笑的一幕，說不定還真以為他是個貴公子呢！

「不好，因為你滾下來，害得我腳扭傷了！」路清晚隔著帷帽瞪著那人。

「那恕在下冒犯了。」

路清晚還沒有意識到，這個冒犯具體是什麼意思的時候，就看到他蹲了下來，然後自己腳上一痛，她再伸腳，腳已經恢復如初。

「你這人怎麼這樣啊，女子的腳怎麼能隨便亂碰！」身邊的丫鬟不依地說道。

大約是她自己個性的緣故，身邊的丫鬟也比較潑辣。

那人長著一張娃娃臉，顯得年紀比自己還要小上幾歲，聞言面色一正。「我是大夫，妳家小姐是病人，這病人哪有男女之分。」

那丫鬟一聽這話，頓時有些不知道怎麼說了，看他剛剛嫻熟的手法，倒也不像是騙人的。

「這位小姐，不知妳是哪家的，剛剛著實是在下的不是。」

見他又衝著自己作揖，路清晚從來沒有見過這樣的人，忍不住一陣好笑。

「我是路家的，那你呢？」路清晚問道。路家所處的位置比較尷尬，在京城、津州的交界處，所以她索性就說了一個姓。

「在下京城唐家。」

「唐家？是那個出過女醫的唐家嗎？」路清晚一下子來了興致。她平日最是喜歡看一些雜書，所以知道這些。她一向覺得，女子並不比男子弱，所以看到有女子進宮做女醫的時候，心中也有些嚮往；只可惜讓她描眉打扮還行，這學醫，她還真沒有天賦。

「是，在下的舅祖母便是女醫，不過近年來已經沒有出過女醫了。」

「你可真老實。」路清晚捂著嘴笑得厲害，一般人都會誇一下自己的家族，順便抬高一下自己，哪裡有他這般，什麼話都直說的。

而他，只是愣愣地看著她笑。

酒老爹年輕的時候不叫酒老爹，他有一個很文氣的名字，叫唐啟墨。

他第一次見到路清晚的時候，是他給人看病，正好路過路府，那個時候她正好在花園裡盪秋千。

他抬眼間，便看到一個女子盪到了半空中，那驚人的美貌，和燦爛的笑容，一下子就讓他丟了心。

唐啟墨從小因為在醫術上極為有天賦，是唐家著重培養的小輩。

他從小到大接觸的最多就是藥材和醫書，在他十三歲正式出診前，他的眼裡心裡也只有這兩樣。

直到他十五歲那年，看見了正在盪秋千的路清晚。

只是那個時候，路清晚根本還不知道有這麼一個人，將心丟在了她身上。

當然，把心丟她身上的人多了去了，她自然也不會多在乎。

唐啟墨有很多時候都在祈禱著，這路家的誰能得個病，這樣說不定他就有可乘之機了。

誰知，他越是這麼期待，這路家的人，身子越是好得很。

直到他今日給山上的惠清方丈看病，還沒有走下山，便看到了那個熟悉的身影，雖然她今日戴了帷帽，但是唐啟墨覺得自己是不會認錯人的。

只是一個激動，人直接就滾了下去。

雖然丟人得很，但是他還是強裝鎮定，當作沒有剛剛那件事情。

後來和她說話，他心都止不住地顫抖，原本想好的那些比較好聽的話，結果一句都沒能說出來。

她問什麼，他就傻愣愣地照實全說了，根本就沒經過大腦。

最後她要走了，唐啟墨心中實在不捨，便忍不住問道：「妳家裡可有人要看病？」說完以後他就意識到不大對了，他只能一臉尷尬地看著路清晚不說話。

路清晚只覺得這個人好玩得緊，便笑著說道：「我奶娘的腿每到下雨天便不大好，如果唐大夫您不嫌棄的話，能不能上門看一下？」

這唐家的地位可不一般，讓他登門去看一個下人的身體，其實是有些失禮的。

但是誰叫對方是路清晚，就算是路家的一條狗要下崽子了，唐啟墨也肯定會屁顛屁顛地跟上去。

「擇日不如撞日，便今日吧。」唐啟墨第一次發現，原來自己的臉皮也可以這麼厚。

而路家的長輩，發現自家閨女不過是去上個香，回來怎麼就帶了一個男人，都嚇壞了；還好後來一問，是大夫，這才鬆了一口氣。

只是當他們知道，他是唐家出來的，又有些不淡定了。

唐家雖然不錯，又是醫藥世家，在京城的聲譽也是極好的，但是他們畢竟不是正經為官的家族。

路老爺的心思，自然是希望路清晚能嫁一個有利於路家的人，而且就路清晚這樣的容貌，完全可以嫁個更加好的。

若不是心疼女兒，路老爺老早便將她送去選秀女了，畢竟她這樣的容貌，只要站著，就足以吸引所有人的目光。

「小姐您真是的，怎麼好叫唐大夫給我一個老婆子來瞧病。」路嬤嬤很是過意不去，畢竟她不過是一個下人，但是唐啟墨卻是唐家出來的大夫。

「奶娘您客氣了。」唐啟墨笑著半蹲下來，給路嬤嬤檢查腿。

路嬤嬤一愣，看向路清晚。

看這人態度如此熟稔，叫她奶娘的時候，更是親切萬分，難不成，這是小姐自己找的姑爺？小姐雖然心氣高，但是也是個女孩子，路嬤嬤這麼想著，便不好將自己心中想的說出來了。

路嬤嬤的腿是老寒腿了，要治療是比較麻煩的；不過這樣正稱了唐啟墨的心，留下了一個方子，說半個月以後再來檢查。

他其實恨不得每日都能到路家報到，但是他也知道這樣太打草驚蛇了，要是嚇到了路清晚可怎麼辦？

就這麼每半個月來一次，時間久了，兩個人自然而然就有了感情。

等路家的人發現的時候，他們已經非君不嫁，非卿不娶了。

路老爺沒有法子，但是也不願意自己這麼漂亮的女兒就嫁給一個大夫，他索性就說了一句話，讓唐啟墨拿到唐家家主的位置，才將女兒嫁給他。

不得不說，路清晚不光是有美貌，還有聰明的腦袋，在路老爺說這句話以前，她已經給唐啟墨先提個醒了。

唐啟墨本身就是唐家最有前途的小輩，要拿到家主的位置並不算太難，不過為了給路老爺多點成就感，唐啟墨足足又等了三個月，才登門去求親。

當時路老爺的臉色，著實是有些精彩。

但是他自己說過的話，自然不能不算數，雖然心裡還有些不大情願，但是卻也是點頭了。

反倒是路夫人，在婚事訂下以後，拉著路清晚笑得欣慰。她一直怕自己的女兒深陷後宅的鬥爭中，如今知道是唐家，她算是鬆了一口氣。

唐家是醫藥世家，雖然門第不低，但可能是大家都專注在醫術上面，那些勾心鬥角的事比一般的高門大戶要少得多。

而且看唐啟墨，對她的清晚是真心一片，她也算是放心了。

第二年開春，路清晚便帶著長長的出嫁隊伍，嫁到了唐家。

她以為這是幸福的開始，卻不曾想到，那些災難痛楚就在不遠的將來，她甚至不知道，自己將會把災難帶給那麼多無辜的人。

那場災難，路清晚即使在很多年以後再回想，她都忍不住地發抖。

那一年，她生下了她和唐啟墨的第一個孩子，取名唐袖。

「袖」是她喜歡的，他便依著她。

那一天，她帶著丫鬟去廟裡燒香。

只因她的阿袖最近老是發低燒，雖然他們都說是因為長牙的緣故，但是她還是有些不放心，便想著去廟裡給她求一個平安符。

她哪裡曉得，在那裡竟然會遇到那個人，當時的皇帝——慕宇尚，也是她這輩子最恨的那個人。

她不知道自己當時做了什麼，讓他一眼就瞧中了自己，甚至不擇手段，花費那麼大的代價，只為了搶自己進宮。

就是因為他，她失去了自己最重要的人，最重要的所有人。

夫君，孩子，爹，娘，公公，那麼多，那麼多。

她在乎的人都不在了，她就算活著，也不過是行屍走肉罷了。

偏偏那人卻不願意放過她，給她下了藥，又奪走了她的身子。

人人都道他深情，後宮佳麗三千，他卻獨寵一人。

可是那又怎樣，這不是自己要的生活，即使將世上最美好的事物全都放在自己面前，也不如那些已經死去的自己的親人。

她甚至要生下和他的孩子，這讓她更是覺得噁心無比。

為什麼，明明她從來沒有做過一件對不起良心的事情，可是老天就要這麼對待她！

她想起了那年母親的嘆息，原來太美真的是一種錯！

再見面，中間已經隔了整整十餘年，路清晚沒有想到，自己還會有這樣的福氣看到自己的孩子，夫君，還有公爹。

夫君眼中滿滿的糾結，孩子滿臉的茫然，以及公爹滿腔的恨意，都讓她深刻地意識到，這不是夢。

即使要背負著他們的怨恨，她也感謝上蒼讓他們再次相遇。

可是她知道，他們回不去了，她注定一生都要被禁錮在這個金色的大囚籠裡面。

她知道奶娘一向最是疼惜自己，但是她萬萬沒有想到，她會將當年的那些事情都和他們說了。

再見面，他的眼中多了痛惜和心疼，而公爹，他甚至不再對自己咄咄相逼。她並不想讓他們知道自己的屈辱史，但是看到他眼中的憐惜，她還是止不住地想落淚。

真的，她真的很想他……

「母后，畫好了沒？」她聽到阿秀有些困惑的聲音從對面傳來。

她笑著放下手中的畫筆。「畫好了，妳過來看看，畫得像不像。」

阿秀立馬放下了手中的團扇，湊過去一看，只覺得比自己要美上好幾分。

「母后畫得真好。」

她只是笑而不語。

抬眼間看到那孩子眼中流露出來的羨慕，她心中忍不住一軟。「瑞兒，不如你和阿秀坐一塊兒，母后給你們倆畫一幅。」

小皇帝一聽，眼中頓時大亮，臉上的笑容燦爛得過分，畢竟母后從未主動要求過給他畫像。

他跑過去，有些羞澀地拉住阿秀的手。「母后，這樣可好？」

她笑著，面上的神色更是柔和了三分。

快活的日子總是過得那麼的快，好似只有幾瞬的工夫，阿秀就要出嫁了。

「小姐，小小姐今兒要出嫁了。」路嬤嬤在一旁說道。

「我曉得的。」路清晚點點頭，她摩挲著那張畫像，整夜沒有睡覺。若是平常人家，這個時候該是做娘的陪著女兒說些體己的話，可是她卻只能這樣靜坐在一邊，想著阿秀那邊，如今進行到哪一處了。

「奶娘，妳說阿秀的蓋頭上繡的是並蒂蓮呢，還是鴛鴦戲水？」路清晚輕聲問道。這個時候，能陪在她身邊的，也只有奶娘一個人了。

「小姐，我之前就去瞧過了，用的是鴛鴦戲水，請的是最好的繡娘，顧夫人是個疼人的，沒讓小小姐自己動手，什麼都安排得妥妥當當的。」路嬤嬤柔聲說道。

阿秀嫁給顧家，算是一個很不錯的選擇了。

「那就好，可惜不能陪著她。」太后臉上帶著明顯的失落。

「您不要想太多了。」路嬤嬤在一旁寬慰著。

原本女兒出嫁，做娘親的，就是最難過的時候，偏偏她還不能在旁陪伴，也難怪她心情如此低落。

「奶娘，叫人進來給我梳洗一下吧，我也該出發了。」

「是。」

婚禮上，她看著阿秀盈盈下拜的身影，就想起了那天，自己也是這般出嫁，她的夫君，想必也是如顧靖翎一般，笑得如此的肆意。

她的目光忍不住在現場搜索起來，不過一瞬，就對上了一個熟悉的目光。

他也在找自己。
她終於忍不住一笑。
今天，他們一起見證了他們的女兒出嫁。
他們倆的對視不過那麼短短幾瞬，但是中間卻好似經歷了滄海桑田。
他們中間隔了許多的人，但是他們卻一眼看懂了對方眼中的意思——
我愛你／妳，自始至終！

——本篇完

番外四　小皇帝

慕高瑞那個時候還不是皇帝，只是因為他是宮中唯一的皇子，所以備受寵愛和關注，只是他一直不懂，為什麼自己的母后看到自己，總是一副厭惡痛恨的模樣。

他不是她生的嗎？

其實三歲以前的記憶，他雖然記得不是特別清楚，但是多少還是有點印象的。

只是他忘記了，到底是什麼原因，讓一直寵愛，甚至是有些巴結自己母后的父皇發了脾氣，他就被送到了皇祖母那邊去。

皇祖母對自己很好，只是他心裡還是忍不住地渴望，渴望來自於母后的關愛。

慕高瑞也不懂，為什麼父皇是一國之君，但是面對母后的時候，姿態卻是那樣的低；父皇費盡心思，只為了讓母后多看他一眼，可是母后的眼裡、心裡都沒有他。

那一瞬間，他似乎有些明白了，自己不招母后的喜歡，是因為父皇吧……

後來，父皇駕崩了。即使父皇駕崩，母后也不願意多看他一眼。

他心裡不是不氣憤的，但是每次面對母后那種平淡如水的面孔，那些指責的話他就說不出口。

父皇駕崩前，精神很好，他拉著他絮絮叨叨地說了一個晚上。

最後，他和他說，不要愛上人，不然，就會和他一般，如此痛苦，卻又如此沈溺。

父皇駕崩以後，母后對自己的態度倒是親近了不少，只是卻也少了一種母子之間的親昵，不過這樣的改變，已經讓他心中雀躍不已。

他實在不懂，為什麼母后寧願寵一個毫不相干，脾氣還十分不好的容安，卻不願意多和自己說說話。

總有一天，那個容安會失寵的。

當然這一天來得很快，但是他沒有想到，伴隨著容安的失寵，太后那邊又多了一個新歡。

雖然相比較容安，慕高瑞也覺得這個叫阿秀的新歡更加順眼得多。

慕高瑞也不懂，自己為什麼會對一個第一次見面的陌生人有著一種說不上來的奇怪親近感。

不過後來，等他發現的時候，有些事情也已經成了定局。

那個阿秀雖然出身鄉野，但是懂的卻比他多得多，有時候她進宮看母后，若是他也在的話，便會和他閒聊一會兒。

他有了什麼煩惱，也會下意識地和她說。

到後來，她甚至慢慢超越了母后在他心中的位置。

他一直在想，若是自己真的有皇姊的話，想必就是這樣的吧。

只是他從來沒有想過，自己的母后在進宮以前，是有夫有女的。

他終於能夠理解，為什麼她對父皇的態度一直那麼的冷淡和厭惡。

父皇為了占有她，殺害了幾百口人。那些人都是母后的親人……

他也能理解，為什麼母后對自己的態度會變成這樣，因為自己不過是在父皇手段之下生下的，不被她歡喜的一個孩子。

那個時候他已經有了自己的後宮，有了不少的孩子，但是在知道真相的那一瞬間，他卻難過得想哭。

他以為登基那麼多年，他已經變得足夠的堅強，以及百毒不侵；若不是他一時興起，查了當年唐家的事情，這樣的真相，也許直到他死了都未必會知道。

他也能理解，為什麼母后看向阿秀的眼神，充滿了一個做母親的溫柔，因為那才是她最為珍視的孩子……

在那一刻，他突然出奇的憤怒，可是下一瞬，他卻一下子洩了氣。

憤怒又能如何，他也不過是自己生氣罷了，或者遷怒於別人。

不管是太后，還是阿秀，都是他不能動、也捨不得動的人。

阿秀和太后，占據了他那些年最為美好的記憶。

而且，現在京城的那些婦人，誰不把阿秀當菩薩一般地供著，不光是京城，整個天下，受益於她的人千千萬萬。

她編著的醫書更是傳到了各個地方，造福著百姓。

那些原本迂腐得很的老文官們，甚至願意為她在自己這裡求一個官職，只不過最後被阿秀拒絕了，這讓那些人更加追捧她了。

她對於那些人來講，就是一個仰慕的對象。

而且因為她的存在，女子的地位隱隱間也是提高了不少，有些學堂甚至願意接受女學生，雖然要求比較高，但是已經是很大的進步了。

對於這樣的一個存在，慕高瑞只覺得為她感到自豪！

「也罷也罷。」慕高瑞重重地嘆了一口氣。

「皇上，海外的商船回來了，據說上頭有不少的醫書呢。」小六子在一旁說道。

他察覺到最近皇上特別心煩，便想著讓阿秀進宮藉著拿醫書的名頭來寬慰皇上一番，除了太后，皇上心中最在乎的便是那個出身民間的郡主了。

「把書給阿秀送過去吧。」慕高瑞一愣，最終還是遵從了自己的內心。

「今天早上，郡主還特地讓人送了藥丸進來，說是大皇子殿下前些日子落了水，要好好補一下。」

「她怎麼不來找朕？」慕高瑞的眉頭微微蹙起。

「郡主一進宮就被太醫院的人拉走了，讓她去講課呢。」小六子在一旁笑著說。

慕高瑞微微一怔，想到她講課時候的神采飛揚。

算了，算了，人生就那麼短暫的幾十年，這些上一輩的事情，就讓它這麼過去了吧。

至於他們這一輩，既然太后將阿秀認作了女兒，那她便一直都是自己的姊姊。

永遠……

——本篇完

小番外 阿秀的幸福生活

若說阿秀懷唐哥兒的時候會沒事找事，那她懷妙姊兒的時候就是故意在惹人嫌了。

但凡是心裡有一點不舒坦的，那必然是要發洩出來的，這發洩的對象，自然也只有顧靖翎。

說來也怪，不管什麼時候，阿秀都不會將自己的脾氣發在長輩和病人身上，偏偏顧靖翎對這樣的特殊待遇，甘之如飴。

唐哥兒瞧著阿秀圓鼓鼓的肚子，很是期待地問道：「娘親，妹妹怎麼還不出來？」他肉肉的小手，還不忘在上面摸兩把。

「妹妹還得再半個月呢。」阿秀笑著，刮了一下唐哥兒的鼻子，自她肚子大了以後，唐哥兒幾乎每天都要問一下這個問題。

「唐哥兒，若是出來的不是妹妹，是弟弟，那可怎麼辦？」阿秀故意調侃道。這是男是女，就是她這個當事人都說不準，更不用說是他們了。

只不過唐哥兒自己，一直心心念念想的是妹妹。

唐哥兒臉上的笑容微微頓了一下，然後仔細考慮了一下後說道：「那我便用弟弟和姑姑換妹妹。」

唐哥兒的姑姑，自然是指顧瑾容，她去年也生了孩子，是個小胖妞。

阿秀聞言，頓時大樂。「好，好，若是弟弟，便和你姑姑換。」
顧靖翎進來的時候就正好聽到這麼一句，他的臉色立馬就變了。
那個小胖妞，他可不想拿自己的寶貝兒子去換。
「唐哥兒，若是生出來是弟弟的話，那爹爹明年再給你一個妹妹。」
阿秀沒有想到顧靖翎會這時進來，頓時臉色一紅。
自己剛剛那話……
唐哥兒倒是仔細考慮了一下那個可能，搖搖頭道：「我還是覺得妹妹好，不過這次如果是妹妹，爹爹明年還會再送我一個妹妹嗎？」
顧靖翎沒有想到，唐哥兒對妹妹是如此的執著。
阿秀看顧靖翎被為難住了，頓時就笑開了。
「哎喲，笑得我肚子疼死了。」阿秀捧著肚子樂道。
只是之後，這肚子是真的疼了。
「阿翎阿翎，這孩子，被你兒子催出來了。」阿秀喊道。
雖說已經是第二個孩子了，但是顧靖翎還是一樣手足無措地愣了幾瞬以後，這才急急忙忙跑出去找人。
「娘，是妹妹要出來了嗎？」唐哥兒雖然年紀小，但是他自小聰慧，會說話的時間也比一般小孩要早得多。
阿秀有些艱難地點點頭。

如果說之前生唐哥兒是一帆風順的話，那生這個孩子的時候，阿秀深刻體會到了生產的痛苦。

這個孩子比唐哥兒當初還要大上幾分，而且胎位不是很正，阿秀平日雖然有注意不少方面，但是還是足足疼了三、四個時辰，等孩子生下來的時候，阿秀直接就暈了過去。

這孩子，便是妙姊兒。

唐哥兒知道自己有了妹妹，頓時高興得飯都不要吃了，直接圍著妙姊兒轉。

妙姊兒生下來時和唐哥兒一般，都是白白嫩嫩的，家中的老人都說她是糯米糰糰，很是歡喜。

等到她滿月，白嫩的臉蛋，大大的眼睛，長長的睫毛，時不時撲閃幾下，一下子就擄獲了一眾來喝滿月酒的夫人的心，紛紛要把妙姊兒訂下做未來兒媳婦兒。

一向最是乖巧懂事的唐哥兒雖然不懂兒媳婦兒是什麼，但是看到那麼多人和他搶妹妹，直接就號開了，嚇得阿秀還以為他怎麼了。

知道真相以後，她更是笑得直不起腰來。

日子一天天過去，妙姊兒也慢慢長大了，因為之前生妙姊兒，阿秀傷了元氣，顧靖翎更是不敢讓她再懷孕。

他甚至一反常態，特地去買了羊腸套，讓阿秀看了一陣感動。

直到妙姊兒五歲的時候，阿秀才懷上他們的第三個孩子。

如今唐哥兒已經七歲了，阿秀想起當年的事情，還忍不住調侃他，是要妹妹呢，還是弟弟。

顧家人少，他下面又沒有同齡的男孩子，便想著再要一個弟弟做跟班，妹妹是要用來寵的，而弟弟，就可以用來欺負啦！

而妙姊兒，因為長得神似太后，小小年紀跟著阿秀出門，就有不少的小兒郎跟在身後，若是相熟的人家，那更是直接湊上來套近乎。

妙姊兒在家鬧騰得很，在外卻很是內向，他們要是太主動，妙姊兒就會直接嚇得躲進阿秀的懷裡。

「娘，妙妙不想去學堂。」妙姊兒抱著阿秀的大腿不肯撒手。

那些小哥哥們太可怕了，他們會拉她的手，會捏她的小辮子，還有一些會趁她不注意扯她的衣服。

「沒關係，娘已經幫妳找好保鏢了。」正說話間，顧一家的兩個孩子就進來了。

顧一家的兩個孩子如今已經八歲了，但是可能繼承的都是顧一的基因，三歲以後，一直在往四肢發達、頭腦簡單的方向發展。

那學堂都有入學測試的，一般孩子七、八歲就可以進去了，妙姊兒是因為從小聰慧，阿秀這才提早送她進去。

而且顧家人少，唐哥兒去上了學堂，家裡也沒有什麼同齡人陪著妙姊兒玩。

阿秀和顧靖翎更是有自己的事業。

「是顧恩和顧惠哥哥。」妙姊兒看到他們倆，頓時就不哭了，笑咪咪地和阿秀道了別，便跟他們一塊兒上學堂去了。

阿秀看了一眼那像兩座小山一般的兄弟，再聯想裴胭的美貌，頓時有些惋惜，怎麼就一個都沒有繼承呢？

——本篇完

絕妙好文·會心一笑／蘇芫

2015年3月出版

飯桶小醫女

吃飯皇帝大，
要她出手救人，至少先讓她吃個大飽吧！

文創風 278 1

阿秀真不知道自己是上輩子作了什麼孽，
竟然因為一個普通的感冒就穿越到了一個小屁孩身上，
別人穿越不是侯門千金就是名門貴女，
她穿過來只有一個當赤腳醫生的酒鬼老爹，
幸好前世是外科醫生，好歹也能治治貓狗牛馬，
日日她只求能吃個大飽……

文創風 279 2

這不小心誤綁來的……氣煞人的小女子，偏偏醫術過人，
要不是軍營裡正需要大夫，他絕不願意冒著忍氣忍得內傷的風險留著她，
之前治他的馬，開口要價十兩銀，現在治他的傷，居然只要三兩？!
這不是擺明他的人不如一隻畜牲嗎？
就算那隻畜牲是他的愛駒，一樣夠他氣得快冒煙！
英雄會氣短，就是被這種小人兼女子給氣的！

文創風 280 3

阿秀只想低調地醫醫平凡百姓、賺點銀兩足夠吃香喝辣就行了，
怎會搞到進宮為太皇太后看診？
場面搞到那麼大真的好嗎？
都怪那個心機深沈又愛跟她斤斤計較三兩銀錢的顧靖翎將軍，
真的很會給她來事！

文創風 281 4

這不是阿秀第一回給顧靖翎看病，
當初她幫他縫合背上的傷口時，他恨不得將她打一頓，
可是現在，他覺得自己的心跳好像跳得稍微有些快了……
他只覺得跟著她行醫，一路上的相處，好像見到了一個不一樣的阿秀。
原來她也會撒嬌，也會耍賴，看著她甜笑著説話的模樣，
他只覺得心頭好似有羽毛撓過，輕輕的、癢癢的……

文創風 282 5 完

這個對著自己微笑，溫柔地説著話的男人，
真的是那個有些傲嬌、有些小彆扭，平時總是故作深沈的將軍大人嗎？
阿秀瞧著瞧著，覺得整個人都有些不大好了。
唉，別怪她情竇不開，又不解風情啊，
她離那種感覺真的太久遠了，一時真的有點適應不良啊！

果然吃貨的世界是最單純的！
醫跟吃之外的事，
都交給「大人們」去愁煩吧……

＊文創風282《飯桶小醫女》5收錄精彩番外篇喔！!

家好月圓

柴米油鹽的農家記趣，
酸甜苦辣的逆轉人生，
日子再苦再難又有何懼？
有她在，生活一定會蒸蒸日上！

波瀾更迭，剛柔並蓄／恬七

別人是高唱家庭真幸福，溫月只能怨嘆自己遇人不淑，
不僅爹不疼、娘不愛，還看到老公與小三勾勾纏，
她一怒之下，借酒澆愁，沒想到宿醉醒來竟離奇穿越？
不過幸好上天待她不薄，除了賜她一位良人，
還讓一直冀望有個孩子的她，一穿來就有孕在身，
只是……這夫家生活也太苦了吧～～
打獵她不會，種田更是沒經驗，這該如何是好呀？
好在她腦筋轉得快，運用現代絕活也能不愁吃穿，
不只繡藝技壓群芳，涼拌粉條更征服了古代人的胃，
可好日子總是不長久，最渣的「大魔王」竟出現了──
失蹤的公公突然歸來，不僅帶回兩個美妾，還說要休掉正妻？
果真是色字頭上一把刀，更何況這狐狸精心懷不軌，
既想謀奪家產，又想當他們的後媽，哼，門兒都沒有！

文創風 251-252

醫嬌百媚

她堂姊不識藥材、未讀藥書，夫君卻視如珍寶，唯願娶之；
她努力辨藥、苦讀藥書，卻被棄如敝屣，話不投機。
原來，她這輩子的存在，不過是個笑話罷了……

妙手回春冠扁鵲，起死回生賽華陀／上官慕容

為了討夫君歡心，被公婆貶為妾的寇彤幾年來努力辨藥，
每當夫君需要，而她立即就拿對藥時，總會得來夫君一笑，
這個時候，她便覺得自己真是世上最幸福的女子了，
只要夫君喜歡她，願與她同房生子，她便沒什麼好擔心的。
整日盼呀盼的，終於，離家一年的夫君被她盼回來了，
但，他卻穿著大紅喜袍，還笑容滿面地與人拜堂成親！
她當場吐血身亡，幸得老天垂憐重生，回到未嫁前，
原本她是打算此生鑽研醫術，好好帶著寡母過活就好的，
偏偏，永昌侯世子關毅卻闖入了她平靜的世界，
照理說，他們這輩子應該是很難有什麼交集才對，
壞就壞在她曾一時心軟，救了身上帶傷倒地的他，
說實在的，那就是道小傷，對她來說是個微不足道的小忙，
可自此後他就看上了她，對她百般的好，還要以身相許！
若說對他沒好感是騙人的，但她實在是怕了男人的無情背叛，
面對他這份上天送來補償她的大禮，她是收還是不收啊？

飯桶小醫女 5 完

國家圖書館出版品預行編目資料

飯桶小醫女 / 蘇芫著. --
初版. -- 臺北市 : 狗屋, 2015.03
冊 ; 公分. --（文創風）
ISBN 978-986-328-435-2（第5冊：平裝）. --

857.7　　104001128

著作者　蘇芫
編輯　王佳薇
校對　沈毓萍　馮佳美
發行所　狗屋出版社有限公司
地址　台北市104中山區龍江路71巷15號1樓
電話　02-2776-5889～0
發行字號　局版台業字845號
法律顧問　蕭雄淋律師
總經銷　知遠文化事業有限公司
電話　02-2664-8800
初版　2015年3月
國際書碼　ISBN-13　978-986-328-435-2
原著書名　《医秀》，由起點女生網（http://www.qdmm.com/）授權出版

定價250元
狗屋劃撥帳號：19001626
網址：love.doghouse.com.tw　E-mail：love@doghouse.com.tw